Nie wieder Rotkäppchen

EVA KÖNIG

Nie wieder Rotkäppchen

Bibliografische Information der Deutschen Nationalbibliothek
Die Deutsche Nationalbibliothek verzeichnet diese Publikation
in der Deutschen Nationalbibliografie; detaillierte bibliografische
Daten sind im Internet über http://dnb.d-nb.de abrufbar.

© 2019 Eva König
Grafik: Natykach Nataliia/Shutterstock.com
Umschlagdesign, Satz, Herstellung und Verlag:
BoD - Books on Demand, Norderstedt
ISBN 978-3-7494-6926-0

Lautes Schlüsselklappern reißt mich aus dem Schlaf und das darauffolgende Donnern der Stahltüren, die aufgesperrt werden und meistens mit lautem Getöse und großer Wucht wieder ins Schloss fallen, bestimmt seit Mai 2017 schon mehrere Monate meinen Tages- und Nachtablauf. Leider habe ich laute, rücksichtslose Geräusche schon immer verabscheut. Meine jüngsten Erinnerungen an solche liegen einige Jahre zurück. Es war bei einem Kurzaufenthalt in einer Uniklinik, wo ich wegen Verdachts auf Blinddarmdurchbruch eingeliefert worden war. Damals empfand ich allerdings die Tag und Nacht unverschlossene Zimmertüre als unangenehm – puh, heute wäre ich froh, wenn die vermaledeite Tür offen wäre!

Jetzt habe ich jedenfalls ausreichend Gelegenheit, meine Abneigung gegen laute Geräusche und einige andere Dinge zu neutralisieren bzw. endgültig ad acta zu legen. Da wären zum Beispiel die Duschen: Marke alte Jugendherberge, Stand 1950, oder das Essen: keine Vitamine, aber viel Pampf, und vor allem das ständige Herumgeschreie auf hallenden Gängen und die doch sehr eingeschränkten Kommunikationsmöglichkeiten, und nicht zu vergessen das ständige vorprogrammierte Warten auf irgendetwas, während man in kleine, muffige Zimmer mit vergitterten Fenstern eingesperrt ist.

Für eine Frau mit leicht überdurchschnittlichen geistigen Voraussetzungen gibt es hier viel zu staunen, und trotz des Ernstes der Lage entbehren viele Situationen nicht einer gewissen Komik: Neulich lauschte ich einem Gespräch meiner Leidensgenossinnen, die sich über »Die ???« unterhielten. Ich war einfach nur platt über so viel Naivität. Darauf komme ich noch zurück. Von der unfreiwilligen Komik der erteilten Anweisungen seitens der Beamtinnen will ich vorerst nicht sprechen. Alles zu seiner Zeit, denn die Zeit drängt: Es gibt total aufregende News!

Der Busch- bzw. Knastfunk funktioniert inhaltlich gesehen nicht immer zuverlässig, dafür aber schnell über mehrere Medien, die da wären: Fenstergebrüll, natürlich verboten, aber geduldet, dazu im täglichen Hofgang mit reichlich Gelegenheit zum Austausch, und vor allem die Hausmädchen und die Putzer, das sind die glücklichen Geschöpfe von uns, die einen JOB haben, schlecht bezahlt, aber immerhin bezahlt, und die das Essen verteilen, somit durchs Haus kommen bis in die Küche, die Beamtenzimmer putzen, die Gänge, die verlassenen Zellen, und dabei viel hören und sehen. Außerdem kommunizieren sie untereinander und haben mehr Aufschluss (= Zelle offen) im Gegensatz zum Einschluss (= Zelle zu). Dieser Knastjargon ist auch so ein Thema, auf das ich noch eingehen muss, aber später, um ja nichts zu verpassen. Der tägliche einstündige Hofgang – eine an und für sich triste Angelegenheit, da der Hof klein und grau ist, aber für die »Hungrigen« von uns – hungrig nach ein paar geschrienen tollen Aufforderungen seitens der Männer, die aus ihren Knastfenstern auf den Hof schauen – , also für diese Mädels ist das dann das Highlight des Tages. Ich zitiere: »Alter, was geht?«, »He, u, wie lange geht deine Strafe?«, und noch einige unmissverständliche Aufforderungen zum sofortigen SEX – wahnsinnig scharfsinnig, denn die Gelegenheiten dazu liegen auf der Hand: keine, und das auf längere Zeit. Und doch gibt es hier durchaus Liebeskummer, weil der Schwarm heute gar nix gesagt hat oder etwas besonders Verletzendes. Es wird auch per Hauspost geschrieben, natürlich von den Beamten hüben und drüben kontrolliert. Da schreiben sich Paare, die sich noch nie gesehen haben, da die sehr engmaschigen Gitter das einfach nicht zulassen. Ein wenig erinnert es mich an Brieffreundschaften, die man in grauer Urzeit voller Hoffnungen pflegte – ein totaler Schock trat ein, wenn das erste Foto eintraf oder der Angebetete persönlich anreiste.

Also, die heutige Sensation besteht aus einem Neuzugang und kommt über die Hausmädchen rein: Eine junge Frau im schlechten Zustand, weil völlig zugekifft oder mehr, liegt jetzt im Raum »O. G.«. Das ist ein Raum ohne Gegenstände und ähnelt einer Gummizelle in der Psychiatrie. Man hat dort einfach gar nichts – nicht einmal Toilettenpapier, und muss nach Benutzen der Toilette auf den NOTRUF drücken, damit die Spülung betätigt wird. Kein Raum, wo man wirklich hinmöchte. Leider ist er auch als Strafe zu bekommen, wobei das Bestrafungssystem nicht durchschaubar ist. In jedem Fall sollte man niemandem drohen, die Inneneinrichtung der Zelle nicht zertrümmern und nicht unbedingt in eine Rauferei verwickelt werden, nicht unvorschriftsmäßig bekleidet auf dem Gang erwischt werden und nicht frech zu den Beamten sein und vieles mehr, eben alles Mögliche, was verboten ist, und es ist viel verboten. Denn dann wird man zur »Chefin« zitiert und die Sache wird besprochen. Nun wird die Strafe verhängt, zum Beispiel verschwindet das gemietete TV für einige Zeit, die aufgeschlossene Zeit wird beschnitten, man darf also nicht aus der Zelle raus. Schlimmstenfalls ein Diszi, ein Disziplinarverfahren, was in die Akte eingetragen wird und bei Gericht das Strafmaß beeinflusst. Oder man wird eben in diesen, ich nenn das jetzt einmal Bunker gesperrt. Ganz scheußlich!!!! Diese Kammer des Schreckens wird 24 Stunden mit Kameras überwacht und die Übertragung kann man in einem bestimmten Blickwinkel vom Gang aus im Dienstzimmer sehen, und so weiß der gesamte Knast (flüster, flüster) Bescheid und beobachtet den Fortgang der Besserung oder in diesem Fall Ausnüchterung des bedauernswerten Häufleins Elend, das dort liegt. Vorerst bewegungslos.

Am nächsten Vormittag ist der Neuzugang weg und das bedeutet, dass das Mädel irgendwo innerhalb der drei Etagen gelandet sein muss. Jawohl, bei uns. Beim Mittagessen sehen wir sie ganz kurz, denn sie hat noch keinen »Aufschluss«, sondern darf nur kurz zum Essenholen raus. Es ist immer sehr interessant und wird von allen genauestens beobachtet, wenn eine NEUE kommt. Hat etwas von einer Schule oder einem Internat an sich. Also, was ist nun zu vermerken? Sie taumelt sichtlich benommen mit ihrem Essenstablett – einer grauenhaften Fressschale ähnlich einem Hundegeschirr mit drei Abteilungen für Suppe, Hauptgericht und Salat (Dessert ist hier nicht), alles aus Metall und ebenso unhandlich wie unschön – durch den Raum. Die großen blauen Augen – wie kommt denn so ein braunhäutiges, dunkelhaariges Geschöpf zu diesen Augen? – blicken müde und erschöpft unter den dichten Wimpern hervor. Leo aus der Zelle neben mir seufzt theatralisch auf, Ronja markiert wie immer die Rockerbraut, unsere zarte blonde Madonna Martha sendet sofort Hilfsangebote mit entsprechenden Gebärden und sogar unser gestrenges Hausmädchen Sugar lässt sich zu einigen erklärenden, nicht unfreundlichen Worten herab: »Soße über die Nudeln oder übers Fleisch?« Es kommt keine Antwort. Die verwirrte und wohl auch verirrte Schönheit schweigt leidvoll vor sich hin. Sie ist AFFIG.

Inzwischen weiß ich, dass damit hier nicht etwa eitel oder so was gemeint ist, nein, »affig« meint »auf Entzug«. So spricht man in einschlägigen Kreisen und davon gibt's hier jede Menge. Der Zustand »affig« ist ein grässlicher: Kotzen, Durchfall, Frieren, kalte Schweißausbrüche, Schlaflosigkeit, endloses Gähnen, Niesanfälle – ist bei jedem etwas anders und hängt auch vom konsumierten Stoff ab. Wenigstens das ist mir erspart geblieben, denn ich bin ja eine Wirtschaftskriminelle, die es nicht verstanden hat, mit sehr viel Geld aus der Firma so umzugehen, dass es wieder zum geeigneten Zeitpunkt vorhanden war – sehr gefährlich und deshalb vorerst einmal weggesperrt in U-Haft – mehr oder weniger friedlich vereint mit Mörderinnen, Diebinnen, sonstigen Gewalttäterinnen oder einer nahezu unüberschaubaren Menge von Drogenmädels, teils Dealerinnen, teils Abhängige, die dann zu Diebinnen werden, da die Kohle für den Stoff ja irgendwie her muss – einige gehen dafür auf den Strich, das wird meistens aber lieber totgeschwiegen. Und bitte nicht zu vergessen die notorischen Schwarzfahrerinnen und die Damen, die eine Geldstrafe absitzen müssen. So eine Handvoll richtiger Drahtzieherinnen – vornehmlich auf dem Drogenparkett – halten täglich Hof beim Hofgang und lassen ihre Chefinnenrolle raushängen. Ob sie wirklich große Lichter sind oder ob sie doch eher nur Taschenlampenformat haben, kann ich nicht so richtig einschätzen. Nun haben wir diese Neue bei uns auf der s-Etage, womit sie es eigentlich ganz gut getroffen hat Das Gewaltpotenzial ist überschaubar – einige Russinnen muss man im Auge behalten, aber meistens sind wir friedlich und haben auch mitunter viel zu lachen.

Lea, unsere Putzerin, treibt besonders gern einigen Schabernack. Neulich rief sie durch das kleine hochklappbare Sichtfenster: »Frau König, bitte Notruf drücken!« Diese Vorrichtung wird von der Verwaltung für die Kommunikation bezüglich Besuchsankündigungen, morgendlichem Weckruf und Anweisungen aller Art genutzt und ich Esel stürzte natürlich sofort in Richtung dieser Sprechanlage an der Wand. Da hörte ich sie schon begeistert lachen und ihren persönlichen Schlachtruf »voll krass, Mann«, der immer bei gelungenen Aktionen zum Tragen kommt, durch den Gang schallen. Zu allem Überfluss erzählte sie umgehend den herumschwirrenden Hausmädchen, wie gut ihre Finte wieder mal geklappt hatte. Somit hatten alle inklusive mir etwas zum Lachen!

Nachdem unsere Neue wieder in ihrer Zelle verschwunden ist, sitzen wir in der Küche an unserem Tisch, um miteinander zu essen. Nicht alle kommen da zusammen. Manche ziehen es vor, in ihrem Zimmer zu speisen, aber der harte Kern trifft sich hier jeden Mittag und ratscht beim Essen ein bisschen. Das Thema heute ist natürlich klar: Anna Sophia Conti – so steht's an der Zellentüre geschrieben, und schon der Name gibt Stoff für Spekulationen: eine Deutsche, Italienerin, Spanierin …? Da kommt einiges in Frage. In jedem Falle ist sie bildschön, groß – ich schätze mal ein Meter siebzig –, schlank mit langen Beinen und einer tadellosen Figur. Bestimmt ist sie nicht älter als höchstens 25. Ja, auch die Schönen dürfen ins Hotel Gitterblick. Leider sind die meisten hier einmal schön gewesen und nicht, weil sie schon so schrecklich alt sind, oh nein, da haben wir tolle Frauen um die 30, die keinen Zahn mehr im Mund haben, andere haben riesige Zahnlücken und die verbliebenen sind braun bis schwarz verfärbt. Die ehemals schöne Haut ist rissig und pickelig, die Haare strohig, und das sind ganz eindeutig Drogenschäden – macht aber nix, die noch einigermaßen schönen, jungen Mädels schreckt das gar nicht ab. Es scheint ihnen die Sache wert zu sein … Da fehlen mir die Worte und, ganz ehrlich, auch das Verständnis. Wenn schon sonst nichts zieht, dann doch wenigstens die Eitelkeit, die doch jeder weiblichen Person in die Wiege gelegt wird. Hier habe ich täglich Gelegenheit, anderes zu lernen – der sogenannte Suchtdruck ist einfach immer allgegenwärtig, und während ich vom Radeln draußen träume, von meinem Herzblatt, vom Shoppen, von meinen Katzen und solchen profanen Dingen, träumen meine Mädels ja nicht mal vom Sex, nein, nur vom Kiffen, Schnupfen, Spritzen und, und, und. Und da wird nicht nur geträumt; wie man hört, ist auch hier im Haus einiges unterwegs – allerdings wird regelmäßig kontrolliert und wenn die Urinprobe positiv ist, gibt's halt wieder Bunker, die männlichen Beamten mit Hund rücken an und nehmen die verdächtigen Zellen auseinander und wenn's ganz blöd geht, gibt's auch noch für uns alle einen Strafeinschluss – das ist dann natürlich extra blöd. Also, wenn man nicht schon süchtig ist, man kann's hier gut werden.

Wir sitzen also zusammen am Tisch und spekulieren um Anna Sophia herum. Das Delikt steht eigentlich schon fest: Drogen – aber was sonst noch? Da ertönt schon wieder der etwas barsche Befehl »Einschluss« und wir begeben uns in Richtung Zelle. Wird aber nicht lange dauern, denn der Hofgang steht ja noch an. Da ich eine Tageszeitung erwischt habe, lese ich die jetzt erst mal in Ruhe, und da stoße ich schon auf interessante Dinge: Ein Drogenring wurde ausgehoben, 40 kg Stoff sichergestellt, einige Tausend Tabletten und natürlich Koks. Nicht alle Beteiligten konnten festgesetzt werden, aber vier Männer und zwei Frauen gingen in die Falle. Das Ganze gelang überhaupt nur aufgrund eines Insidertipps – aha, da klingelt doch etwas. Vor drei Tagen kam eine Mitschwester ganz, ganz überraschend nach zehn Monaten U-Haft bereits am zweiten Prozesstag frei. Man sprach natürlich gleich von Verrat und seitens der Drogenbaronin (hält wie schon erwähnt auch täglich Hof hier) wurden leise, aber unmissverständliche Drohungen in diese Richtung geäußert. Na ja, solange sie hier ist, wird da nicht viel passieren, aber die Kontakte nach außen sollte man nicht unterschätzen. Beim täglichen Flanieren vor den Männerfenstern werden natürlich auch kleine Botschaften hin und her geschrien, denn wenn dort jemand entlassen wird oder neu eintrifft, gibt's von draußen oder nach draußen einiges zu bestellen. So musste ich leider auch hören, dass eine mir ans Herz gewachsene und vor kurzem entlassene Frau wieder »voll drauf« ist und ich warten kann, dass sie wieder hier einfährt. Und genau auf diesem Weg ist natürlich solch ein Verrat eher ungünstig … Obwohl ich Drogen verabscheue und vor allem deren Wirkung, Verrat hasse ich noch mehr und da bin ich mit meinen Leidensgenossinnen wieder einmal total einig. Zudem sagt ein Knastsprichwort: Die Beamten und die Polizei lieben den Verrat – aber sie hassen den Verräter! Schlau, schlau!

Nun studiere ich den Artikel in der Zeitung noch einmal genau und meine Vermutung, dass unsere Neue da mit aufgeflogen ist, bestätigt sich. Es gibt einen kleinen Hinweis, demzufolge eine Tochter des Hauptverdächtigen, der sich auf der Flucht befindet, aufgegriffen worden sei – unter Einfluss von Drogen habe sie einen Polizisten getreten und einer Beamtin mehrfach ins Gesicht gespuckt. Außerdem wäre sie nicht vollständig bekleidet in Gewahrsam genommen worden. Na, wenn es unsere Anna ist, jetzt hat sie jedenfalls alles schön züchtig und vorschriftsmäßig an, denn darauf legt die Leitung der JVA schon großen Wert. Gott sei Dank darf ich – zurzeit noch als Einzige – meine eigenen Sachen tragen und diese müssen dann im Zwei-Wochen-Rhythmus von meiner herzallerliebsten Tochter oder deren Papa (mein Exmann) abgeholt und gegen saubere getauscht werden, dabei darf ich auch 45 Minuten besucht werden. Tolle Sache – auch meine eigene Bettwäsche und Handtücher darf ich haben, da ich ja zwar fürchterlich kriminell bin – so schlimm, dass der Staatsanwalt mich keine Minute freilassen will – , aber doch immerhin keinen »Sicherheitseintrag« habe. Das wiederum hängt eben mit meiner Drogenfreiheit zusammen. Wenigstens etwas!!!!

Bemerkenswert ist, dass mein Exmann das für mich macht, denn mein Herzblatt, mit dem ich die letzten 28 Jahre nun schon verbringe, lebt in der Nähe von Hamburg und hat zu alledem noch Besuchsverbot. Wegen Verdunkelungsgefahr, wobei wir zum Verdunkeln ja wohl ausreichend Zeit gehabt hätten. Ja, wenn man manchmal den Staatsanwälten und Richtern ins Hirn schauen könnte – ich glaube, da wäre viel Interessantes zu sehen.

Aber zurück in die Zelle – die Sprechanlage verkündet »Bereitmachen zum Hofgang«, das heißt Schuhe anziehen und Mantel oder was so passt, denn wenn dann scheppernd aufgesperrt wird, soll man natürlich auch wieselschnell ausrücken, um denn ein Stockwerk tiefer vor der Türe hinaus entsprechend lange rumzustehen und – was wohl? – zu warten. Aber die Türe geht auf und aus allen sechs Abteilungen vom EG, ersten und zweiten Stock strömen die Damen hinaus. Der Geräuschpegel ist extrem hoch, da ja auch ein riesiges Kommunikationsbedürfnis da ist und es ja überall hallt. In diesen Kreisen wird – ähnlich wie im Kindergarten oder in der Schule – prinzipiell immer leicht schreiend geredet. Man wartet ja auch keinesfalls, bis der andere fertig ist, dauert viel zu lange und hat man ja auch draußen nie gemacht. Auch das ist für mich eher schwierig – aber es ist nun mal so.

Nach einigen Minuten haben die Hauptakteurinnen ihre festen Plätze eingenommen. Mit respektvollem Abstand: Eine sitzt auf dem umfassenden Mäuerchen, eine auf der Bank in der Mitte und die Dritte auf der Treppe nahe Mauer. Eines haben sie alle gemeinsam: Sie sind korpulent, um mich vorsichtig auszudrücken. Also fett. Noch zu erwähnen ist Karat, eine Frau Mitte 30, sehr dünn mit langen roten Haaren. Von ihr habe ich auch meinen Namen »*ROTKÄPPCHEN*« bekommen. Und das war so (das ist ihr Lieblingssatz, mit dem sie häufig eine Darlegung beginnt): Es gibt schon drei Mädels mit meinem Namen und Eva ist ja auch nicht sehr besonders. Da ich aber rote kurze Haare habe, sehr dicht und vom Schnitt her durchaus mit einer Kappe vergleichbar, war ich schon am dritten Tag Rotkäppchen. Durchaus schmeichelhaft für mich, da ich vom Alter her eher die Großmutter des gleichnamigen Märchens sein könnte. So sind aber die Fenstergespräche wesentlich einfacher. Telefon für Rotkäppchen ist klar und insgesamt nahm mich Karat von Anfang an unter ihre schützenden Fittiche, und das, obschon ich nichts zu bieten hatte. Denn hier gibt's schon einige harte Währungen: Kaffee, Tabak, Papers zum Drehen der Zigaretten, denn da wir alle sehr wenig Geld haben und die Strafhäftlinge auch nur wenig einkaufen dürfen, ist eigentlich alles knapp. Vor allem dadurch, dass nur alle vier Wochen eingekauft werden darf, per Bestellung auf einer Liste – da herrscht dann so zehn Tage vor dem nächsten Einkauf bei den Rauchern Panik und da die Mädels durchschnittlich acht Tassen Kaffee pro Tag wegtrinken, ist auch dieser knapp. Von Zucker, Schokolade, Kuchen und Keksen nicht zu reden – ebenso Kosmetika. Na ja, ich hatte also gar nichts, und für die interessierten Lesben kam ich auch nicht in Betracht. Dazu gibt es 'ne heiße Story – man lerne daraus, eine Sprache, die man vor Jahrzehnten in der Schule gelernt hat, verändert sich auch. Ich denke da an Englisch. Nachdem hier einige nette Italienerinnen sind, spreche ich mit diesen Mädels gerne Englisch. Ich erzählte also, dass ich beim nächsten Einkauf einen Kuchen kaufen würde, um ihn mit meinen Girlfriends zuessen. Cara lachte mich begeistert an und drückte ihre Schulter an meine. Sie fragte auf Englisch zurück: »Wer ist dein Girlfriend?« – ich war fest davon überzeugt, dass Girlfriend einfach nur Freundin heißt, ganz ohne Beigeschmack. So holte ich zu einer umfassenden Geste mit dem Arm aus und sagte: »Ich habe a lot of girlfriends«, also eine große Menge davon. Caras Augen werden kugelrund und sie brach in großes Gelächter aus, da auch sie die Komik der Situation bemerkte. OMI Rotkäppchen und ihr Knastharem. Gelernt habe ich dabei, es muss »friendsgirl« heißen, wenn man es so meint wie ich. Den Kuchen haben wir dann aber doch alle zusammen verputzt und immer noch viel gelacht. Also Karat ist natürlich auch heute beim Hofgang unterwegs und das ist gar nicht so selbstverständlich, denn eigentlich wäre sie draußen, aber nachdem sie vor 14 Tagen endlich frei war – von der Verhandlung von Richters Gnaden und Weisheit (die muss ich hier sehr stark anzweifeln) direkt entlassen – ohne Therapie oder irgendeine Vorbereitung, erschien sie postwendend nach zehn Tagen wieder hier. Sie hat ja draußen weder eine Wohnung noch sonst einen Zufluchtsort und ein kurzer Stopp beim Bahnhof und schon nahm das Schicksal mal wieder seinen Lauf.

Nach ihrer Rückkehr habe ich sie gefragt: »Was ist denn nun schon wieder passiert?«, und die Antwort war sehr herzig: »Mei, Rotkäppchen, ich habe eine Packung Lammfilet und eine Tüte Pistazien geklaut – weißt – ich stand wieder mit dem Arsch an der Wand und hab was gebraucht, hätt ich gut verkaufen können. Aber besser, ich bin wieder hier.« Kurz und bündig und so geht's hier halt wieder von vorne los – Entzug – Warten auf Anklage, Verhandlung und dann?

Also Karat nähert sich unserer Neuen, denn in den Hof darf man vom ersten Tag an – das ist so eine eiserne Vorschrift, jeden Tag steht uns eine Stunde Luft zu – , ich glaube, sogar bei den härtesten Strafen wird das durchgezogen – man muss dann eben zu einer anderen Zeit raus und muss eine Stunde alleine rumstehen oder gehen. Ich gehe ja konsequent 45 Minuten im Hof und zweimal 45 Minuten in der Zelle – nicht so richtig toll, aber es geht: fünf Meter hin und fünf Meter zurück. Alles zusammen gibt das pro Tag so an die acht bis zehn Kilometer und im Gegensatz zu allen anderen nehme ich hier eher ab als zu. Der typische Knast-Kummer-Speck oder Frustspeck ist für mich keine Option. Karat steht vor der Schönheit und schaut sie erst einmal freundlich an – »Wie geht's dir?« »Geht so«, kommt in einwandfreiem Deutsch zurück. Aha, also Deutsch kann sie schon mal – gute Voraussetzung, und weil Karat eben Karat ist, legt sie Anna den Arm um die Schulter und geht mit ihr ein paar Schritte. Das tut zu Anfang richtig gut, denn wir alle haben Muffe, wenn wir so das erste Mal im Hof stehen oder so wie ich überhaupt das erste Mal im Knast sind. Ich war der festen Überzeugung, dass ich um mein Leben fürchten muss – einschlägige Erfahrungen hatte ich im Fernsehen bei entsprechenden Filmen gesammelt. Um bei der Wahrheit zu bleiben, das war bisher noch nicht der Fall – im Gegenteil, ich habe viel Verständnis und Hilfsbereitschaft kennengelernt. Natürlich gibt es auch im Knast Zicken und linke Bazillen. Aber das ist ja draußen auch nicht anders. Allerdings ist man hier gut beraten, Gefahrenherde zu meiden und keine allzu große Lippe zu riskieren – sonst könnte es doch unangenehm werden.

Wir laufen nun also zu viert: Karat, Lea (beste Freundin von Karat), Anna und ich. Es wird nicht arg viel gesagt, da Anna immer noch stark eingeschränkt reagiert und es jetzt erst einmal um »sozialen Kontakt« geht. Auch so ein Begriff von Karat, wenn sie mal da und mal dort ein wenig sitzt und hört und ratscht. Ich bin mit meinem Lauftempo (schnelles Gehen) auf die Dauer für die anderen sowieso zu schnell und so mache ich halt auch mal da und dort eine kurze Pause, damit mir nichts entgeht.

Diese Pausen muss ich auch recht konsequent einhalten, damit keiner beleidigt ist – sonst bekomme ich zu hören, »du hast mich wieder gar nicht gesehen« … eben ein bisserl wie in der Schule. Aber es ist ja auch informativ. So erklärte mir die Drogenbaronin ernst, was ich beim Umgang mit den anderen »Herrscherinnen« zu beachten habe – »Sind nicht ehrlich – pass auf, Rotkäppchen!« Und auch mit meinen Reichtümern an Kaffee und Süßigkeiten soll ich mal besser nicht so freigiebig sein – »Weißt, die nutzen dich aus« – und keine zwei Minuten später: »Ach, Rotkäppchen, hast für mich Kaffee? Ich hatte eine Teileinkaufssperre wegen aufsässigem Benehmen.« Um ehrlich zu sein, der Grad meiner Beliebtheit hat ganz klar mit dem Grad meiner »Ausschüttungen« zu tun. Ist halt wie im wirklichen Leben. Was auch sonst sollte so unglaublich attraktiv an mir sein? Aber wenn man es weiß, ist es auch gut einzuordnen. Ein paar rühmliche Ausnahmen gibt es schon auch.

Als ich nach 20 Minuten scharfem Gehen wieder bei unserer Anna aufschlage, erzählt Karat gerade anschaulich aus ihrem nicht ganz uninteressanten Leben, und ein zartes Lächeln stiehlt sich auf Annas Züge. Na, es wird doch! Für mich sind die so sehr Traurigen immer ein Grund mehr, diesen Knast zu hassen – aber die Momente versuche ich tunlichst zu umgehen. So bringe ich auch noch schnell einen meiner Witze zu Gehör und da lacht unser neues Küken auch ein wenig mit.

Der Hofgang ist schnell vorbei und wir rücken wieder ein. Da noch ein bisschen Zeit ist, besuche ich unsere lustige niederbayerische Senta (sie wohnt mit einer herben Russin zusammen) und erkundige mich nach dem Befinden. Es ist sehr durchwachsen – warum? Ein Brief vom Freund ist eingetroffen und Senta ist unzufrieden – zumal diese Briefe ja auch von den Beamten gelesen werden. Ja, was ist denn nun genau geschrieben worden? »Also, so ein Depp – der schreibt da ganz detailliert über Sex.« Ja, und? »Ja, spinnt der?« Das lesen die – da ist Senta also doch ein bisserl gschamig, wie man in Niederbayern sagt???? Hätte ich jetzt gar nicht so gedacht. Wir malen uns gerade mal aus, wie man damit umzugehen hat, da kommt eine kleine Maus – wir haben auch ein paar 16-jährige Kids bei uns – und fragt mich, was ich wohl von den angebotenen Essensdingen am liebsten mag. Ich erkläre also bereitwillig, dass ich mich sehr für Obst und harte Eier interessiere. Diese Äußerung löst bei der anscheinend jetzt doch sehr sexorientierten Senta einen Riesenlachanfall aus, obwohl ich wirklich an hartgekochte Eier und nix anderes gedacht hatte. Nachdem wir alle vermuten, dass in dem reichlich angebotenen Tee Hormone sind – diese Vermutung wird gestützt durch die Tatsache, dass man, so man ihm zuspricht, sehr schnell wachsende Haare und Nägel sowie eine Zunahme der Gesichtsbehaarung beobachten kann –, empfehle ich Senta nur unbedingt, wieder Tee zu trinken. Wir meiden diesen Tee nämlich konsequent und schon ist wieder alles normal. Ich versteige mich zu der Idee, Senta solle sich am besten in den Tee noch zusätzlich reinsetzen – geht wahrscheinlich, da die Teekessel riesig sind. Die Vorstellung erheitert uns sehr, während unser Kid nicht so recht weiß, um was es genau geht. Diese Rücksichtnahme könnten wir uns eigentlich sparen, denn die drei 16-Jährigen sind mit allen Wassern gewaschen – das Delikt für die Haft ist räuberische Erpressung –, bewaffneter Überfall und schwere Körperverletzung. Und dabei sind sie in mancher Hinsicht wirklich noch halbe Kinder und auf alle Fälle Kindsköpfe. Aber die Tatsachen sprechen natürlich eine andere Sprache.

Auf den gerade ertönten Befehl »Einschluss« und das aggressive Schlüsselrasseln folgt nun das Donnern der Zellentüren, die nach und nach zugeworfen werden. Jetzt ist mal bis morgen früh wieder Schluss mit lustig. Die Gespräche über Sex lassen natürlich auch meine Erinnerungen wach werden und da gibt's schon einiges, was eine Rückschau wert ist. Auch einige Erlebnisse, die noch heute mein Blut in Wallung bringen – aber auch eine Menge Dilettanten waren am Werk. Ist schon erstaunlich, wie spärlich gesät wirklich gute Liebhaber sind. Meistens sind diese für eine Ehe oder ernste Beziehung untauglich, aber im Bett eine Wucht. Bei genauem Betrachten schwebt über einem immer noch die von mir (und wahrscheinlich nicht nur von mir) verliehene Krone. Ich war, als ich ihn ganz zufällig kennenlernte, schon gut in der Mitte meines Lebens angelangt. Auf den ersten Blick sah er zwar gut aus, aber diese besonderen Fähigkeiten standen ihm nicht auf die Stirn geschrieben. Er wirkte ein wenig schüchtern, in seinem Job durchaus beeindruckend, aber immer, wenn wir alleine waren, lief eigentlich nichts. Und dann kam ein Abend, an dem er sich wohl ein bisserl Mut angetrunken hatte und – wie passend – aus gesellschaftlichem Anlass getanzt wurde. Ohoo, das war ja eine Anmache, direkter geht's wohl nicht mehr: Er nahm meine Hand und legte sie ganz unauffällig während eines langsamen Liedes auf seinen männlichsten Körperteil – mal ganz direkt gesagt – , ich fühlte einen richtigen Prachtschwanz. Das war der Beginn einer fünfjährigen Affäre, mit HASI, die mir den besten SEX meines Lebens bescherte und eine Menge aufregender Abenteuer. Ein guter Teil des Genusses ist immer auch die Heimlichkeit – man hat ständige Angst erwischt zu werden und wenn es so richtig gefunkt hat, denkt man Tag und Nacht darüber nach, wann es wieder klappen könnte. Wir hatten unsere Rendezvous mal auf dem Dachboden des naheliegenden Hotels, in dem ich auch geschäftlich viel zu tun hatte, in und hinter schnell gefundenen Gebüschgruppen und natürlich auch hin und wieder eine ganze gestohlene Nacht. Dazu mussten gut ausgetüftelte Pläne geschmiedet werden, und plötzlich fand ich mich im ADLON in Berlin oder im SACHER in Wien in einer schicken Hotelsuite wieder. Aber das alles wäre recht uninteressant gewesen, wenn dieser Mann nicht eine solche Kanone im Bett gewesen wäre. Ich konnte alles das ausleben, was ich schon wusste, und gemeinsam entdeckten wir doch noch eine ganze Reihe neuer Variationen. Da lag ich nun also in meinem schmalen Gefängnisbett – in der großen Weltliteratur hieße das jetzt »auf meiner harten Gefängnispritsche«, aber so ganz dramatisch will ich es jetzt mal nicht machen. Also ich lag da, die Hand zwischen meinen Schenkeln, und schwelgte tatkräftig in den wunderschönen Erinnerungen, spürte schon beinahe seine fordernde Lippen auf den meinen, genoss seine sehr erfahrenen Hände auf meinen Brüsten – ich habe sehr kleine, feste Brüste, aber dafür sehen sie halt auch jetzt immer noch tadellos aus. Bei den großen Titten, kann ich hier gut beobachten, setzt die Erdanziehung schon sehr bald ein, und bevor ich in einen erotischen Traum sinke, sorge ich jetzt einfach selbst dafür, dass ich ein wenig Sterne sehe und genieße einen schönen langen Orgasmus. Gelernt ist halt gelernt!

Der nächste Morgen beginnt um 6:30 Uhr mit einem Weckruf durch die Sprechanlage, und einige Minuten später sperrt die Beamtin – oha, heute ist es wirklich eine Nette und auch sehr Hübsche, die Barbie, wie sie durchaus liebevoll von uns genannt wird – auf. Ich gehe mal kurz den Gang rauf und runter – zum einen muss ich mir eine Zeitung organisieren und ein wenig soziale Kontakte pflegen. Und was ich sehe, Anna Sophia ist zum Leben erwacht. Sie spricht und ist gar nicht mal so schlecht drauf. So bleiben wir alle ein bisschen stehen und fragen unsere Neue aus: Das Schema der Abfragerei ist ziemlich festgelegt. U-Haft oder Strafhaft? Sie antwortet brav »U-Haft«. Wir stellen uns vor, denn wie Anna Sophia heißt, haben wir ja alle schon an der Zellentüre gelesen. Inzwischen ist sie auch nicht mehr allein im Zimmer – Mara ist bei ihr, ein nettes, aber sehr einfach gestricktes Wesen aus Würzburg. Sie muss hier sein, da ihre Mittäter in Würzburg einsitzen und man da auf strenge Trennung achtet, damit der Knast-Funk keine Absprachen zulässt. Es ist meistens total überflüssig, denn solche Absprachen sind schon lange vorher getroffen worden und wenn sie gebrochen werden, dann weil halt einer lieber rausgeht und dafür die anderen opfert. Kommt nicht so sehr oft vor, denn es gibt ja bekanntlich auch ein Leben nach dem Knast, und die »Kronzeugenregelung« trifft mit umfassendem Schutz und neuer Identität nur auf die wirklich ganz großen Haie im Becken zu. Hier sind meines Wissens keine. Nun schreitet unsere Befragung aber voran, von der unerschrockenen Olga (russische Zellengenossin meiner niederbayerischen Freundin Senta): »Was hast du gemacht?«, wird mit starker russischer Klangfärbung vorgebracht. Anna seufzt tief: »Ja, halt Drogen, und da haben sie bei mir was gefunden und high war ich auch, und die Unterwäsche, die ich anhatte, da war noch das Preisetikett und der Knoko, die Diebstahlsicherung, dran.« Wir lachen alle begeistert auf – »Ja, warum hast du das denn nicht wegemacht?«, fragt Lea. »Ich war einfach so zu«, ist die Antwort und alle – außer mir – pflichten ihr bei. Ja, ja, das ist halt so … Lea guckt mich an, »ja, Eva, voll krass, Mann«. Und wir brechen bei unserem Standardwitz wieder mal in Gelächter aus. Es soll halt auch heißen, dass ich davon gar keine Ahnung habe und nicht mitreden kann. Was ja auch zutrifft. So entsteht fix eine rege Unterhaltung über die unterschiedliche Wirkung von Speed, Gras, Crystal und natürlich Koks. Ich lausche, und nach dem, was ich so verstehe, macht das meiste davon benommen und man steht gewaltig neben sich – während man mit Speed und Crystal auch mal ein oder zwei Tage und Nächte durchmachen kann. Senta erzählt mir, dass sie immer vor dem Hausputz Speed schnupft, dann putzt sie wie ein ganzer Reinigungstrupp und fühlt sich dabei auch noch prima. Da ich ja auch immer alles vom erotischen Standpunkt her betrachte, frage ich Senta, sie erscheint mir da am kompetentesten – »Ist der Sex dann auch aufregender?« Ich sehe es schon an ihrem Gesichtsausdruck – Fehlanzeige! »Er steht dann nicht mehr so richtig«, murmelt sie etwas leiser. Also gibt's gar keinen Grund für das Konsumieren – in dieser Hinsicht. Irgendwie habe ich mir das anders vorgestellt. Aber sie wird's schon wissen! Da das Wochenende vorüber ist, findet der Hofgang jetzt wieder morgens von 7:30 Uhr bis 8:30 Uhr statt und wir machen uns bereit. Ist im Sommer, wenn es richtig heiß ist, eine tolle Uhrzeit, aber im Winter????!! Nach der üblichen Wartefrist vor der verschlossenen Hoftüre wird aufgesperrt. Allerdings dürfen wir immer noch nicht raus, da heute zwei Beamtinnen erst mal den Hof checken. Die Männer werfen mitunter Briefchen oder andere Päckchen (drugs) durch ihre Gitterfenster, und das wird dann von den Mädels gesucht und gefunden. Alles strengstens verboten, und nach Möglichkeit wird solch ein Teil jetzt schon entfernt. Als es dann so weit ist, bemerke ich auf der kleinen Treppe hinaus ein Gerangel und Geschubse, und schon steigert sich das Ganze zu einem höllischen Gekreische. Da fliegen feine Worte durch den Hof – Fotze, Missgeburt, Dreckstück, Mistkäfer, und die voluminöse Drogenbaronin, eine stark umstrittene Asiatin und Karat sind im Fighten. Wir versuchen mit vereinten Kräften die Streithennen zu trennen – gerade noch rechtzeitig, denn Frau Braun, eine ebenso resolute wie barsche Beamtin, erscheint auf der Treppe. »Was ist los? Wer ist beteiligt?« Aber nachdem wir uns strategisch günstig gruppiert haben, kann sie die Übertäterinnen nicht ausmachen. Aber die Drogenbaronin – unbelehrbar, und das keifende Asiatenteil müssen natürlich noch nachplärren und schon werden ihre Namen gerufen: »Sofort rein!« Oh je, das gibt mit Sicherheit wieder ein paar Tage Einschluss und großes Lamentieren am Fenster. Was war bloß wieder los? Die beiden können nicht miteinander – das ist bekannt. Die Asiatin – gerade mal 1 Meter 50 hoch – polarisiert schon die ganze Zeit. Eigentlich ist sie unsere Knastsklavin – nicht im üblichen Sinn. Sie macht sich selbst dazu, denn auf der Suche nach einer Freundin, die Anwältin ist – sie hat einige tolle, wahrscheinlich frei erfundene Stories auf Lager – , biedert sie sich da und dort an, verschenkt dann ganz freigiebig Kaffee und andere begehrte Dinge – spült der Auserwählten das Geschirr ab und macht sich insgesamt zum Affen.

Die Mädels gehen dann immer ein paar Tage darauf ein, merken dann aber, dass Tai – so heißt sie – eine aufdringliche und eher unangenehme Dame ist, und dann ist sie halt wieder solo und fängt entweder Krach an oder das Spiel beginnt von Neuem. Eigentlich helfe ich solchen Kreaturen, aber in diesem Fall habe ich das Problem, dass ich sie halt auch gar nicht ausstehen kann. Das beruht inzwischen auf Gegenseitigkeit und ich gehe ihr aus dem Weg, was sie nicht hindert, »dumme Pute« und anderes hinter mir herzurufen, allerdings so leise, dass ich es nicht höre. Es wird mir dann berichtet und meistens lassen wir es dabei. Meine Versuche, das mit ihr in einem direkten Gespräch zu klären, scheitern an ihrer angeborenen Feigheit. Gut zu vergleichen mit den kleinen kläffenden Hunderassen, die hinter den erwachsenen Doggen herkläffen – gerade mal so lange, bis der Große sich umdreht. Wobei ich zugeben muss, von der Körpergröße her bin ich ja auch nicht viel größer, aber das übersehen wir jetzt einfach mal.

Nun ist auch schon Karat wieder an unserer Seite und Lea, Anna und ich umrunden den Hof. Karat hat Neuigkeiten: »Du, Anna, die Schoko (Dealergröße Nr. 2) will dich mal sprechen.« Anna zuckt mit den Schultern – »Und das ist wer?« Karat deutet auf eine dicke Frau, die ihre ausufernde Figur dem Hang zu Schokoriegeln zu verdanken hat – wird jedenfalls gemunkelt. Sie hat ungepflegte, lange Haare und ein teigiges Gesicht mit kleinen wachen Schweinsäuglein. Überraschend schön ist ihre Stimme, auch beim Singen in der sonntäglichen Messe hört man sie und das ist richtig schön. Nachdem wir ja alle sehr wissbegierig sind, geht Anna nicht allein zu Schoko, da müssen wir schon mit. »Hallo, du Schönheit«, eröffnet Schoko das Gespräch – es wird ihr auch ein zu schönes Mädchen nachgesagt und dass sie draußen eine »Frau hat«, also vom andern Stern ist. »Setz dich doch mal kurz zu mir«, und Anna setzt sich, ganz die wohlerzogene Tochter. »Ich kenn den Papa – schon lange, war einmal ein heißer Feger.« »Aha«, kommt nun mäßig interessiert zurück. »Ja, und dein Onkel Sergio ist ja auch gut im Geschäft.« Auch dazu weiß Anna nichts zu sagen. »Also, das ist so – du bist mal lieber schön ruhig, wenn die Kripo von dir etwas wissen will, gell?« Anna nickt, »bin ja nicht behindert …«»Ist besser so für dich«, meint Schoko, und Anna nickt. »Noch einmal, war's das jetzt?«, fragt sie ein wenig schnippisch und Schokos Gesicht verdunkelt sich deutlich. »Ja, schon, ich mein es mit dir ja nur gut.« Anna nickt wieder und macht sich auf den Weg, und wir mit. Aber Schoko hält mich am Ärmel fest. »Fräulein Rotkäppchen (das Fräulein ist ja durchaus schmeichelhaft und auch nett gemeint), machst du ihr schon klar, was Sache ist? Der Sergio versteht da nämlich keinen Spaß und ich auch nicht.« »Ja«, sage ich, »aber weiß sie denn so viel – ist doch noch ein halbes Kind?« ›Täusch dich mal nicht«, meint Schoko, »die hat's faustdick hinter ihren hübschen Ohren. Die hat dem Hassan total den Kopf verdreht und jetzt sitzt er für sechs Jahre, weil sie ihm den ganzen Stoff unters Bett geschoben hat, als die Bullen kamen, und schwupp war sie beim Fenster draußen.« Kluges Kind also. Ich frage nach: »Warum ist Hassan dann nicht auch getürmt?« Schoko grinst – »Der war auf dem Lokus und hat die Hosen nicht rechtzeitig hochgebracht. Und weißt ja selber, mit runtergelassenen Hosen läuft man nicht so besonders schnell.« Ein raues Lachen, begleitet von einem dem Rauchen geschuldeten Hustenanfall, beendet die Story. Na, ich werde mal abwarten, wann ich Gelegenheit zu einem näheren Gespräch mit Anna habe. In den ersten Tagen sind alle immer um die Neuen rum. Und siehe da, wir werden beide zur Blutabnahme gerufen und auch da muss wieder ausgiebig gewartet werden – aber nur wir zwei. So ergibt sich eine erstklassige Gelegenheit, eine unverfängliche Unterhaltung zu beginnen. Ich erfahre mühelos, dass Anna gerade einmal 20 Jahre alt ist, die mittlere Reife am Anna-Gymnasium gemacht hat und sich dann schon – leider – sehr früh auf den Drogenpfad begeben hat. Vor einigen Monaten traf sie dann eben auf diesen Hassan, der ja ein total ausgekochtes Bürschchen ist, das weiß sogar ich – nämlich von Lea. Bei einem Model-Casting, bei dem Anna zwar nicht mitmachte – schade, da hätte sie wahrscheinlich gute Chancen gehabt –, begegnete sie Swen aus Hamburg, dem Fotografen des Ganzen. Ihre schönen Augen funkeln begeistert und mir ist klar, da hat's jemanden ordentlich erwischt. Sie reiste also postwendend hinter Swen her und machte in Hamburg nicht nur Bekanntschaft mit dem Meer und vielen großen Schiffen – nein, in erster Linie auch mit Koks. Swen scheint auf diesem Gebiet gut unterwegs zu sein. Papa Conti versuchte mittels seines Einflusses in der Szene dem möglichst schnell ein Ende zu machen, denn Swen zählt stolze 42 Lenze und erschien Papa entschieden zu alt und zu abgekocht für seinen kleinen Engel. Funktionierte natürlich gar nicht, und das Unglück nahm seinen Lauf: Razzia in der Nobeldisco »PILOT«, und wer saß dort komplett zugekokst – in der Handtasche noch ein schönes Paket von dem Zeug? Prinzessin Anna, in der tollen geklauten Unterwäsche von La Perla. Von Swen und seiner Clique weit und breit keine Spur. Ich nicke mitleidig und bin mal gespannt, ob sie so naiv ist, tatsächlich zu glauben, das wäre jetzt nur so ein blöder Zufall. Da schaut sie mich an und sagt: »Was denkst du? Du bist doch schon ziemlich alt und hast auch viel Erfahrung.« »Dankeschön« – ich schluck erst mal, aber sie hat da schon recht – allerdings, meine Erfahrung schließt zwar eine ganze Reihe toller und weniger toller Typen ein, Drogen aber eher nicht. »Ja«, ich seufze noch ein bisschen, damit es nicht zu hart klingt, aber ehrlich bin ich nun mal: »Anna, ich glaube, das ist ein Scheißtyp – der hat dich voll reinlaufen lassen und sich aus dem Staub gemacht.« Sie schluckt jetzt ihrerseits schwer, und fast scheint's, als wolle sie weinen, dann aber wirft sie ihre tolle Mähne zurück und sagt, »ehrlich, ich hab's mir auch schon gedacht.« Und dann schweigen wir ein bisschen – da gibt's ja auch nicht mehr viel zu sagen. Ich knüpfe vorsichtig an, »Männer haben insgesamt weniger Mumm als wir Frauen. Wie stehen denn deine Eltern zu der ganzen Sache, und hast du eigentlich Geschwister?«

»Also, die Mama ist in Venedig, da ist auch meine Oma und die braucht die Mama, weil's ihr gerade nicht so gut geht, sie hat eine neue Hüfte gekriegt. Papa und Onkel Sergio kümmern sich mit den anderen in München um die Geschäfte. Meine zwei Brüder sind beim Studium und Angelina, meine kleine Schwester, ist im Internat.« »Geschäfte in München, was muss ich mir da drunter vorstellen?« Erst kommt mal keine Antwort, dann lacht sie und sagt, »ach, du, ich weiß nicht, ob du das wissen willst.« »Doch, schon – neugierig bin ich total.« »Also, wir haben so Clubs, du weißt schon, in Freimann, und halt noch andere Geschäfte. Aber unsere Familie konsumiert selber nicht, wir dealen bloß!!!!« »Dann bist du sozusagen die Ausnahme, weil du selber was ausprobiert hast.« »Genau, Rotkäppchen, und das verzeiht mir die Mama nie und sie gibt jetzt bestimmt Papa die Schuld. Aber der hat doch gar nichts mitgekriegt, dem habe ich immer gut was vorgespielt.« »Und wie geht's dann weiter, Anna?« »Weiß ich nicht – jetzt muss ich erst mal von dem Zeug runter und dann sehe ich schon.« So weit – so gut. Und was hat Schoko eigentlich gemeint?« »Na, jetzt, wo die mich hier haben, wollen die natürlich wissen, wie das alles so läuft – in München und überhaupt.«

»Alles ganz schön aufregend«, finde ich. Anna meint, »ist nicht so wild. Aber von der Schoko hab ich schon gehört. Weißt, mein Onkel beliefert die mit Stoff zum Verticken, und der bestimmt auch, was und wieviel sie kriegt. Aber sag's niemand – braucht die nicht zu wissen, dass ich mich schon auskenne in der Szene.« Aha, so viel zu meiner Vermutung, das ist doch noch so ein unschuldiges Kind. Jetzt werden wir auch schon aufgerufen und nach einer weiteren halben Stunde Warten treten wir – unter Aufsicht, kein Schritt ohne unsere Bewacher – den Rückweg an. Eine Reihe von Türen und Gittern müssen aufgesperrt und anschließend wieder zugedonnert werden – kennen wir ja schon. Angekommen in unserem Stockwerk verziehe ich mich wie immer in so einem Fall wieselschnell und leise in meine Zelle und ziehe die Türe ins Schloss. Trick 17 – denn so ist nicht richtig zugesperrt und so manche Beamtin übersieht das, und manche sind einfach nett und lassen es so. Für mich ist das Gefühl, dass ich rausgehen könnte, ein gutes Gefühl. Mach ich meistens eh nicht, denn alleine auf dem Gang ist es auch eher fad. Vor ein paar Tagen wurde ich von einer nicht so Netten dabei auf dem Gang erwischt, da ich gerade mal Lust auf einen kleinen Rundgang hatte: »Wo kommen Sie her?«, bekam ich relativ barsch zu hören. Mein humoristischer Konterversuch »Von nirgends, ich war schon immer da« kam nicht wirklich an. Vielleicht zu hintersinnig … jedenfalls wurde ich, Originalton, sofort weggesperrt. Heute ist eine Nette am Werk und ich bleibe unbehelligt. Nach einer haben Stunde gibt's sowieso Mittagessen und die Beamtin hält einiges an Post zum Verteilen bereit. Ich bekomme einen süßen Brief von meinem Herzallerliebsten und Anna sitzt nachdenklich mit einem Brief da. So direkt fragen will ich auch nicht, aber sie sieht nicht wirklich glücklich aus – die anderen sind mit ihren eigenen Briefen beschäftigt, und so suche ich Blickkontakt mit Anna. Sie geht in Richtung Gang und wir drehen gemeinsam eine Runde. Nach einiger Zeit sagt sie: »Kann ich nachher mal bei dir vorbeikommen?« »Klar doch, bring deine Tasse mit, ich gebe dir einen Kaffee aus.« Inzwischen sind wir mit dem Essenholen an der Reihe und ich wähle aus dem sagenhaften Angebot von komischem Durcheinander in brauner Fleischsauce, Nudeln und Gurkensalat vorsichtshalber nur eine kleine Portion Nudeln und Salat. Diese Eintöpfe, Gulaschkanonen, Gemüsetopf, Zwiebeltopf und wie das alles heißt, verursachen bei mir heftiges Bauchgrimmen und große nachmittägliche Explosionen, die dem Geruchpegel in meinem Zimmer und mir schaden. Insgesamt neigen die Mädels hier zum Frustessen, und den darauffolgenden Knast-Speck möchte ich tunlichst vermeiden. Anna ist bei mir in der Zelle – die Türe haben wir hinter ihr zugemacht. Jede von uns beiden nippt an ihrem Cappuccino, den wir hier als lösliches Pulver beim Einkauf ordern können. Erst sagt sie mal nichts – ich warte und schaue an ihr vorbei zum Fenster raus. Unten patrouilliert wieder mal der hübsche Beamte mit dem hübschen Hund. Gleich und gleich gesellt sich eben gern. Dann beginnt Anna stockend zu erzählen: Ihr Vater und sein Bruder sind tatsächlich richtig große Bosse in der Unterwelt und damit auch ebenso reich wie einflussreich geworden. Sie halten auch eisern zusammen und eigentlich ist es so gedacht, dass alle Kinder studieren, Jura, Medizin – einfach alles, was sie können und was natürlich auch nützlich sein kann. Straffällig soll und darf von dieser Nachfolgegeneration keiner werden – das ist ja der Witz, dass man dann in der Zukunft andere die Schmutzarbeit machen lässt und aufgrund der Ausbildung das Ganze so legal wie möglich und vor allem geschickt lenkt. Vorbei am Fiskus und vorbei am Staatsanwalt. Gut gedacht, nur passt es deshalb nicht, weil der Conti-Clan gerade jetzt etliche Probleme mit den Torkas hat. Die Torkas – so erfahre ich – sind eine ziemlich rechts angesiedelte Rockerband mit harten Gesetzen und großen Motorrädern. Die vor einiger Zeit so überraschend entlassene Anka (schon am zweiten Prozesstag entschwand sie seltsamerweise) soll mit einem Torkas liiert sein. Damals flog ja ein Dealer auf, und dieser wiederum gehörte zum Conti-Clan. So langsam verstehe ich zumindest ansatzweise, um was es geht. »Und was hat das jetzt mit deiner Post heute zu tun?« »Ja, der Onkel Sergio schreibt, ich müsse gut auf mich aufpassen, denn man ist bereits an ihn herangetreten mit der Drohung, ich hätte hier ja keine Bodyguards und bei der nächsten Lieferung solle er 20 Prozent abdrücken oder es würde sich ungünstig auf mich auswirken.« Natürlich schreibt er das nicht so, denn die Beamten lesen ja alles und so eine Botschaft käme gar nicht durch die Kontrolle. Aber Anna kann gut zwischen den Zeilen lesen und die harmlosen Sätze in Klartext umwandeln. Ich bin erst mal skeptisch. »Meinst wirklich, es könnte was dran sein?« Sie nickt vehement – »Ja, klar doch, Rotkäppchen. Du kennst die Typen nicht, die sind echt knallhart.« »Also, was ist dann zu tun?«, ist meine Rückfrage. »Mal überlegen«, meint Anna. »Ich denke, ich muss morgen mit Karat über das ganze reden, und die weiß vielleicht schon, wer hier noch für die Torkas unterwegs ist.«

Der Befehl zum Einschluss macht unserem Kaffeekränzchen ein jähes Ende und wir trennen uns – denn abends beim Abendessenholen haben wir nur eine Viertelstunde Zeit und können rein gar nichts besprechen. Dann ist Abend- bzw. Nachtruhe bis zum nächsten Morgen. Auch an diesem Abend lege ich mich nach dem Essen in mein leider ausgesprochen hartes Bett, und der abendliche Krimi im Fernsehen plätschert an mir vorbei. Während der Ferien sind es leider nur Wiederholungen und somit schweifen meine Gedanken wieder einmal ab – in eine aufregende Vergangenheit. Irgendwie bleibe ich an einem meiner Weggefährten hängen, den ich als ganz junge und frischgebackene Innenarchitektin traf. Ich betreute damals einige Bauvorhaben und hatte zwangsläufig mit diversen Architekten zu tun. Einer davon, ein ganzes Stück älter schon, fiel mir eigentlich nicht besonders auf, da er – vom Land kommend – eher spießig und auf jeden Fall sehr abgeklärt wirkte. Wir kontrollierten wieder einmal den Baufortschritt und balancierten auf einer Bautafel über den noch nicht fertiggestellten Eingangsbereich eines

Mehrfamilienhauses. Da es ein warmer Tag war, hatte ich mein Jackett in der Bauhütte gelassen und trug ein luftiges Sommershirt. Plötzlich, an einer nicht gut einsehbaren Stelle am Gerüst, traf mich ein zärtlich geblasener Hauch, und gerade im Nacken bin ich sehr leicht erregbar. Ich fuhr herum und wäre um ein Haar von der Bautafel in den Morast abgestürzt. Da lachte mich Anton Moser schelmisch an und zwinkerte mir frech zu. Ich war erst mal sprachlos – gerade der hatte eher so auf mich gewirkt, als könne er nicht bis drei zählen. In den folgenden Jahren, denn wir blieben uns sehr, sehr lange freundschaftlich verbunden und sehr nah, konnte er mich mühelos vom Gegenteil überzeugen. Zwar war er im Grunde seines Herzens, schon allein durch seine Erziehung bedingt, eher prüde, aber wehe, wenn er richtig in Fahrt kam – sein Sternzeichen Skorpion steht nicht umsonst für zügellose Leidenschaft und eine starke Triebsteuerung. Wir hatten sehr viel Spaß aneinander und miteinander. Zu Hause, auf dem Land, hatte er Frau, Kinder und eine unangetastete Stellung im Kirchenbeirat. Das war letzten Endes auch kein Thema und vor allem kein Hinderungsgrund. Ich hatte das Glück, dass ich mich immer ein bisschen in meine Affären verliebte, nicht zu viel, aber eben gerade so viel, dass ich nicht nur Freude am Sex hatte, sondern den Mann an sich einfach auch gut fand und auch gerne mit ihm lachte, diskutierte und nebenbei auch häufig eine Menge Lebensweisheit erlernte, und das traf auf Anton zu. Er lud mich nach seinem Angriff erst einmal ganz brav zum Mittagessen ein und ich lernte seine charmante und unterhaltsame Art etwas näher kennen. Ein paar Tage später, wie konnte es auch anders sein, erfolgte die Einladung per Telefon zum Abendessen, da noch einige Ausstattungsdetails für die Planung einer Penthouse-Wohnung zu besprechen wären. Das Essen war von bester Qualität, und nach einer Flasche süffigen Rotweins landeten wir postwendend in seiner Stadtwohnung – sehr praktisch, so eine Stadtwohnung, wie ich in den nächsten Jahren feststellen konnte. Toni, wie ich ihn inzwischen nannte, entpuppte sich als ebenso zärtlicher wie raffinierter Liebhaber, verbal gesehen eher bäuerlich, aber mit einem sensationellen Standvermögen. Auch die Flasche Schampus, die wir so nebenbei noch tranken, änderte daran nichts, ganz im Gegenteil. Bei den meisten Herren der Schöpfung ist dies eher nicht so. Am besten gefiel es mir, wenn Toni hinter mir kniete und sein harter Schwanz tief in mich eindrang. Während er mich so bearbeitete, streichelte er mich sehr gekonnt zwischen meinen dick geschwollenen Schamlippen, und zwar ganz, ganz vorne, und das war eben der ganz richtige Punkt. Wenn es mir dann kam, wurden seine Stöße hart und fordernd – es war einfach himmlisch. Er kam nicht, was natürlich ein großer Vorteil für mich und meine jugendlichen Ansprüche war. Er ließ mich auch nicht so sehr lange ausruhen. Manchmal war ich gerade so am Wegdämmern, denn schließlich hatte ich den ganzen Tag fleißig gearbeitet, da fühlte ich seine Zunge auf meinen Nippeln – er biss ein bisschen rein, sog daran und schon war ich wieder wach. Häufig drehte er sich dann so, dass ich seinen Schwanz lecken konnte und er zugleich seinen Mund auf meiner geilen kleinen Fotze hatte. Das machte mich derart wild, dass es gar nicht so lang dauerte und ich wollte ihn noch mal haben und – kaum zu glauben, es war noch mal richtig schön – und dieses Mal dann für uns beide. Da ich ja generell nicht über Nacht blieb, das hätte Toni wohl auch nicht gewollt, machte ich mich dann total zufrieden und ein wenig erschöpft auf den Heimweg. Das war etwas, was ihm so nicht gefiel. In Zukunft bestand er immer darauf, dass er mich abholte, wo auch immer, und für meinen Nachhauseweg sorgte. Je nach Alkoholpegel fuhr er meistens selber – damals waren die Kontrollen längst nicht so häufig und streng wie heute – , oder er bestellte und bezahlte ein Taxi. Auch gebürtige Schwaben sind Gentlemen – man muss ihnen dafür halt auch etwas zu bieten haben, und das hatte ich wohl. Wir blieben in einer losen, immer auch mit Sex erfüllten Beziehung die nächsten 20 Jahre. Irgendwann zog ich so weit weg, dass wir uns einfach nicht mehr trafen, und nachdem Toni genau 20 Jahre älter war, erschöpfte sich diese Beziehung wohl auch deshalb.

Vergessen hab ich ihn nie, und ich glaube, er mich auch nicht.

Am nächsten Morgen hat mich der Gefängnisalltag zurück und ich schaue bei meinem morgendlichen Rundgang nach dem Rechten. Großes Wunder, es ist nix Aufregendes passiert, da wir ja alle gut und zuverlässig weggesperrt waren. Wie ich aber erfahren sollte, würde das nicht immer so bleiben, denn sonst hätte das Unglück gar nicht seinen Lauf nehmen können.

Ich sage allen, die ich auf dem Gang treffe, guten Morgen und organisiere mir meine Tageszeitung. Das ist nicht so einfach, da wir nicht sehr viele davon haben, und die Mädels vom Bahnhof müssen sofort den Polizeibericht checken, andere einen Blick aufs TV-Programm werfen, und ich will halt überhaupt die ganze Zeitung in Ruhe lesen. Lea studiert also den Polizeibericht und winkt Anna heran. »Du, da steht was von einem weiteren Überfall auf einen Discobesitzer und einer vorausgegangenen Razzia auf eine Kneipe im Rotlichtviertel. Dort hat die Fahndung zwei gesuchte Kleindealer verhaftet. Wahrscheinlich gab's da wieder Streit und einer hat den Bullen einen Tipp gegeben. Und dann ist die Antwort darauf der Überfall, was meinst du?« Anna sagt erst mal gar nichts, dann kommt ein »weiß ich doch nicht, bin ja nicht in der Szene unterwegs«. »Ja, schon«, meint Lea, »aber das riecht für mich nach Bandenkrieg.« »Kann sein«, murmelt Anna – »ist mir doch wurscht – geht mir total am Arsch vorbei.« Aber irgendwie wirkt sie heute fahrig, und nicht lange drauf fällt ihr ihre Tasse runter – Gott sei Dank nicht kaputt, denn das kostet auf jeden Fall vier Euro und man wird dumm angeredet, was sie heute sicher nicht auch noch braucht. Beim Hofgang – nach dem obligatorischen Stillstand und Hufgescharre vor der Gittertüre – legen wir mit flottem Schritt los. Ich gebe Karat ein Zeichen und sie schließt sich uns an. Dann merke ich, dass Anna alleine mit Karat reden will, und ziehe Lea zu einer anderen Gruppe: »Du, die Nelly hat heute Verhandlung, da müssen wir ihr Glück wünschen.« Und ich sehe Karat und Anna sehr eindringlich miteinander parlieren. Nach einer Viertelstunde kehrt Anna zu mir und Lea zurück und erzählt erst mal gar nix. Ich denke, das ist auch besser so. Die letzten Tage ist noch ein Neuzugang bei uns gelandet – umgezogen vom EG zu uns in den ersten Stock, und diese junge Frau, Alexa, interessiert sich ganz augenscheinlich für alles, was Anna betrifft, sehr. Zudem ist Lea ganz begeistert von ihr und hängt nur noch bei ihr in der Zelle – beim Hofgang ist sie natürlich nach wie vor bei Karat, ihrer Herzdame. Und wenn mich nicht alles täuscht, ist Anna auch nicht so ein Riesenfan von Alexa.

Diese hat zwar generell eine nette Art, aber nicht so richtig geradeheraus, und sie betont auch gerne, was sie draußen alles hatte, und gibt mit ihrem reichen Araberfreund kräftig an. Da sind mir meine niederbayrische Senta und die herbe Olga entschieden lieber. Da weiß ich, woran ich bin. Und Anna scheint es genauso zu ergehen. Somit werde ich den Inhalt des Gespräches mit Karat wohl erst später erfahren. Und eines muss man Karat lassen: Sie ist diskret. Da erfährt auch unsere neugierige Lea nichts, was nicht für ihre hübschen Öhrchen bestimmt ist. Sie ist halt auch noch jung und leicht zu beeindrucken. Nach dem Hofgang gehe ich fix duschen und dann haben wir noch eine gute halbe Stunde Zeit. Schon steht Anna bei mir und auch Senta und Olga dürfen mit in meine Zelle – nur rauchen dürfen sie da halt alle miteinander nicht, aber das ist bekannt und somit auch akzeptiert. Anna meint: »Ich glaube, ich brauch euch drei wirklich – vielleicht könnt ihr mich beraten und irgendwie kriegen wir das dann hin.« »Was hin?«, fragt Olga in bewährter Manier. Senta schubst sie leicht: »Jetzt wart halt, ich erklär's dir dann scho, wirst es eh net verstehn aufs erste Mal.« Und von der Senta akzeptiert Olga alles, wehe, die Schoko oder Ronja würden das wagen … Und Anna weiht uns jetzt ein: »Kara ist sich ziemlich sicher, dass die Drogenbaronin und Alpha, eines der Hausmädchen vom FG, und die Putzerin vom zweiten Stock, Tanja, aus der Torkas-Szene stammen. Und irgendwo soll auch ein Mann dazugehören, und zwar – ich mag's ehrlich gesagt nicht glauben – einer der beiden Theologen. Entweder der evangelische oder der katholische.« »Kann doch gar nicht sein«, rutscht mir raus. Senta knufft mich: »Weil ja du dich so besonders gut auskennst, gell.« Na, da hat sie den Nagel auf den Kopf getroffen. Auch drüben im Männerknast sitzen einige der Torkas-Familie, aber das scheint Kara nicht so sehr gefährlich. Andererseits könnte man von da aus über die Küche und Alpha, die dort ja täglich das Essen und den berühmten Tee mit den anderen Hausmädchen zusammen holt, die ideale Botin sein. Dass sie zur Küche beste Kontakte pflegt, ist erwiesen: Letzte Woche hat sie zum Geburtstag von dort eine Halskette bekommen. Leider haben wir das Teil nicht gesehen, denn sie wurde ertappt und das führte zu einem massiven Verweis und der Androhung, ihren Job auf der Stelle zu verlieren, sollte sie auch nur den geringsten Verstoß in den nächsten Wochen versuchen. Einige Tag durfte sie auch nicht arbeiten und eine Russin von ihrer Station musste einspringen. Alpha lief todtraurig und schlecht gelaunt durch die Gegend. Ist ja auch wirklich kleinlich – hätte man am Geburtstag schon mal über die Vorschriften hinwegsehen können, aber so sind sie halt, die Sheriffs. Also wird Alpha sehr vorsichtig sein, aber die Gefahr ist von dieser Richtung nicht zu unterschätzen und dabei alle Situationen wo Anna alleine oder in einer Gruppe von unbedarften Mädeln anzutreffen ist. Wir überlegen gemeinsam, wo und was passieren könnte. Olga kennt sich da gut aus: Die werden ihr eine Abreibung verpassen – kann schlimm wehtun, und sie weiß, wovon sie spricht. Wir hatten eine »nette Perle« hier, recht dick und bösartig. Sie beschimpfte Olga mehrfach als Mörderin, was nun ja nicht zutrifft, denn der attackierte Mann, den sie eines Abends mit einem Messer heimsuchte, weil er ihr wohl Geld schuldete, hat den Angriff, der nicht ohne war, überlebt. Nun gab Olga »Fettes Schwein!« zurück und es entstand eine handfeste Keilerei. Leider hatte jene Perle einige Freundinnen hier und am nächsten Tag passten sie Olga beim Duschen ab, ich war damals noch im EG und Senta beim Arzt, der Rest pennte wohl und die blauen Flecken und Olgas Gesamtzustand nach dieser Kur waren – wie sie sagt – nix gut. Sie wollte schon mit dem Messer, das wir haben und das sie regelmäßig sehr fachkundig schleift, die Angelegenheit regeln, aber Senta konnte sie, Gott sei Dank, davon abbringen. Sie hat sowieso schon einige Gutachtertermine gehabt und der Prozess wird dann irgendwann sein. Da hätten sich solche Dinge extrem schlecht ausgewirkt. Senta versucht sie nun sehr ernst davon zu überzeugen, dass sie eine Therapie macht, damit sie ihre Aggressionen besser in den Griff kriegt, das wäre gut, obschon sie im Falle der Perle echt miserabel behandelt wurde. Die Perle wurde vor zwei Wochen entlassen, was uns allen mehr als recht ist, denn einer von uns musste Olga ständig im Auge behalten, damit eben nichts passiert …

Nun überlegen wir gemeinsam. Im Falle Anna können wir eigentlich im Augenblick nur aufpassen, und ich schlage vor, dass wir zur Absicherung des Ganzen noch Ronja und Sugar, unser Hausmädchen, ins Boot nehmen. Sugar könnte die Küchenstraße überwachen und auch ein Auge auf Annas Essen haben. Sie hat sich nämlich für »fleischlos« angemeldet und bekommt häufig so beschriftete und abgepackte Portionen am Abend, denn die Hausmädchen können sich sonst nicht merken, wer nun diese Sonderpakete bekommt. Wäre blöd, wenn da etwas geöffnet wird und ungünstige Dinge beigemischt werden. Ronja, unsere Rockerbraut aus Freiburg, hat nichts mit den Torkas zu tun, weil sie zu den Angels im Breisgau gehört, und dann eben Senta, die groß und topfit ist – aus der niederbayerischen Drogen- und Dealer-Szene – , sie konsumiert und dealt für ihren Lover, und Olga mit litauischer Durchschlagskraft und dann halt ich, total ungeübt, aber wachsam, und für viele Dinge hier habe ich einfach ein Näschen. Außerdem besuche ich als Einzige sowohl die katholische wie auch die evangelische Bibelstunde – zum einen interessiert's mich und dann ist hier kein großes Angebot an Unternehmungen. Senta und Olga werden beim Arzt – beide gehen leidenschaftlich gern und praktisch jeden Mittwoch dorthin und dann auch noch zum Zahnarzt, der gefällt ihnen gut – ein Auge auf Anna haben, denn als Neuankömmling stehen ihr noch Röntgen, jede Woche Urinkontrolle und so Einiges bevor. Heute Abend ist bereits wieder katholische Bibelstunde und ich werde die Augen und Ohren offenhalten. Außerdem soll Anna sich für diese Bibelstunden anmelden, dann können wir vielleicht bei der direkten Konfrontation mehr herausfinden. »So, das ist jetzt geschlossen«, meint Olga und sie denkt dabei an »beschlossen«, und wir klatschen uns ab. Ronja und Sugar werde ich ins Boot holen, denn zu beiden habe ich einen guten Draht. Mit Lea müssen wir vorerst ein bisserl abwarten, da wir eben die enge Freundschaft mit Alexa und Alexa selber noch nicht so recht einordnen können. Kommt Zeit, kommt Rat, und jetzt erst mal zum Mittagessen: »Einschluss«, wie es unüberhörbar durch die Gänge schallt. Also, eines ist mal sicher, für einen Sheriffposten hier im Knast muss man eine Marktschreier-Stimme haben. Allerdings gebe ich zu, wenn die Beamtinnen nicht derart laut brüllen, passiert gar nix. Denn wir Gefangenen haben diesbezüglich alle einen sauberen Gehörschaden. Und nicht nur ich, als Knast-Omi – die jungen Mädel hören alle saumäßig schlecht.

Kurz nach dem Einschluss wird auch schon wieder bei mir aufgeschlossen, denn heute ist – in der Tat – katholische Bibelstunde. Ich schnappe mir meinen Hefter mit den Unterlagen und einen Kuli und darf, ganz ohne Aufsicht, ins Untergeschoss zum Gruppenraum laufen. Dort warten die anderen Mädels, die sich dafür eingetragen und auch die Erlaubnis haben – und unser Theologe, Herr Rauh. Er ist immer sehr ernsthaft bei der Sache, scheint aber gerade selber zu Hause einige Eheprobleme zu haben, die er in seine Aufgaben für uns und in die darauffolgenden Erläuterungen einfließen lässt. Außerdem ist er ein Handwerker-Freak. Jeder Vergleich, den man mit irgendetwas aus der handwerklichen Erfahrung paart, gefällt ihm ganz unglaublich gut. Heute denke ich natürlich die meiste Zeit darüber nach, ob er wohl eine Verbindung zu den Torkas oder zu den Contis haben könnte, und bin nach wie vor total skeptisch. Da er sehr ausführlich über die Einzigartigkeit eines jeden Menschen referiert und auch auf eine ebensolche Einzigartigkeit der Fingerabdrücke und dann Spuren hinweist, kann ich die Frage stellen, ob die Theologen auch ihre Fingerabdrücke – so wie wir – abgeben müssen. Er verneint – also das wird uns im Ernstfall nicht weiterbringen. Aber gut zu wissen. Und da geschieht etwas ganz Außergewöhnliches – er wendet sich an mich mit der Nachfrage: »Eva, ist bei Ihnen ein Neuzugang auf der Station?« Ich bejahe das. »Aha, Sie könnten sie doch zu unserem Kreis einladen.« Noch gar nie kam so eine Einladung von ihm – ich kann nun gleich anbringen, dass Neuzugang Anna Conti gerne kommen möchte und bereits einen Antrag (wir müssen für wirklich alles und jedes einen solchen Antrag schreiben) abgegeben hat. So ein Antrag – sehr amtlich mit Geburtsdatum, Gefangenennummer, Zellennummer und Unterschrift – wird meistens erst einmal von unseren Sheriffs weggelegt, und nach einer angemessenen Wartefrist (Warten gehört zum Strafmaß wohl dazu) bekommt man dann eine Antwort oder das beantragte Teil oder gar nix. Dann muss man eben noch einmal so einen Antrag stellen, da der erste »verlorengegangen« ist. Mir würden da auf Anhieb einige wunderbar passende Beamtenwitze einfallen. Der beste ist der, in dem zwei Beamte miteinander eine Allee anpflanzen, einer gräbt auf und der andere gleich wieder zu. Auf Nachfrage eines Anwohners, was dieses Auf-und-zu eines Loches in der Erde zu bedeuten habe, lautet die Antwort: »Der, der das kleine Bäumchen in das aufgegrabene Loch stellen soll, ist diese Woche krank.«

Dieses Interesse von Herrn Rauh für einen Neuzugang ist wirklich etwas Besonderes und auffällig. Meistens weiß er nicht einmal, wer kommt, und sieht diejenige halt dann irgendwann in der Kirche oder bei der Bibelstunde. Ich bleibe nach der Stunde ein bisschen zurück hinter den anderen und beginne mit Herrn Rauh ein »unverfängliches« Gespräch. »Kennen Sie die Anna schon von draußen oder war sie schon mal hier?« Er reagiert sehr normal: »Ja, ich kenne die ganze Familie. Unser Stadtpfarrer hat immer eine gute Verbindung zu seinen Kommunionkindern gehabt und seit damals – ist ja auch schon wieder zehn Jahre her –, treffen die sich immer wieder und man verliert sich nicht so schnell aus den Augen. Er hat das erfahren, dass Anna leider hier ist, und bat mich, nach ihr zu schauen.« Aha, das erklärt schon ein wenig. »Grüßen Sie doch die Anna vom Pfarrer Löblein und natürlich auch von mir. Aber an mich wird sie sich vielleicht jetzt gar nicht erinnern.« Werde ich machen – bin ja gespannt, ob Anna dazu etwas weiß. Wir sollten herausfinden, ob Herr Rauh auf unserer Seite steht oder …

Mich erwartet jetzt wieder eine einsame Nacht, aber heute bin ich so müde, dass ich gleich einschlafe. Allerdings weckt mich gegen 3 Uhr morgens ein lautes Geräusch, das ich nicht einordnen kann. Ich schaue in den hell erleuchteten Innenhof – hier erhellen starke Außenlampen Tag und Nacht das Gelände – und sehe sechs Beamte in dunklen Uniformen am Tor stehen. Wahrscheinlich habe ich das Zufallen des Tores gehört. Offensichtlich beratschlagen die Männer etwas und kommen dann zielstrebig auf unser Gebäude zu. Sehr interessant! Ich ziehe mir schnell eine Jacke über mein Nachthemd und lausche aufmerksam. Schon höre ich die Herren auf unserm Gang, und an meine Zellentüre wird geklopft. Ich rufe »ja bitte« – dann wird kurz die sogenannte »Kostklappe« (ein rechteckiger Ausschnitt in der Türe, ca. 30 cm breit und 25 cm hoch) geöffnet und eine Stimme fragt: »Ist bei Ihnen alles in Ordnung?« »Ja, keine Probleme.« »Gute Nacht«, und die Klappe ist wieder zu. Was ist der Grund für diesen Vorgang? Ich höre, dass auch bei Lea und Alexa gegenüber in der Dreier-Zelle gefragt wird. Hat jemand den Notruf gedrückt und sich dann nicht gemeldet oder wie hängt das jetzt zusammen? Die Abordnung scheint noch im Eckgang bei Anna, Senta usw. nachzufragen, dann donnert das Gitter am Gangeingang zu und nicht sehr lange darauf sind alle sechs wieder im Hof zu hören. Da werden wir nach dem morgendlichen Aufschluss ja eine Menge Gesprächsstoff haben. Seit ich hier bin, ist so eine nächtliche Invasion noch nicht vorgekommen. Jetzt bin ich natürlich wach und kann erst einmal nicht mehr einschlafen.

Da fällt mir ein besonders lustiges Erlebnis mit meinem Herzblatt Konrad ein. Wir waren damals noch nicht so richtig offiziell ein Paar, da ich noch verheiratet war und somit für unsere Treffen immer feine, gute Ausreden brauchte. Da ich die kurzen Rendezvous am Nachmittag zu wenig fand, schwindelte ich ein Klassentreffen vor, und das sollte angeblich über ein Wochenende auf einem telefonisch nicht erreichbaren Berggasthof stattfinden. Das waren halt noch Zeiten ohne die ständige Erreichbarkeit des Handys. Gesagt, getan – Konrad und ich flogen nach Nizza in ein traumhaftes Hotel direkt an der Promenade: das Beau Rivage. Das ist wohl das erste Haus am Platz, aber es ist ein sehr altes Hotel. Wir verbrachten einen tollen Abend mit Essen vom Feinsten, bestem Champagner und einem Spaziergang über die Promenade – alles das gefiel Konrad vom ersten Augenblick an; er ist halt ein richtiger Genießer. Obwohl er wenige Fremdsprachen spricht, tritt er so selbstsicher und routiniert auf, dass ihm überall, wo wir jemals waren, sämtliche Hotelchefs, Oberkellner und sonstige Bediensteten zu Füßen liegen. Natürlich ist er auch mit entsprechenden Trinkgeldern nicht kleinlich. Wir kehrten bestens gelaunt ins Hotel zurück und gaben uns nun den Freuden der Liebe hin. Konrad war und ist ein wundervoller Bettgefährte – sehr zärtlich und sehr lustig. Er verfügt über einen trockenen Humor und wir hatten immer sehr viel Spaß zusammen. Nachdem ich nun erschöpft und ein wenig müde war, suchte ich noch kurz die Toilette auf – sie war durch eine extra Türe mit Riegel vom Bad abgetrennt. Irgendwie abwesend verschloss ich die Türe hinter mir – wäre ja eigentlich nicht nötig gewesen, da

Konrad bereits eingeschlafen war. Und mit geübtem Griff riss ich den Riegel ab … Das Schloss rastete ein, ein gutes altes französisches Schloss, und ich war eingesperrt. Fenster im eigentlichen Sinn hatte dieses Kämmerchen nicht – die Fensterersatzöffnung ging in einen Schacht. Die Mauern um mich herum waren schön solide und dick. Ich hatte auch leider keinen Faden am Leib und begann sofort zu frieren. Ich rief, ich klopfte, ich hämmerte an die Türe, ich tobte – Konrad schlief. Irgendwie kam mir der Satz in den Sinn: Die kleinen Sünden straft der Herr sofort – »ach, lieber Gott, bitte, bitte, lass Konrad aufwachen«, und siehe da – nach einer guten halben Stunde musste auch mein Konrad noch Pipi und konnte die Türe seinerseits nicht öffnen. Dann erst checkte er, dass ich mich dahinter befand. Nun holen Sie mal nachts um 2 Uhr in Frankreich einen Haustechniker. Um es kurz zu machen, um 3 Uhr öffnete sich endlich die Türe und ich stand – mit einem Stück Toilettenpapier vor meiner Muschi – nackt vor dem Retter und meinem Konrad. In Deutschland würde der Haustechniker bestimmt errötend zur Seite treten und wegsehen. Der Franzose pfiff anerkennend durch die Zähne und wünschte mir einen guten Morgen. Eine halbe Stunde später erwärmte mich mein Konrad aufs Feinste und da ich nun sehr müde war, schlief ich, seinen wunderbaren Schwanz in meiner Muschi, ein. Als ich gegen 9 Uhr wieder erwachte, war er entweder immer noch drin oder schon wieder. Das habe ich nie herausgefunden, aber dass es wunderschön war, das weiß ich noch heute.

Die Moral von der Geschichte war für mich, das unverfrorenes Lügen halt auch bestraft wird, und ich habe ein außerordentlich schnelles Karma. Sieht man auch an der jetzigen Situation. Könnte aber durchaus von Vorteil sein, denn dann muss ich einmal im Jenseits nicht so viel abarbeiten, denn das habe ich alles hier schon erledigt.

Schon ist der nächste Gefängnismorgen da und ich höre, dass Anna ab heute alleine in der Zelle wohnt, da Mara weiter nach Aichach gebracht wird, da dort die Strafen längeren Ausmaßes verbüßt werden. Wir U-Häftlinge müssen schon brav hier warten, bis uns der Prozess gemacht wird, und auch kurze Haftstrafen bis zu neun Monaten werden hier verbüßt.

Der Hauptgesprächsstoff ist aber nun die Unruhe von heute Nacht. Sugar hat beim morgendlichen Teeholen gehört, dass es einen Notruf vom EG gab, und zwar von der Zelle direkt unter Anna. Hier liegt Cara, unsere Italienerin, alleine, da sie Arbeit in der Schneiderei hat, und jede Arbeiterin hat Anspruch auf eine Einzelzelle und muss ja aufgrund der anderen Einschlusszeiten auch getrennt untergebracht sein. Also bei Cara soll sich jemand von außen an dem Schloss der Zelle zu schaffen gemacht haben, und Cara wurde wach und bekam ein mulmiges Gefühl, drückt den Notruf, aber in der Aufregung sprach sie nur noch Italienisch – ihre an und für sich guten Englischkenntnisse und das bisschen Deutsch waren wie weggeblasen. So bekamen die Wachleute am Notruf nur etwas von Gefahr und Hilferufen mit und gerieten dann auch noch ins falsche Stockwerk. Bei Gefahr kommen immer männliche Beamte, die auch ausnahmslos bewaffnet sind. Unsere Sheriffs haben – so glaube ich – allenfalls einen Elektroschocker, wenn überhaupt. Die Beamten konnten aber nichts Auffälliges entdecken und nun nimmt man halt einfach mal an, Cara habe schlecht geträumt. Wir alle um Anna herum sind etwas hellhörig geworden, aber so richtig real kommt es bei mir nicht an. Was bedeutet »an der Türe zu schaffen gemacht«? Ich muss mich bis zum Hofgang gedulden, um Näheres zu erfahren. Anna macht einen relativ ausgeglichenen Eindruck und nimmt von den nächtlichen Vorfällen keine Notiz. Die meisten von uns gehen schnell duschen – ich schließe mich an und Anna geht mit mir mit, was sinnvoll ist. So kann da schon nichts passieren. Ich kann mir auch gar nicht vorstellen, dass in unserer Abteilung akute Gefahr droht. Aber bekanntlich ist ja Vorsicht die Mutter der Porzellankiste. Anschließend ziehen wir uns alle an und drängeln in bewährter Weise in Richtung Hof. Kaum öffnet sich das Tor und schon stürmen die Mädels raus – heute sind alle Dealergrößen da: die Baronin, Schoko und Gloria. Letztere ist ein Fall für sich. Sie betont zu jeder passenden oder unpassenden Gelegenheit, dass sie hier eigentlich gar nicht hingehört. »Ich habe draußen mein ganz geregeltes Leben, einen Superjob und auch mein soziales Umfeld ist top.« Aha. »Was machst dann hier?«, möchte man gern fragen. Alles ist eine totale Verwechslung. Von gut informierter Seite höre ich etwas ganz anderes und die Tatsache, wie lange Gloria nun schon in U-Haft ist und wie genau auch ihre Post von der Staatsanwaltschaft kontrolliert wird (siehe meine Post), weist in eine andere Richtung. Sie hat als »Schmerzpatientin« schon immer Zugang zu Morphium und mit genau diesen Tabletten scheint sie einen schwunghaften Handel betrieben zu haben. Wohlbekannt in der Szene in einer Stadt im Umkreis. Leider mag ich ihre überhebliche und oft selbstgerechte Art nicht so besonders. Heute bildet sich in Sekundenschnelle ein Kreis um Cara – vornehmlich die italienische Fraktion. Der Lärmpegel schwillt auf geschätzte 60 Dezibel an – denn die neun Italienerinnen sind in Hochform. Ich begebe mich schleunigst auf meinen Rundkurs und verschiebe meine Fragerei auf später, und siehe da, nach zehn Minuten wird das Geplärre leiser und ergreife die Chance und pirsche mich an Cara ran. Da sie mich mag, wendet sie sich auch gleich mir zu, und wir arbeiten das Thema auf Englisch ab. »Da hat jemand ganz viele verschiedene Schlüssel an meiner Zelle ausprobiert – weißt du, ganz leise, aber ich hab's genau gehört. Keiner hat gepasst. Das war ganz bestimmt keine normale Beamtin – die wissen doch, welcher Schlüssel für was passt, und ich habe richtig Schiss gekriegt.« »Aha, kann ich total verstehen«, gebe ich zurück. Cara macht in bester Theatermanier große kugelrunde Augen. »Eva, was ist da los?« – Ich beruhige sie: »Cara, vielleicht war's die neue junge Beamtin, die kennt sich noch nicht so gut aus.« »No, no, Eva, kann nicht sein. Mitten in der Nacht, da kommt doch nur jemand, wenn der Notruf geht. Ich habe aber nicht gedrückt.« Darauf weiß ich auch keine passende Antwort und nach einer kurzen Umarmung nicke ich ihr verständnisvoll zu. Im Knast umarmt man sich oft und es tut einem immer gut. Ich bin nicht so der große Umarmer draußen gewesen, vor allem, was andere Frauen angeht. Hier habe ich gelernt, dass das guttut, Mut gibt und wohl auch ein Ersatz dafür ist, dass wir niemanden, keine Kinder, keine Geschwister, keine Eltern und auch keine Ehemänner oder Freunde zum Umarmen haben. Und das oft auch eine sehr lange Zeit.

Karat, Lea und Anna warten schon und schließen sich mir an. »Was war los?« Ich berichte, und auch Karat, die im EG auf der anderen Seite wohnt, hat nichts anderes gehört. Wir schweigen ein paar Meter, dann spricht Lea aus, was ich denke: »Ist arg komisch, dass das gerade jetzt passiert, wo Anna da ist. Habe ich vorher noch nie gehört.« Also beschließen wir, genau aufzupassen, was wohl gerade nachts nicht so einfach ist. Gloria winkt mir zu und ich mache eine Pause bei ihr. Auch sie will wissen, was passiert ist. Da sie im zweiten Stock untergebracht ist, hat sie rein gar nix mitbekommen, und gleich schiebt sie noch die Frage nach: »Kennst du eigentlich die Neue?« Ich stelle mich ein bisserl dumm. »Welche Neue meinst du? Da sind doch wieder einige gekommen.« »Na, die Hübsche, die bei dir im Ersten wohnt.« »Anna, ach, die ist nett und halt noch jung«, weiche ich vorerst mal aus. »Sie soll mit Schoko viel reden?« »Na, viel eher nicht, aber du kennst doch Schoko, die stellt immer gleich die Weichen, wenn was Neues kommt.« Gloria lässt es auf sich beruhen und will gerade wieder zu einer ausführlichen Beschwerde über die Zustände hier im Knast ansetzen – ihr Lieblingsthema, gleich nach ihrer einwandfreien Herkunftsstory – , da kurve ich um die Ecke. Da meine sportlichen Ambitionen respektiert werden, ist das immer ein erstklassiger Grund, wenn ich genug von einer Unterhaltung habe. Die meisten sitzen jetzt rum und rauchen – es ist total krass, es wird nahezu ununterbrochen geraucht und Kaffee konsumiert. Auf meine Nachfrage, warum, erklärte mir Senta: »Das ist die Suchtverlagerung, das haben wir alle.« So kann ich es inzwischen nachvollziehen. Ich kenne draußen nur einige wenige Raucher und solche Kettenraucher, maximal zwei Personen. Als ich noch rauchte – ich habe es vor zehn Jahren aufgegeben –, habe ich höchstens zehn Zigaretten pro Tag verqualmt. Der Spaß kostet ja inzwischen auch richtig Geld und gerade hier drin ist Geld immer knapp. Die Mädels drehen die Zigaretten selber, aber im Durchschnitt kostet das auch 30 oder 40 Euro im Monat. Puh!

Wieder oben angekommen, wartet schon Sugar, unser Hausmädchen, auf mich und wir verschwinden alle zusammen, Senta, Olga, Anna und ich, in ihrer Zelle. Sie hat Neuigkeiten. Ein Typ in der Küche namens Andy hat ihr gesteckt, dass heute Abend der Nudelsalat für die Conti einen kleinen roten Punkt außen hat. Es wäre gut, wenn Sugar genau dieses Schälchen passend austeilt. Da die Aufsicht kam, konnte Sugar nicht nachfragen, warum. »Also, Anna, du kriegst von mir den Käse von gestern Abend, ich habe ihn eh nicht gegessen, und den Nudelsalat lässt du mal stehen. Wir schauen uns den morgen an«, entscheidet Senta. Irgendwie nimmt die Sache ganz schön Fahrt auf – geht rasend schnell. Was_führen die Torkas denn bloß im Schilde … die haben aber nicht mit uns gerechnet.

Einschluss, und wir kehren jede in ihre Zelle zurück, und am Nachmittag ist dann evangelische Bibelstunde. Wie passend, da kann ich weiter recherchieren, woher der Wind weht. Gegen 15 Uhr wird aufgesperrt und ich darf zur besagten evangelischen Gruppenstunde. Wir sind meistens zehn Frauen und Pastor Entenbach – der Name ist einfach göttlich – gibt sich sehr viel Mühe mit uns und hat auch häufig kleine Überraschungsgeschenke dabei. So, da wären mal Gummibärchen, sehr begehrt sind die Feuerzeuge, Tabakbeutelchen für jeden und andere Aufmerksamkeiten. Heute hat er Eberhard, einen pensionierten Lehrer, dabei, der sich bei uns ehrenamtlich engagiert und Pastor Entenbach unterstützt. Was genau er dabei für eine Funktion hat, ist mir völlig unklar, aber er ist halt gerne da, und gestört hat er bislang nie. Den Pastor mag ich sehr gerne und bin mir ziemlich sicher, dass er keinesfalls gefährlich für Anna sein könnte. Heute sprechen wir mal übers Alte Testament und alles plätschert angenehm an mir vorbei. Ich bin ziemlich bibelfest und muss mich da gar nicht so besonders konzentrieren. Da ergreift Eberhard überraschend das Wort und beginnt über den Passus »Aug um Aug und Zahn um Zahn« begeistert zu referieren. Und er meint, dass diese Aussage durchaus auch heute noch in vielen Situationen Anwendung findet. Aha. »Aber christlich im eigentlichen Sinne ist das nicht«, werfe ich ein. »Aber sehr oft heilsam«, denkt er laut. Da sehe ich ihn jetzt blitzartig in einem ganz anderen Licht. Auch unser Enti – Kurzform für Entenbach – ist etwas irritiert, und da die Bibelstunde dem Ende zugeht, lenkt Enti das Gespräch auf den kommenden Gottesdienst am Sonntag und Eberhard grummelt noch ein bisschen vor sich hin, kommt aber nicht mehr zum Zug.

Zurück in meinem Stockwerk habe ich heute wieder einmal Glück und man vergisst mich einzuschließen. Prima Gelegenheit, alles ein wenig zu kontrollieren. Ich inspiziere die Küche, die auch unser Aufenthaltsraum ist. Den Kühlschrank und den Gang. Vor Annas

Zellentür mach ich Halt und meine Augen gleiten über die Türe, die Kostklappe, das Namensschild. Stopp – was glänzt da? Kleine Punkte schimmern irgendwie anders, und ich gehe ganz nah ran: Drei kleine Klebepunkte aus Acryl sind am unteren Rand aufgeklebt – solche verwendet man auch, um Glasplatten am Verrutschen zu hindern. Nur, wir können solche Teilchen hier nirgends bestellen, und auch bei den Beamten habe ich nichts in der Art bisher gesichtet. Ich betaste das Namensschild vorsichtig – klar, diese Pünktchen kann man auch im Dunkeln fühlen, sehen kann man sie nur, wenn Streiflicht darauf fällt und man auch direkt drauf schaut. Spontan mache ich sie blitzschnell weg und poliere die Klebeflächen noch mit meinem Taschentuch und ein bisschen Spucke nach. So, jetzt ist nichts mehr zu sehen. Ganz bestimmt sollten sie doch dazu dienen, Annas Zelle einwandfrei und sicher zu finden. Na, da haben wir ja richtig Glück gehabt, aber der Name steht immer noch da und den kann ich auch nicht entfernen, denn sonst bekommt Anna Ärger. Das Vertauschen oder Entfernen der Namensschilder ist verboten.

Ich verziehe mich in mein Zimmer und denke ausgiebig nach. Sollte wohl der Besuch vergangene Nacht, der sich an Caras Türe vergeblich um Einlass bemühte, doch Anna gelten – vermutet haben wir es ja schon. Also muss heute Nacht abwechselnd aufgepasst werden – raus können wir nicht, aber mit ein wenig Lärm und schlimmstenfalls der Notruftaste sind wir auch nicht ganz wehrlos. Da höre ich Sugar mit dem Essenswagen und unserem Abendbrot anrücken, und meistens ist die Beamtin erst fünf Minuten später da. Ich sause also los und lege Sugar die Sachlage dar, sie ist – wie immer – total konzentriert bei der Sache und sagt die Wache bis 11 Uhr zu. Da sie jeden Morgen um 5:30 Uhr geweckt wird, ist das schon sehr hilfsbereit, denn sonst wird die Nacht für sie zu kurz. Die Beamtin kommt schüsselrasselnd den Gang entlang und ich verstecke mich hinter Sugar – sie schaut nicht in unsere Richtung und sperrt die anderen Zellen auf. So habe ich Zeit, Lea und Ronja um die restlichen Wachen zu bitten – geht klar. Lea nimmt von 11 bis 2 Uhr und Ronja den Rest bis 5 Uhr früh. Dann ist im Knast bereits »Tag« und keiner wird es noch in Erwägung ziehen, hier rumzuschleichen.

Als Anna ihr Essen holt, bekommt sie von uns eine Portion Käse und wir erinnern sie noch mal daran, die Schale mit dem Nudelsalat auf dem Fensterbrett zu deponieren und nichts davon zu essen. Morgen früh werden wir dann die Sache näher betrachten und hoffentlich aufklären. Nehmen wir zumindest an. Da ich nicht zur Wachmannschaft gehöre, kann ich gemütlich fernsehen, und als ich Hamburg, die Stadt meiner Träume, anlässlich des G20-Gipfels ausführlich sehe, bin ich den Tränen nahe. Wie gern wäre ich dort bei meinem Liebsten und würde mit ihm an der Alster entlangspazieren oder draußen in Wedel die Schiffe aus aller Welt begrüßen, auf dem Deich zusammen mit den Schafen den Wind und die Sonne genießen. Es ist zum Auswachsen … Und als dann auch noch die Speicherstadt gezeigt wird, muss ich doch wieder lachen, denn ich erinnere mich an ein Silvester in Hamburg. Wir hatten in dem damals ganz, ganz neuen und sehr feudalen Steigenberger Hotel eine Suite gebucht. Die besondere Attraktion dieses Hotels war die schon fast an einen Wellnessbereich erinnernde private Badelandschaft, die jede Suite aufwies. Krönung des Ganzen war eine herrliche, große, runde Badewanne, auf einer umlaufenden Stufe platziert. Meinem Konrad gefiel besonders das nagelneue B&O-TV, das im Schlafzimmer stand. So war jeder von uns beiden begeistert und ich konnte es kaum erwarten, die tolle Badewanne, die auch ein Whirlpool war, zu benutzen. Gleich nach dem Auspacken ließ ich Wasser ein und gab auch von meinem edlen Bademittel von Esteé Lauder reichlich ins Wasser. Da ich immer alles auf einmal mache und gerade so schön nackt war, gesellte ich mich zu dem Objekt meiner Begierde, und als ich das dritte Mal vor ihm auf und ab ging, kam auch die erwünschte Reaktion bzw. Erektion. Er zog mich auf seinen Schoß, das Gesicht zu ihm gewandt, und wir hatten viel Spaß. Noch viel spaßiger wurde es aber, als Konrads Blick in Richtung Badezimmer ging und er haltlos zu lachen begann. Fand ich eher unpassend, da ich mich gerade in Richtung Höhepunkt bewegte. Aber damit war's erst mal vorbei, denn eine riesige Schaumlawine kroch aus dem Badezimmer in Richtung Wohnbereich und ich war total perplex. »Was ist denn da passiert?« Konrad konnte immer noch nicht sprechen vor Lachen. Er hatte mit einem Blick erkannt, dass seine kluge, in Whirlpool-Dingen total unerfahrene Frau dieses Desaster ausgelöst hatte. Es erübrigt sich zu erklären, dass man in einen Whirlpool niemals und wirklich niemals ein Schaumbad schütten darf – ich möchte zu meiner Entlastung bemerken, dass es vor 20 Jahren auch kaum Whirlpools im privaten Bereich gab und, na ja, manchmal denke ich halt auch nicht so arg logisch. Es kostete uns ein großes Trinkgeld und dann durften wir in eine ebenso schöne Suite umziehen.

Als ich zwei Jahre später dort wieder einmal übernachtete, fanden sich am Badewannenrand hübsche Schildchen mit dem Hinweis: »Keinen Badezusatz beim Benutzen der Whirlpool-Funktion!« Alles klar.

Der nächste Gefängnis-Morgen begann wie immer mit dem Weckruf: »Aufstehen, meine Damen, es ist jetzt 6:20 Uhr.« Und gleich darauf, schepper, schepper, wurde aufgesperrt. Mein erster Gang führte natürlich zu meinem »Wachpersonal«. »Keine Vorkommnisse, Mann«, ließ sich Lea vernehmen, und auch die anderen beiden hatten nichts bemerkt. Anna selbst hatte gut geschlafen und war putzmunter. Die Entzugserscheinungen verschwanden – »sie hat heute wieder einen Kontrolltermin im Labor«, informiert mich Sugar. »Ah ja, lass uns doch mal den Nudelsalat von gestern besichtigen« – gesagt, getan. Senta bringt bereits das Schälchen in die Küche und wir leeren es vorsichtig auf die Spültischablage. Ich rieche daran – nichts Außergewöhnliches. Aber da ist Senta ganz anderer Meinung. »Du, Lea guck mal, auf dem Boden ist ein weißlicher Rückstand, sieht wie eine zerbröselte Tablette aus.« »Ja, genau, und ich wette, das ist Crystal Meth – eine Bombe nennen wir das.« »Aha, und was weiter?« »Na, überleg halt mal, Rotkäppchen. Wenn sie es entdeckt hätte, garantiert hätte sie es eingeworfen.« Ich sage: »Wohin eingeworfen?« »Mei, jetzt stell dich noch nicht gar so an. Genommen hätt sie's, da kann doch so leicht keiner widerstehen, der noch so frisch ist, und dann heute die Kontrolle. Das hätte bestimmt eine Woche Bunker gegeben, und das ist echt hart.« Gar kein so dummer Plan. Vor allem wär sie dann dort allein und die Hausmädels vom EG bringen dort das Essen rein. Man darf ja nur raus in den Hof und zum Lesen gibt's die Bibel – sonst nix. »Glück gehabt, Anna«, meint Olga. Anna lacht: »Eigentlich schon schade, dass die Senta das jetzt gleich in die Toilette geschüttet hat. Vielleicht wär's noch gut gewesen …« »Du spinnst doch, Mann – Killer«, legt Lea los. Und beide lachen gemeinsam los – keine Ahnung, ob aus ehrlichem Bedauern oder ob sie den Ernst der Lage kapiert haben. »Also wir müssen heute im Hof die drei ›Herrscherinnen‹ kontakten«, schlage ich vor. »Genau, und das machst du, Eva« – o. k., ich bin einverstanden, denn ich gelte als eher unbedarft und ein bisserl naiv – wenn überhaupt, dann kriege ich etwas heraus, weil man mir eh nicht viel Durchblick zutraut. Aber so als Späher gehe ich anscheinend durch. Also Schuhe und Jacke an und Aufstellung nehmen zum Hofgang. – Geschrei und Getrampel vor dem Ausgangstor und wir sind im Freien. Erst mal drehe ich 20 schnelle Runden – alles andere wäre zu auffällig. Karat informiert mich noch kurz, wie ich es machen soll. Also halte ich zuerst bei Schoko an. Die üblichen Fragen: »Wie geht's dir?«, »War dein Anwalt wieder da?« und so was, dann komme ich vorsichtig zur Sache. »Du, denkst du, unser Küken, die Anna, hat hier was zu befürchten?« Schoko bläst langsam und theatralisch den Rauch ihrer Zigarette in die Luft und richtet ihre Schweinsäuglein auf mich. »Tststs, könnte durchaus sein – besser, ihr bleibt immer so um sie rum, damit die Torkasmädchen nicht frech werden.« »Aha, ja, machen wir. Und sonst, keine größeren Gefahrenherde, oder?« Schoko meint, »hab noch nix weiter gehört. Wenn was kommt, sag ich dir Bescheid. Ich mag den Sergio ja gern und da kann er auf mich zählen. Sag ihr das.« »Mach ich«, verspreche ich und trolle mich weiter. Wieder ein paar Runden und ich mache der Baronin meine Aufwartung – gleiches Muster dort – völlig andere Reaktion. Die Baronin legt los: »Ha, wohl Schiss, die kleine Fotze (ist hier so der Jargon …), draußen immer die Klappe aufreißen und jetzt geht ihr die Muffe.« »Na ja«, wende ich ab. »War ja bloß so 'ne Frage von mir.« »Nee, mir machst du nix vor – sag ihr, sie soll sich vorsehen. Abgerechnet wird hier drin und da kann auch der Papa nicht helfen. Aber wenn's ganz hart auf hart geht, soll sie halt mal bei mir vorbeikommen. Für eine Entschuldigung hab ich immer ein offenes Ohr.« »Okay, gebe ich weiter.« Und ich mache mich – einigermaßen unzufrieden – wieder auf meinen Weg. Da haben wir jetzt nicht unbedingt eine Verbündete. Nächste Haltestelle ist dann Gloria. Sie hat heute ihre neuen Sklaven um sich: Tai, die Schleimerin, und Kerry, eine wahnsinnige Nervensäge mit unerträglich hoher Stimme. Ich gebe ihr zu verstehen, dass es etwas unter vier Augen zu besprechen gibt, und so scheucht sie die beiden weg mit dem Auftrag, die Tischtennisschläger bei der Beamtin zu holen, denn neugierig ist sie allemal. Ich komme schnell zu Sache: »Du, die Neue, die Anna Conti bei uns auf dem Stockwerk, kennst du die von draußen?« Gloria nickt bedächtig – »kenn ich wohl ihren Papi – netter Kerl und einer, mit dem man reden kann.« »Klingt gut. Du hast also nix gegen die Contis?« »Nöööö, eigentlich nicht. Warum?« »Na, die Anna hat ein paar blöde Drohungen kassiert hier im Knast.« »Oho, das ging ja fix – die ist doch noch nicht lange da, oder?« »Stimmt, Gloria, da bist du richtig informiert. Wenn da was dran ist, kann ich auf dich zählen?« »Ja, kannst du. Aber so richtig gut kenn ich den Conti nicht, bin ja nicht in der Szene. Du weißt ja, ich habe einen grundsoliden Hintergrund und ein schönes Haus – 'nen guten Job …« Die alte Leier. »Ja, ja, ich weiß doch, Gloria«, stimme ich begeistert zu, und da kommt ihr Hofstaat eh zurück und ich kann mich verdrücken. War aber 'ne gute Meldung, falls sie nicht schwindelt.

Jetzt absolviere ich erst mal meine Trainingseinheiten und dann schlage ich bei Karat auf und erstatte Bericht. Lea, Sugar, Senta, Olga und natürlich Anna stehen im Kreis um mich rum. »Na, ich denke, jetzt wissen wir zumindest, was Sache ist. Wenn wir weiter die Augen offenhalten, sollte alles glattgehen.« »Hast du schon was von deinem Anwalt gehört?«, will Karat von Anna wissen. »Und wie war das da in Hamburg eigentlich genau – da stand was von nicht vollständig bekleidet in der Zeitung.« Anna schnaubt leicht empört: »Also, das war so« – und schon brechen wir alle in Lachen aus – denn dieser Standardanfang von Karat ist schon in Annas Wortschatz gelandet. »Es war halt tolles warmes Wetter und ich hatte so ein Bustier, bauchfrei, und Hot Pants an, und natürlich hohe Hacken.« »Ja, und?« »Na ja, weil ich doch total zugekifft war, habe ich die Hotpants ausgezogen und der Tanga von La Perla war echt schön, aber der Knoko, der war hinten, und der hat den Tanga auch noch runtergezogen« – also so langsam ist uns klar, wie Anna auf der Polizeiwache ausgesehen haben muss. Heiße Sache! »Aber die haben mir dann eine ganz scheußliche alte Penner-Jeans gegeben und die musste ich anziehen. Fand ich voll blöd«, will sie sagen – da schreit Lea schon »voll krass« und wir lachen noch mal los. Die Beamtin, die heute Aufsicht im Hof hat, ist so eine, die zum Lachen lieber in den Keller geht, und sie droht schon, »bisschen leiser, sonst können Sie gleich reingehen« – wir murren noch anstandshalber laut, aber dann zerstreuen wir uns lieber, denn heute ist gutes Wetter und ich will noch nicht rein. Ich habe hier oft den Eindruck, dass gute Laune, Ausgeglichenheit und wenn wir uns untereinander gut verstehen, bei den Beamten gar nicht gut ankommt. Wir sollen hier eben leiden – ist ja schließlich Knast. Sind aber nicht alle so, und wie draußen gibt's gute Tage und schlechte. Der Montag ist immer besonders gefährlich, denn manche der Sheriffs lassen dann den Frust über ein misslungenes Wochenende an uns aus.

Heute habe ich wieder ein Antragserlebnis: Wir müssen für alles und jedes einen schriftlichen Antrag stellen mit einer Reihe von Personalangaben und Unterschrift. Da ich mir ein Radio kaufen will, bedarf es, da ein Elektroartikel, eines Antrages. Aber nicht genug, es muss ein spezielles Formular verwendet werden. Das liegt nirgends aus. Denn, wie charmant, für dieses Formular – so höre ich auf Nachfrage – soll ich erst mal einen Antrag stellen. Tolle Sache! Ich mache es und am Nachmittag bringt mir dann eine der Chefinnen das Formular für den Antrag für den Radiokauf. Einfach klasse – da wird mir schnell klar, warum die ständig klagen, sie kämen mit der vielen Arbeit nicht nach. Wäre bestimmt ein gutes Pflaster für so einen professionellen Optimierer. Aber da ich ja hoffentlich nicht bis zu meinem Lebensende im Knast sein muss, soll mir das gleich sein.

Wir treffen uns alle wieder nach dem Mittagessen und heute gehen Olga und Senta mit Anna zum Duschen, da ich schon morgens war und auch unsere Alexa etwas genauer unter die Lupe nehmen will. Sie ist sehr gesprächig und nicht übermäßig hell. Da sie schon das fünfte Mal hier ist, kennt sie alles und alle, und besonders gut den Theologen samt seinem Assistenten Eberhard. Und – sehr interessant – sie erzählt, dass der Eberhard als verdeckter Ermittler in der

Drogenszene gearbeitet hat, und zwar in München. Da klingelt bei mir gewaltig die Alarmglocke. Ist doch gut, seine sozialen Kontakte zu pflegen – hat Karat schon recht damit. Der Eberhard kam mir sowieso komisch vor. Aber wie sollte der an Anna rankommen? Da fällt mir ein, dass ich vor Kurzem mit dem Pfarrer Entenbach vor unserem Trakt stand und die vordere Gittertüre war zu, da hat er mir aufgesperrt. Also haben die Schlüssel – hatte ich total vergessen. Wenn der Eberhard bloß mal nicht hier nachts rumschleicht. Doch noch bevor ich meine neuen Erkenntnisse loswerden kann, tönt es wieder »EEEEIIIINschluuuussss« und ich muss schleunigst zu meiner Zelle düsen, denn Frau Braun (eine Scharfe, und das in jeder Hinsicht) geht schon in meinen Gang rein. Die versteht wenig Spaß und redet einen gerne dumm an. Also, ob ich das beim Abendessen noch kundtun kann – na, es wird schon nicht so dringend sein.

Beim Abendessen bin ich sowieso nicht da, denn man holt mich am Spätnachmittag ins »Allerheiligste«, sprich Beamtenzimmer. Ein Wunder: Ich darf den Hausmädchen-Job »erlernen«, um dann nachzurücken, wenn eine der Ladys geht. Das ist eine prima Nachricht, denn dann bin ich auch viel näher am Geschehen – so denke ich.

Zurück in meinem Zimmer – das Abendessen durfte ich in der Küche mitnehmen, und heute ist es ein original abgepackter Geflügelsalat mit Curry – nicht einmal schlecht. Da ich auch noch eine Tomate, einen Apfel und ein bisserl etwas zu naschen habe, fühle ich mich total gut.

Da ich bereits morgen um 5:30 Uhr geweckt werde – als Hausmädchen geht es früh los –, liege ich bald im Bett und denke noch ein bisschen an meinen Liebsten zu Hause und an unsere schönen Reisen mit dem Wohnmobil. Das war einfach toll – wir fuhren meistens nach Nordjütland. Das ist ganz im Norden von Dänemark und dort gibt es viel, viel Landwirtschaft, wenig Verkehr (Autos meine ich jetzt – für den Rest haben wir gesorgt) und einen irrsinnig schönen Strand. Das Meer ist dort wild und jeden Tag, was sage ich, jede Stunde anders. Die Dünen geben Schutz beim Sonnen und insgesamt trifft man wenig Touristen und so gut wie keine Deutschen. Also alles prima. Wir hatten einen sehr schönen Campingplatz gefunden am Klimt Strand – die Anlage verfügte auch über eine ansprechende Wellnessabteilung und man konnte in der Nähe frisch gefangenen Fisch kaufen. Da das große Wohnmobil zum Erkunden der Umgebung und um einkaufen zu fahren nicht geeignet war, hatten wir einen Vespa-Roller – blau, mit Namen Capri – an Bord. Wenn das Wetter warm war, machten wir damit auch wunderschöne Ausflüge. Wie gesagt, es war nicht sehr dicht besiedelt und als wir eines Nachmittags schon ziemlich lange unterwegs gewesen waren, hatten wir großen Kaffeedurst und Hunger. Endlich fuhren wir durch eine kleine Stadt und entdeckten ein hübsches Anwesen mit Terrasse, auf der auch zwei Tischchen, Stühle und eine Bank standen. Auf mein begeistertes Rufen und Zupfen am Ärmel seiner Jacke hielt mein Chauffeur Konrad an und wir parkten die Vespa ein und nahmen auf der Terrasse Platz. Leider hatte uns die Bedienung wohl nicht bemerkt, und ich machte mich auf die Suche nach ihr und betrat das Haus. Weit und breit keiner – ich rief auf Englisch, und nach mehrmaligem »Hello – please, we would like to order« erschien eine sehr hübsche Dame und war doch ein wenig erstaunt. Ich sah mich etwas aufmerksamer um und es fiel mir wie Schuppen von den Augen. Noch während ich von Coffee and Cakes and something sprach, wurde es mit klar: Das war kein Restaurant und auch kein Café. Wir waren in bzw. auf einem Privatgelände. Die Lady und ich sahen uns an, und beide begannen wir zu lachen. Sie ließ uns keinesfalls gehen, sondern bestand, so nett sind die Dänen wirklich, darauf, dass wir bei ihr Kaffee tranken und ganz wunderbare Kekse anstatt Kuchen futterten. Ich möchte mir das lieber hier in Bayern nicht ausmalen, wenn sich Touristen auf eine private Terrasse setzten und etwas zu essen und zu trinken verlangten. In den beiden darauffolgenden Jahren besuchten wir Dörte und Olaf jedes Mal und wir lernten die beiden bei einigen gemeinsamen Abendessen gut kennen. Ganz tolle Menschen!

So, und schon schlafe ich tief und fest bis zum Weckruf per Sprechanlage, dann so werden die Hausmädchen geweckt. Da ich erst Lehrling bin, bekomme ich vorerst nur Handschuhe, eine Schürze zum Umbinden und ein Tuch für die Haare. Ich darf mit Sugar den Tee holen, und da heute Samstag ist, wird der Tee zu jeder Zelle gebracht. Auch die Medikamente werden so verteilt, da erst um 11 Uhr zum Mittagessen Aufschluss ist. Wir gehen also zusammen mit Frau Braun von Zelle zu Zelle. Morgens muss die diensthabende Beamtin sich auch überzeugen, dass noch alle da sind und so weit gesund. Die meisten Mädels sind noch total verschlafen, sie gucken kurz raus, nehmen in Empfang, wonach ihnen der Sinn steht, und legen sich gleich wieder ins Bett. Großes Erstaunen, das ich heute mit von der Partie bin – ein »Guten Morgen« und Türe zu. Dann die nächste Zelle. Frau Braun sperrt auf und öffnet die Türe. Nichts rührt sich – »hallo, Sie müssen aufstehen!« Keine Reaktion. Oh, Gott, das ist ja Annas Zelle! Frau Braun reagiert schon leicht ungehalten: »Frau Conti, Aufstehen gilt auch für Sie!« Immer noch ist es ganz ruhig – dann reißt Frau Braun die Tür weit auf und macht das Licht an. Ich gehe so weit wie möglich ran, denn mir klopft das Herz bis zum Hals. Was ist passiert? Liegt Anna tot im Bett? Aber sogar die Braun ist baff – keine Anna weit und breit. Das Bett ist ungemacht, die Vorhänge sind zu – die Toilettentür wird aufgerissen, da ist sie auch nicht. Frau Braun ist sprachlos. Und das will etwas heißen. Dann scheucht sie Sugar und mich in die Küche, knallt die Türe zu und plärrt aufgeregt in ihr Sprechgerät. Es dauert keine drei Minuten, dann ist der Gang voll von Beamtinnen und alle reden durcheinander. Wir zwei spitzen in der Küche die Ohren. Sugar war schon öfter hier im Hotel Knast – so etwas hat sie noch nie erlebt. »Mann, Rotkäppchen, das gibt's doch gar nicht. Die haben die bestimmt gestern Abend entlassen und die doofe Braun weiß es halt nicht.« »Kann ich mir jetzt gar nicht vorstellen, Sugar – die räumen in so einem Fall doch sofort die Zelle aus, und überhaupt, abends wird doch niemand entlassen, oder?« »Nö, eigentlich nicht«, räumt Sugar ein. »Na also, da ist was faul, und zwar oberfaul.« Wir verhalten uns ganz still in der Küche – dann kriegen wir wenigstens etwas mit –, wenn sie uns bemerken, wandern wir sofort in unsere Zellen. Noch ein paar Minuten später sind acht schwarz gekleidete männliche Sheriffs mit Waffen da und der Hübsche mit seinem Hund. Dann werden alle Zellen nacheinander aufgesperrt und kontrolliert, wer drin ist. Wir, als Hausmädchen, dürfen vorerst in der Küche bleiben, aber unsere Zimmer werden auch überprüft. Anna ist nirgends. Die Stimmung schwankt zwischen aufgeregt und verschlafen – je nach

Zelleninsassin. Nun sollen wir den restlichen Zimmern Tee und die Medikamente bringen – das macht die Chefin Nr. 2 mit uns – und kaum sind wir fertig, kommen zwei Männer in Zivil (»Kommissare«, flüstert Sugar mir zu) in unsere Abteilung. Die müssen ja geflogen sein. Inzwischen werden alle Zellen und Räume in ganzen Knast von den Sheriffs kontrolliert. Die beiden Herren stehen vor dem Dienstzimmer – gegenüber der Küche. Einer von den beiden kommt mir irgendwie bekannt vor. Groß, silberblond – eher schon grau – , volles Haar, sehr sportliche Figur, und dann schaut er zu uns herüber. Mei, das ist ja der Frieder von Markstaller – eigentlich Friedrich von Markstaller. Er schaut auch recht irritiert in meine Richtung. Was macht denn der hier? Er war damals Kommissar in Wiesau und ich hatte die Ehre, sein kleines, aber sehr feines Schloss einzurichten. Soweit ich weiß, war er mit einer sehr viel jüngeren, zierlichen Frau zusammen – sie kam wohl aus Sachsen. Ich hatte ein bisserl Probleme mit ihrem (nicht vorhandenen) Geschmack, aber die Ossis halt. Frieder schaut nun sehr intensiv zu Sugar und mir und nähert sich der Küchentür. Ist ja jetzt megapeinlich, dass er mich hier antrifft. Er begrüßt uns ganz höflich, notiert sich unsere Namen und sagt seinem Kollegen, er würde schon einmal mit uns anfangen. Er bittet Sugar, doch ein paar Minuten in ihrem Zimmer zu warten (er sagt auch »Zimmer« und »bitte«), dann bietet er mir einen Stuhl an und setzt sich mit dem Rücken zur Tür. »Eva König – sind Sie's wirklich?« Ich nicke etwas betreten. Er hat bereits alle unsere Akten in seinem Koffer und liest erst mal interessiert meine. »Ach, du liebe Güte, so ein Pech. Das war so ein toller Laden, und Sie – ich glaube, wir waren damals beim Du, stimmt's?« Ich nicke. »Na, hier sollten wir offiziell das Sie benutzen – sonst zieht mich mein Chef ab.« Ich stimme zu, »natürlich, Herr von Markstaller.« »Nein, sag einfach Herr Hauptkommissar – dann passt es. Also, Frau König, wie lange bist du denn schon hier?« »Drei Monate«, seufze ich. »Wer bearbeitet das denn?« Er schaut wieder in meine Akte. »Der Dr. Stoppe – ein Elend, das ist der größte Erbsenzähler im ganzen Verein. Ein richtiger Schnösel, und so was kostet der aus – der hat sich beim Möbel Roller seinen Krempel geholt. Aber da kümmere ich mich die nächsten Tage mal unter der Hand drum – vielleicht kann ich dir helfen. Wenigstens, dass sich etwas bewegt. Wieso haben die dich denn in U-Haft genommen?« »Fluchtgefahr und Verdunkelung«, antworte ich. »Also die üblichen Verdächtigen! Mal sehen. Aber jetzt zum Thema. Frau König, wie gut kennen Sie die Anna Conti?« »Na ja, sie ist ein nettes Mädel, und so sehr lange ist sie noch nicht bei uns im Stockwerk.« »War irgendwas Besonderes mit ihr?« Ich überlege, ob ich ihm vertrauen soll. Er kann wohl Gedanken lesen: »Sie können mir vertrauen, Frau König. Der Conti-Clan ist mir bekannt, und dieses Töchterchen vom Carlo war hier sicher Gesprächsthema.« »Ja, schon«, stimme ich zu. »Und weiter, gab's was Auffälliges? Hat man ihr gedroht?« »Wie kommen Sie jetzt da drauf?« »Ja, Frau König, liegt doch auf der Hand. Also, jetzt raus mit der Sprache.« Ich erzähle nun halt doch in groben Zügen, was so abgelaufen ist. Bei der Sache mit den aufgelösten Tabletten pfeift er durch die Zähne. Dann schweigen wir einträchtig eine kleine Weile und er schaut mich lange und nicht so ganz ohne Wohlwollen an. Ich versuche es mit einem kleinen Lächeln. »Sind wir beide ein bisserl älter geworden, was, Eva?« »Ja«, sage ich, »aber wie Herr Hauptkommissar sehen, ich bin offensichtlich nicht gerade klüger geworden.« »Kann jedem passieren«, meint er nun sehr galant. »Ich werde mir nächste Woche den scharfen Stoppe schnappen – hier kannst ja nicht ewig vor dich hin schmoren. Bist du noch mit dem etwas volleren Flieger zusammen?« »Ja, bin ich, aber der ist inzwischen gertenschlank, und statt Cessna fährt er Fahrrad. Und du?« »Das ist eine längere Story, erzähl ich dir mal in Ruhe und bei einem Glas Rotem.« »Puh, das wird aber dann noch dauern.« »Wart's ab, schöne Frau, und morgen kommen wir noch einmal her. Wunder dich nicht, aber da gibt's einiges zu recherchieren. Ich fürchte, die haben sich die Anna geschnappt.« »Wer – wie geschnappt?« »Also, das ist jetzt nichts Offizielles und du redest da bitte mit niemandem drüber: Könnte sein, die haben's Mädel entführt und wollen ihren Clan damit zum Nachgeben zwingen. Es läuft in München eine größere Schweinerei im Milieu.« »Oh, Gott – da drauf wär ich jetzt so nicht gekommen. Ich habe gedacht, die ist getürmt – natürlich mit Hilfe von draußen.«

»Also bis morgen, Eva, und dann wissen wir vielleicht mehr.

Ich könnte mir denken, dass dir das sogar helfen könnte.« Und, schwupp, bin ich entlassen und ziemlich verwirrt. In der Küche schimpft Sugar vor sich hin: »Also wirklich, ich gehe doch in zehn Tagen raus, und jetzt das – am Ende hängen die mir noch was an, und ich hab doch schon einen Job. Wenn das jetzt nicht klappt, dreh ich durch.« »Mensch, Sugar, was hat das denn jetzt mit dir zu tun – mach dir doch keinen Kopf.« Ich nehme mir vor, gleich morgen mit Frieder darüber zu sprechen. »Außerdem, Sugar, wir waren doch den ganzen Morgen über mit der Braun zusammen – und ich hab dich immer gesehen und du mich.« So halbwegs hat sie sich wieder beruhigt – aber Sugar hat keine guten Nerven. Das kenne ich von anderen Situationen zur Genüge, und dann fällt sie leicht aus der Rolle. Bis alle bei einem kurzen Verhör waren, ist's Zeit fürs Abendessen, und ich darf heute schon mal das Brot ausgeben. Sehr anspruchsvolle Sache: vier schwarze und vier weiße oder Ähnliches. Aber ich bin froh, dass ich überhaupt eine Chance auf diesen Job habe und mache alles perfekt und besonders freundlich. Dann fahren wir mit dem Essenswagen in die »Parallelstation« auf dem gleichen Stockwerk – durch Verschlusstüren getrennt. Da residiert die Gloria und ihr narrischer Hofstaat. Die haben laut Sugar immer etwas zum Meckern. Heute sind sie aber aufgrund der Ereignisse nur auf News aus, und die haben wir nun mal nicht. Wir wissen auch nicht mehr.

Als dann endlich alles aufgeräumt ist, die Küche geputzt, das Beamtenzimmer und das Dienstbüro in Ordnung gebracht sind, bin ich irgendwie maushin. Total kaputt! Dieser Tag war wohl der aufregendste seit meiner Ankunft hier. Ich ziehe mich zurück und esse noch ein bisserl Brot und Käse, dann kommt ein guter Film im Fernsehen, aber ich kann mich gar nicht konzentrieren. Anna entführt – wenn das stimmt … wie geht's ihr wohl? Hoffentlich tun die ihr nix – und wo und wie halten die sie fest? Wenn man das in einem Film sieht, ist das weit, weit weg, aber so in nächster Nähe mit Menschen, die man kennt, ist das eine andere Hausnummer. Und ich hab sie halt auch ein wenig ins Herz geschlossen, unsere Prinzessin. War zwar noch nicht lange da, aber ein netter Kerl und immer höflich und lieb zu mir. Was hat der Frieder gemeint mit dem

»Wart's ab«? Ob ich vielleicht wirklich aus der U-Haft raus kann? Ich habe keine Ahnung, wie groß da sein Einfluss ist. Ich kann ihn gut leiden – schon damals war es toll, für ihn zu arbeiten. Und die siebengescheite Tussi hat da nicht wirklich gestört. Ein bisserl geflirtet haben wir auch, wenn sie gerade mal nicht hingeschaut hat, und das war öfter der Fall. Mehr war nicht, denn der Frieder ist ein gradliniger Typ – immer schon gewesen. Und mit lauter Nachdenken schlafe ich ein und träume von wilden Verfolgungsjagden – blöderweise bin ich die Verfolgte und die Ganoven sind mir knapp auf den Fersen. So gegen 5:30 Uhr morgens wache ich auf, und da das Hausmädchen auch am Sonntag um 5:30 Uhr aufstehen muss, verlasse ich die von der nächtlichen Jagd zerwühlten Kissen und bin beim Wecken schon fertig – trinke meinen Nescafé und warte aufs »Scheppern«. Heute hat die nette Barbie Dienst, und alles läuft weniger hektisch und recht entspannt ab. Wir verteilen wieder Tee und Medizin, alle sind an Ort und Stelle – kein weiteres Drama. Dann haben Sugar und ich Zeit für einen kleinen Plausch – noch mal einen Kaffee und ein Honigbrot. Sugar hat sich wieder gefangen und ich bereite sie schon mal vorsichtig darauf vor, dass die Kommissare heute noch einmal zur Vernehmung kommen. Dann ist's schon Zeit für die Kirche – da gehen wir jeden Sonntag und es ist immer sehr schön. Heute singt der Südstadtchor und der Entenbach hält die Predigt – macht er gut und kurzweilig. Danach werden die anderen wieder eingeschlossen – die Hausmädchen-Brigade aus allen Stockwerken rückt aus, um das Essen in der Küche zu holen. Sonntags gibt's leckere Sachen – heute Putenschnitzel und Kartoffelsalat. Die Küchenjungs (alle Köche sind männlich) haben natürlich vom »Ausbruch« gehört und wollen Infos, die wir leider nicht geben dürfen. Wenn man beim Ratschen erwischt wird, hat man den Job gleich wieder los. Also beschränken wir uns auf ein Lächeln – für mich sind die eher wie ein Kindergarten – und rollen mit unseren Wagen in Richtung Aufzug. Die anderen Mädels wollen von Sugar und mir wissen, ob es was Neues zum Fall Anna gibt – negativ. In der Nacht und am Morgen ist ja weiter nix passiert. Um 11 Uhr wird aufgesperrt und die hungrige Meute fällt in der Küche ein – allerdings schön in Reih und Glied. Es steht immer mindestens eine

Beamtin dabei und kontrolliert den Vorgang – alle werden satt und sind heute mit dem Menü (wie immer ein Gang – kein Dessert) zufrieden. Nach dem Essen setze ich mich zu Senta und Olga ins Zimmer – die anderen bilden ihre kleinen Kaffeekränzchen in den verschiedenen Zellen. Weil Sonntag ist, gebe ich Kekse aus, und auch von den anderen wird dies und das angeboten. Alles sehr kameradschaftlich. Kurz vor dem Einschluss höre ich die Kommissare im Gang sprechen, und dann richten sie sich wieder in der Küche ein. Dieses Mal scheinen sie beide dort die Zentrale zu leiten.

Es brennt mir zwar auf der Seele, meinen beiden Freundinnen von der Entführungstheorie zu erzählen, aber ich bleibe standhaft. Versprochen ist versprochen und wird nicht gebrochen. Wir erörtern zwar ausführlich, wie die Anna wohl hinausgekommen ist – muss ja wohl einer von außen geholfen haben. Ich äußere die Vermutung, dass vielleicht vonseiten der Pfarrer – sprich vom Eberhard – Hilfestellung geboten wurde. Aber nur mit dem Aufsperren der Zugangstür ist es noch nicht getan: Da wären die Zellentüre, die Ausgangstüren und auf jeden Fall das Ausfahrtstor für die LKWs – denn über die Pforte scheint es uns total schwierig. Klarer Fall, da waren mehrere beteiligt – wir sind uns einig. Aber wer? Und wieso hat keiner etwas gesehen? Die Außenlampen brennen die ganze Nacht und sind ultrahell. Wir sind einigermaßen ratlos. »Muss halber Knast Auge zudrücken«, meint Olga wieder mal treffend und in schwerem Litauenakzent. »Ja, ja, zudrücken«, feixt Senta. Dann blödeln wir noch ein bisschen rum und die Sprechanlage meldet: »Alle Damen bitte in Ihre Zellen – die Herren Kommissare werden Ihnen einzeln noch einige Fragen stellen. Bitte ordentlich anziehen und höflich antworten.« Ist recht, Frau Lehrerin. Ich gehe an der Küche vorbei in Richtung meines Zimmers und der Kollege von Frieder öffnet die Türe: »Kommen Sie doch schon mal herein, Frau König, Sie sind die Erste.« Oha – er kennt auch schon meinen Namen. Ich grüße höflich und bleibe erst mal vor den Herren stehen. »Bitte, nehmen Sie doch Platz« – nun der Frieder. Gesagt, getan, und der Kollege stellt sich vor: »Ich bin Hauptkommissar Loder.« Soll mir recht sein. Und was dann kommt, haut mich ziemlich um. Frieder ergreift das Wort und setzt mir einen tollen Plan auseinander: »Wir haben uns da einmal – ganz theoretisch – Folgendes überlegt, Frau König. Sie kennen die Anna Conti doch ganz gut, oder?« »Na ja, sie war nur ein paar Tage bei uns auf dem Stockwerk, Herr Hauptkommissar.« »Aber Sie kennen die junge Frau, ganz im Gegensatz zu uns. Wenn wir uns nächste Woche mit dem Dr. Stoppe einig werden, könnte man die U-Haft aussetzen – natürlich nur, wenn Sie Ihren Pass abgeben und die Auflagen mit Melden bei der Polizei etc. sauber einhalten und uns nicht ausbüxen. »Aha, und warum das – jetzt auf einmal – , nachdem eine Haftbeschwerde nach der anderen abgelehnt wurde?« »Ganz einfach«, mischt sich jetzt der Loder ein: »Wir brauchen Sie, und zwar schnell. Es steht für uns fest, dass Frau Conti entführt wurde. Wir haben auf dem Leintuch einen Rückstand von Chloroform gefunden, und das spricht dafür, dass man sie erst mal betäubt hat und dann weggeschafft. Unsere Ermittlerinnen in München kennen zwar das Umfeld, aber die Conti nicht. Und wir gehen davon aus, dass sie nicht mehr hier vor Ort ist. Also, wir brauchen eine unbekannte, eher kriminell angehauchte verdeckte Informantin.« »Oha, und das soll ich sein. Also mit dem Wort kriminell …« – da fällt Frieder ins Wort. »Frau König, doch nur nach außen hin – ich bin überzeugt, die Sache mit Ihnen wird sich aufklären, nicht wahr, Dieter?« Er schaut den Hauptkommissar Loder scharf an. Der murmelt pflichtschuldig ein fränkisch-brummiges »Ja«. »Also, Frau König, wie siehts aus? Freiheit gegen Mithilfe? Ist das ein Deal?« Ich bin begeistert, versuche aber (wie Lea sagen wurde) cool zu bleiben. »Okay, ich kenn mich ganz gut in München aus – allerdings brauche ich da sicher Unterstützung. Als was soll ich mich denn ausgeben und wie komme ich in die entsprechenden Kreise?« »Ja, da haben wir auch noch keine Patentlösung.« »Meine Töchter, die in München und Umgebung leben, lassen wir da außen vor – ist das klar?« »Natürlich«, beruhigt mich nun Dieter Loder. Und mir kommt ein genialer Gedanke: »Ich weiß, wie es klappen könnte!« »Nur zu, Frau König, was wäre Ihre Idee?« »Also, ich habe hier ja eine ganze Menge Mädels kennengelernt und da könnte ich mir vorstellen, dass eine davon Zugang zur Szene hat, denn sie hat mir erzählt, dass sie mit ihrem Freund Kontakte nach München hat. Allerdings, Herr

Hauptkommissar, müsste das natürlich für die Betreffende von Vorteil sein und nicht dann noch gegen sie und ihren Freund verwendet werden. Und eine andere könnten wir als Bodyguard mitnehmen. Alleine bin ich sonst garantiert schnell entlarvt und wer weiß, was die dann mit mir oder der Anna anstellen.« Loder verzieht das Gesicht, als hätte er gerade in eine Zitrone gebissen. »Na, na, das gefällt mir nicht. Der halbe Knast kann doch da nicht mitmachen.« »Aber drei Personen sind doch nicht der halbe Knast. Und alleine ist's mir einfach zu gefährlich.« »Frau König, garantieren Sie denn dafür, dass die anderen nicht abhauen?« Ich schaue Frieder an: »Ich kann doch nicht für andere irgendwas versprechen. Da müssten Sie beide schon selber mit den Mädeln sprechen. Allerdings machen die ja eh nur mit, wenn ich sie darum bitte«, behaupte ich jetzt mal ganz frech. Frieder grinst und hat mich durchschaut – sein Kollege bekommt es aber nicht mit. »Wir überlegen uns das und dann kommen wir auf Sie zu – vorerst bitte nach wie vor keine Silbe über die Angelegenheit.« Ich verspreche es, und dann bin ich auch schon wieder in Richtung Gang unterwegs. Natürlich schaue ich noch bei Senta und Olga vorbei – verlauten lasse ich aber wirklich noch nichts. Mir ist klar, dass ohne das Okay von Dr. Stoppe nichts läuft, und der ist ja bekanntlich ein harter Brocken. Aber so, wie ich den Frieder einschätze, ist die Sache nicht ganz aussichtslos. Mensch, das wäre ein Riesenhammer! Und ob ich dann Konrad treffen könnte – irgendwann so nebenbei? Ich habe solche Sehnsucht nach ihm! Senta und Olga wollen natürlich genau wissen, welche Fragen die Kommissare noch gestellt haben, und ich will gerade ein bisserl improvisieren, da ertönt die durchdringende Stimme von Frau Reimann. Bei der ist's kein Wunder, dass sie so eine kräftige Stimme hat – sie ist im Ganzen gesehen sehr, sehr kräftig. Sie brüllt also meinen Namen durch den Gang und weist mich darauf hin, dass ich ja jetzt ein Azubi-Hausmädchen bin. »So, na, dann haben Sie's ja endlich geschafft«, blafft sie mich an. Ich bin wie immer – höflich und nicht schnippisch, obschon ich einiges auf der Zunge hätte. Also sperrt sie meine Freundinnen ein, mich muss sie wohl oder übel herauslassen. Zum Ausgleich dafür habe ich jetzt die Aufgabe, den Gang und die Küche zu wischen – zur Küche allerdings klärt sie mich auf:

»Heute nicht, das sehen Sie ja wohl selber, warum.« Na ja, ich hatte ja auch nicht gefragt und dort auch keine Wischaktivitäten begonnen. Sugar verdreht die Augen und wir wischen einträchtig, was jetzt wischbar ist – haha. Natürlich dürfen wir auch das Kaffeegeschirr der Beamten-Damen spülen und deren Küchenecke in Ordnung bringen. Dabei schnappen wir dann noch auf, dass es heute Abend nach dem Hofgang noch eine Ansprache von der Chefin, Frau Sander, geben wird. Stichwort Hofgang – das wird heute ja interessant. Mal hören, ob die anderen Stockwerke Infos haben oder unsere üblichen Verdächtigen, Schoko, die Baronin oder Gloria. Wenn etwas von außen gekommen ist, sind die drei immer eine Anlaufstelle. Ich mache mir noch schnell einen Cappuccino und dann – rassel, rassel – geht's in Richtung Hof mit lautem Geratsche und Geschubse. Gerade am Wochenende, wenn wir noch weniger raus dürfen aus unseren Zellen, ist das Kommunikationsbedürfnis riesig. Alle wichtigen Damen sind da und auch von den Fenstern der Männer ist viel zu hören. Allerdings lasse ich mir das dann später von Lea erzählen, da ich die Herren meistens nicht verstehe und praktisch jeder Satz mit »Alter« anfängt – ist jetzt so gar nicht mein Wortschatz. Karat schließt sich mir gleich zum Anfang an. »Rotkäppchen, was ist denn das für eine Scheiße – wo ist die Anna?« Darauf gebe ich – und das reicht Karat auch völlig – ein theatralisches Seufzen von mir. Mehr wird von mir in dieser Hinsicht nicht erwartet. »Und waren die Kripo-Leute heute noch einmal bei euch?« »Ja, ja – aber denen konnte ich auch nichts anderes erzählen als gestern.« »Ja, wie war das denn nun genau?« »Also, das war so –«, und Karat und ich lachen befreit auf … der Satz zieht immer. »Ganz im Ernst jetzt, Rotkäppchen.« »Ja, wir, die Sugar und ich sind, mit der Braun am Morgen mit Tee und Medikamenten rumgegangen – weißt ja eh. Und da war keiner in Annas Zelle.« »Wie jetzt?«, fragt Karat doch noch mal nach. »Ja, die Braun hat die Türe aufgemacht und gerufen, und dann noch mal gerufen und dann Licht an, Toilettentüre aufgerissen und da war keine Anna.« »Voll krass, Mann«, kommt es von Lea, die uns eingeholt hat. »Und wieso warst du überhaupt dabei?« »Ja, ich bin doch jetzt Hausmädchen in der Anlernphase.« »Ist ja toll« – und die Karat freut sich wirklich mit mir.

»Hat lang genug gedauert«, sage ich und denke, vielleicht ist's bald schon wieder vorbei, aber das denke ich wirklich nur ganz leise. Karat und Lea fallen zurück, denn mein Tempo ist für die zwei Ratschen nicht geeignet, und ich kann auf die Dauer auch nicht ordentlich laufen und reden. Nach einer Viertelstunde lege ich den ersten Stopp bei der Baronin ein. »Schöner Sonntag, und wie geht's dir?« Die Baronin zählt gleich mal ein paar Unpässlichkeiten auf – sie hat immer irgendein Leiden. Ich mime Mitleid, und dann frage ich geradeaus: »Sag mal, was ist denn deine Meinung zum Fall Conti? »Verlässt bei Nacht und Nebel den Knast. Ha, ganz typisch, schnell gekommen, schnell gegangen.« Aha, das stellt mich jetzt überhaupt nicht zufrieden. »Und wie macht man das, ›schnell gehen‹?«, frage ich sie. »Musst halt gute Connections haben – aber vielleicht willst du das gar nicht. ›schnell gehen‹ kann ganz schön ungemütlich sein.« Jetzt wird's interessant. »Wie, ungemütlich? Ich wär froh, wenn ich draußen wäre. Egal wie.« »Wünsch dir das mal lieber nicht, Rotkäppchen! Mehr sage ich dazu nicht.« Also, das hätte ich jetzt schon ganz gern vertieft, das Gespräch. Ich schmeichele ihr ein bisschen. »Du, das musst mir echt erklären, du kennst dich doch aus wie sonst keine.« Sie wird schwach: »Eva, die ist doch nie und nimmer freiwillig hier rausgegangen. Die hat man entführt, wenn du mich fragst.« Ich gebe eine bühnenreife Vorstellung: »Waaas??? Wie jetzt, entführt?? Von wem denn, und wie soll das gehen?« Sie lächelt ein bisschen böse und meint, »frag nicht so viel, sonst bist du die Nächste.« Ich erschrecke optisch und sage dann kleinlaut: »Na, das will ich wirklich nicht wissen. Danke für dein Vertrauen.« Pustekuchen, das hat die garantiert nicht nur mir verklickert. Aber sie scheint doch etwas zu wissen, sie ist nicht auf den Kopf gefallen. Da die Audienz nun endgültig beendet scheint, laufe ich wieder ein paar Runden, und dann – so ein Wunder – winkt die Schoko mich heran und das Spiel fängt von Neuem an. Sie spricht ein bisserl übers Mittagessen – ist ihr gar nicht bekommen, da sie Fettes nicht verträgt – nimmt mich wunder, denn woher kommt dann bitte diese Leibesfülle? Aber egal, ich will ja etwas erfahren und komme nicht von den Weight Watchers. Ich fange also wieder an: »Das ist doch ein Skandal, da haut die Anna einfach ab«, und auch hier herrscht die Meinung: »Ist nicht freiwillig abgehauen. Die hat man geholt.« »Ihr Papa, oder?«, frage ich so aufs Geratewohl. »Eher nicht – die Männerfenster sprechen von den Torkas – denen wird's langsam zu eng in München.« »Aha, und die können einen hier rausholen?« »Ja«, sagt die Schoko, »und ich weiß auch, wer da mit drinhängt, aber, mein liebes Fräulein Rotkäppchen, von mir erfährst du's todsicher nicht und das ist auch besser für dich. Wenn's nämlich auffliegt, dann suchen die den Verräter, und wenn du nichts weißt, kann dir auch keiner was anhängen.« »Ist klar«, gebe ich zu und drehe die nächste Trainingseinheit. Jetzt könnte nur noch Gloria zur Aufklärung beitragen, und wenn die etwas weiß, kriege ich's auch raus. Die kann nämlich kein Geheimnis bewahren – lieber glänzt sie mit ihrem Wissen. Ist bekannt. Also – auf geht's. Ich habe von meiner Besucherschokolade – wenn man Besuch bekommt, dann kann der Besuch zwei Münzen für den Automaten kaufen und uns schenken. Und damit dürfen wir dann maximal zwei Tafeln Schokolade aus dem Automaten ziehen – sehr großherzig. Sonst gibt's nichts von außen, was erlaubt wäre. Die wollen hier lieber über die Einkaufsliste den Krempel total überteuert an uns verscherbeln. Schwamm drüber – ich habe also für die Naschkatze Gloria ein bisschen Schokolade dabei, ihre Lieblingssorte. Und da man bekanntlich mit Speck Mäuse fängt, bin ich mir sicher, dass ich heute alles Wesentliche aus ihr rausquetsche. Gesagt, getan, und wir machen erst mal ein bisschen Smalltalk. Dann erzähle ich von meinem Besuch. »Weißt du, meine jüngste Tochter kommt alle zwei Wochen aus München, und dann haben wir immer so viel zu erzählen – sie ist ein lieber Schatz. Obwohl sie noch studiert, bekomme ich immer Schokolade – schau, ich hab für dich auch etwas abgezwigt.« Gloria ist begeistert. »Das ist aber lieb, dass du an mich gedacht hast. Weißt, draußen habe ich mir immer handgemachte Schokolade gekauft – nur die feinste. Geld spielt ja bei uns keine Rolle.« »Ja, toll«, staune ich pflichtbewusst. Und dann nehme ich mein eigenes Stichwort auf. »Ja, München, da ist ja jetzt Oktoberfest. Ob da die Anna wohl schon im Bierzelt sitzt?« Gloria blitzt mich an. »Neee, das kannst vergessen. Hoffentlich lebt die noch.« Ich erschrecke jetzt wirklich. »Wie jetzt – lebt noch?« »Ja, Eva, die haben die entführt, weil's eben in München gerade sehr eng hergeht. Jeder braucht sein Gebiet, seinen Absatz und die besten Mädels. Gerade beim Oktoberfest blüht das Geschäft. Und der Conti verteidigt sein angestammtes Recht – die Torkas wollen aber expandieren. Und jetzt haben die sich Anna als Druckmittel geschnappt.« »Ja, Gloria, aber wie hat das überhaupt gehen können?« »Also«, sie senkt deutlich die Stimme, »komm mal her und setz dich neben mich. Aber eines sag ich dir, von mir hast du's nicht.« Ich lausche verzückt. Mensch, die weiß tatsächlich etwas. Der Pastor Entenbach hat doch häufig den Eberhard dabei.« »Ja«, sage ich. »Und der war mal verdeckter Ermittler. Ich habe läuten hören, den haben die Torkas umgedreht und der ist jetzt bei ihnen – na, sagen wir mal, freier Mitarbeiter. Und die« – jetzt verstehe ich fast nichts mehr, so leise spricht sie – »die Munker – kennst die?« Ich denke scharf nach, »ja, kenn ich. Die hat doch die Wäscherei unter sich.« »Ja, genau die – das ist eine ganz Besondere. Die nimmt in die Wäscherei nur ganz Bestimmte zum Arbeiten.« Stimmt, ich hatte da auch nie den Hauch eine Chance. »Ja, und welche?« »Also, nur solche, die aus der Torkas-Richtung kommen und die auf Methadon sind. Richtige Junkie-Weiber. Und bei denen macht sie auch meistens die Zellenkontrolle, und beim Urintest ist sie auch mit von der Partie. Das weiß der ganze Knast, dass da etwas läuft.« Ich staune. »Ja, Rotkäppchen, da musst noch viel lernen, aber kommst halt immer zu mir, wenn du was nicht weißt. Bloß weitererzählen darfst es nicht, ist schon klar. Du bist ja nicht doof, oder?« Ich nicke vehement. »Klar, Gloria, und danke, dass du mir immer so toll hilfst«, schleime ich. Und schon schwenkt sie wieder auf ihr Lieblingsthema ein. »Du, Eva, bist eine der Wenigen auf meinem Niveau.« Dankeschön – auch. Aber ich lächle sie begeistert an. Hab ich doch gar nicht so schlecht gemacht. Information bekommen – ein wenig Schokolade verschenkt. Ist eh besser, sie landet auf Glorias Hüften und nicht auf meinen. Wenn ich wirklich rauskomme, will ich doch schlank und toll aussehen – ach, wenn es nur klappen würde. Den Frieder tät ich als Erstes kräftig abbusseln. Halt, jetzt bleiben wir mal schön auf dem Teppich, und der wird von einer »Kriminellen« gar nicht abgebusselt werden wollen. Und überhaupt bin ich meinem Konrad die allerbeste und treueste Ehefrau der Welt, nachdem er wie eine Eins zu mir hält. Denn unter uns gesagt, ich hab's total versiebt. Da hätte mich wahrscheinlich jeder andere in den Wind geschossen. So, und jetzt hab ich natürlich Karat, Lea, Senta, Olga und Sugar auf dem Hals. »Was hast du denn alles rausgefunden?« »Ja, halt nix richtiges. Stellt euch vor, die denken, die Anna wär gar nicht freiwillig rausgegangen.« So viel kann ich ja ruhig erzählen, denn das dürfte spätestens nach dem Hofgang die Runde machen, den Rest von Gloria lass ich mal lieber weg. Muss ich mir noch genau überlegen, ob und mit wem ich drüber spreche. Ich denke, ich halt das mal solange hinterm Berg, bis ich weiß, ob ich Haftverschonung bekomme, und wenn ja, dann ist noch die Frage, ob wer mitgehen darf. Denen müsst ich es auf alle Fälle erzählen. Wenn es klappt, wäre der Freund von Senta, der Raffi – also eigentlich Raffael – , unser Türöffner in München. Die zwei kommen ja aus Mühldorf am Inn und haben dort kräftig mitgemischt. Ihr Obermufti, der die Ware geliefert hat, sitzt in München. Und der Raffi hat dort auch ein Appartement. Raffi selber ist in zehn Tagen mit seiner Therapie fertig und der könnte uns dann unterstützen. Aber vorerst heißt es abwarten. Sonntagabend ist »Tatort«-Zeit, und dann bin ich hundemüde von der ganzen Aufregung und schlafe traumlos bis 5 Uhr morgens durch. Aufstehen, Tee holen und die normale Woche fängt an. Kurz vor Mittag dann ein weniger amüsantes Geschehen: Haftraumkontrolle – im Knast-Jargon Zellenfilze. Da muss ich wieder einmal meine saubere, geputzte und erstklassig aufgeräumte Zelle verlassen, werde noch kurz abgetastet, ob ich nix mit hinausschmuggele, und dann kommen die zwei Sheriffs mit Gummihandschuhen und nehmen mein Zimmer auseinander. Bett wird abgezogen, Matratze hochgestellt, alle Schränke, alle Ordner, alle Dosen und Tüten, einfach alles wird durchkämmt. Natürlich wird auch gelesen, was ich so schreibe – ob Tagebuch oder was auch immer. Die Fotos von den Wänden abgelöst – also manche sind sehr lieb und vorsichtig, aber andere sind reine »Verwüster«. So nach 40 Minuten sind sie dann fertig und es wird besprochen: War es ordentlich und sauber? Während ich in der Küche warten muss, bis die Kontrolle zu Ende ist, denke ich noch über die Ansprache gestern Abend nach. Unsere Knastchefin, Elisabeth Sander, hat uns alle noch einmal in den großen Raum bringen lassen. Sonntags wird dort der ökumenische Gottesdienst, eventuell auch mal ein Konzert oder Ähnliches veranstaltet. Sie war sehr ernst und gefasst und die Meute war ruhig. Meistens gibt's ein paar unentwegte Schwätzer, aber gestern nicht. Alle waren gespannt. Sie hat uns gesagt, Anna Conti wäre ganz überraschend verlegt worden und durch einen Fehler im Computer hätten die Kolleginnen das nicht registriert. So wäre – natürlich fälschlicherweise – der Eindruck entstanden, sie wäre verschwunden oder gar ausgebrochen. Nun ist ein Ausbruch in diesem Gefängnis völlig unmöglich (aha!!!) und sie bittet uns um Entschuldigung wegen der Unannehmlichkeiten. Die Vernehmung durch die Kripo war nur eine Vorsichtsmaßnahme und ist somit abgeschlossen. Ich bin nun wirklich baff. Darauf muss man erst mal kommen – frech erfunden und gut vorgetragen. Aber ob das einer glaubt, wage ich anzuzweifeln. Sicher ist, dass die Gerüchteküche jetzt erst recht hochkocht. Aber mir soll es gleich sein. Ich bin sicher, dass Frieder mich nicht angelogen hat – warum sollte er?

Unter großem Gemurmel und immer lauter werdenden Gesprächen laufen wir wieder zurück und werden flugs eingeschlossen, damit Ruhe sein soll. Natürlich fliegen sofort alle Fenster auf und es wird weiterverhandelt – was soll denn jetzt das bedeuten? Die verarschen uns doch. Und jede weiß es gleich noch besser, warum es so ja niemals gewesen sein kann. Auch heute morgen ist noch viel Gesprächsstoff vorhanden, aber der feste Tagesablauf lässt uns ja wenig Spielraum für ausgedehnte Vermutungen.

So, jetzt sind die Damen mit meinem Zimmer fertig und ihre Beute ist beschämend für so viel Aufwand: zwei kleine Verschlussgummis und eine Wärmflasche. Aber nicht mir, dem Rotkäppchen!!! »Also die Verschlussgummis sind an Paketen dran, die ich beim Einkauf bekommen habe – folglich habe ich sie bezahlt, und jetzt gehören sie doch mir?« »Ja, aber was wollen Sie denn damit?« »Ja, halt mal etwas verschließen, wenn nötig.« Brumm, brumm – ich bekomme sie wieder. Und die Wärmflasche habe ich gestern bekommen, da ich Bauchweh hatte. Und heute habe ich immer noch Bauchweh. Auch diese bleibt bei mir und ich bin zufrieden. Mag ich gar nicht, wenn man mir was wegnimmt.

Manchmal denke ich, die werden nach Erfolg bzw. Beute bezahlt, so scharf, wie sie auf alles Mögliche sind. Die Kontrolle sollte doch in erster Linie verbotene Dinge ans Tageslicht bringen und nicht so Kinderkram. Und da reagiere ich dann wohl schon kindisch – sehr bedenklich, Frau König!

Die Sache mit der Haftverschonung lässt mich gedanklich nicht los. Wie lange wird es dauern, bis Frieder sich meldet – meldet er sich überhaupt wieder? Ich ertappe mich dabei, dass ich bei jedem außerordentlichen Erscheinen der Sheriffs, bei jedem Läuten ihrer Sprechgeräte, halt den ganzen Tag lang warte. Warte auf, ja, auf was jetzt genau? wird wohl kaum mit einer Kutsche vorfahren, wie im Märchen, und mich – die Prinzessin – befreien. Das kann dauern, sage ich mir selber – allerdings nur mit mäßigem Erfolg. Gott sei Dank ist heute Wäschetausch und Arzt, und meine Azubistelle beschäftigt mich Gott sei Dank auch ein paar Stunden. Dann ratschen Senta und ich noch ein wenig. Olga ist schlecht drauf und wirkt sehr angespannt. »Was ist los?«, frage ich bei Senta noch. »Ach, seit der Gutachter da war und dann auch noch der Psychiater – alles mit Dolmetscher – , ist sie total verunsichert.« Und das weiß ich – in so einem Fall bleibe ich auf Abstand. Sie ist halt eine schlagkräftige Frau … Dienstagmorgen ruft mich die aktuelle Beamtin zu sich. »Sie haben heute Vormittag Besuch, Frau König.« Nun ist Dienstag eigentlich kein Besuchstag und Vormittag eher ungewöhnlich. Ich frohlocke – blöder Fehler. Es ist der Insolvenzverwalter, den ich auf den Tod nicht ausstehen kann. Ein selbstgefälliger kleingewachsener Wichtigtuer mit großer Klappe. Brav gehe ich zu ihm ins Sprechzimmer. Allerdings habe ich die Anweisung von meinem Verteidiger, keine wesentlichen Aussagen zu machen. Die Gefahr ist, dass er – ich bin allein mit ihm und habe keine Zeugen – mir das Wort im Mund verdreht. Ich bin also neutral und freundlich und kann ohne Unterlagen wenig hilfreiche Angaben machen. Er schaut mich unsicher an – wird er jetzt verschaukelt oder bin ich so zahm? Ja, wenn man das halt wüsste. Aber ich bleibe bei meiner Supernaiv-Vorstellung und er trollt sich bald wieder. Schade, ich dachte doch, der Frieder wär gekommen. Besuchstag ist normalerweise der Mittwoch, und siehe da, »am Mittwoch um 15 Uhr haben Sie Besuch«, ertönt es Dienstagabend aus der Sprechanlage. Besuche werden immer am Abend zuvor angekündigt. Anwaltsbesuche eigentlich auch – aber eilige Termine auch mal spontan festgelegt.

Der Mittwochvormittag zieht sich hin – es will einfach nicht Mittag werden. Endlich ist das Mittagessen vorbei und ich warte brav in meiner Zelle, bis ich abgeholt werde. Abtasten, nichts darf mit, Armbanduhr, Schlüssel – alles muss dableiben. Dann endlich sitze ich im »Besuchszimmer« – die Tür geht auf und sie kommen herein. Ich bin total platt, es kommt Frieder und mit ihm Dr. Stoppe. »Grüß Gott«, lispelt er mich an. Frieder schickt mir einen warnenden Blick, den das Gezische oder der Staatsanwalt selbst strapazieren meine Nerven schon in den ersten Minuten. Dann geht alles schnell über die Bühne. Der Lispler setzt mir mit vielen Speichelflocken, die sich so langsam auf der Tischplatte ausbreiten, auseinander, dass er widerwillig einer vorübergehenden Aussetzung des Haftbefehls zustimmt. Aber dies und das und noch mal was habe ich zu beachten, und bei Nichtbefolgen »sind Sie ganz schnell wieder hinter diesen Mauern!« Okay, ich hab's auch so verstanden, aber brav wie ein Lamm nicke ich zu allem. Die Details will Frieder mir dann noch erklären – stopp – alleine kann ich nichts ausrichten – habe ich doch schon erwähnt. Betrifft nicht mich – Dr. Stoppe ist bereits an der Türe. Wir warten erst einmal, bis er draußen ist, dann holt Frieder ein Papiertaschentuch heraus und putzt die Tischplatte ab. Gute Idee. »Also, mit deinem Wunsch, ›Personal‹ mitzunehmen, habe ich größte Mühen. Die beiden müssen zuvor ein Schuldanerkenntnis-Dokument unterschreiben – dann stimmen die zuständigen Behörden zu.« Ich werde Senta und Olga fragen. Und was mich natürlich bewegt: »Darf ich mich mit Konrad treffen?« »Eva, Eva, lass es jetzt doch bitte einmal ein bisserl langsamer angehen!« Frieder ist leicht genervt. »Aber …« »Stopp, erst die Arbeit, dann das Vergnügen. Wenn alles gut läuft, besteht vielleicht am Ende deiner Mission die Möglichkeit. Aber bitte vorher keinen Kontakt – nichts darüber schreiben oder anrufen – , das wäre auch wirklich viel zu gefährlich.« »Sehe ich selber ein. Aber du versprichst mir jetzt in die Hand, wenn wir unsere Sache gut machen, dann darf ich …« »Ja, ja, und nochmals ja. Du gibst eh keine Ruhe, bis du nicht deinen

Kopf durchsetzt.« »Wann läuft das dann wie ab – wie kommen wir denn hier raus?« Frieder senkt die Stimme deutlich: »Du klärst das heute Nachmittag ab. Aber so, dass niemand etwas mitkriegt – kannst du dich auf die beiden verlassen? Halten die den Mund, auch wenn sie nicht zustimmen?« Ja, das kann ich dem Frieder zusichern. Ratschen sind es keine, und ganz blöd sind sie auch nicht. »Wenn also alles klar ist, geht ihr am Freitag offiziell auf Schub.« So wird eine Reise von einem Knast in den nächsten bezeichnet. Man reist ja nicht, man wird verschoben. Toll! Frieder hat schon weiter erklärt. »Es darf hier im Gefängnis niemand, auch die Beamten nicht und nicht mal die Chefin, etwas mitkriegen. Wir wissen nicht genau, wo überall undichte Stellen sind, und das stellt für euch eine massive Gefahr dar.« »Habe ich gecheckt.« »Also, wir gehen Freitag auf Schub und dann – ich hole euch an der Autobahnraststätte Feucht raus und wir ändern die Richtung. Dann sind wir gegen 10 Uhr in München und dort habe ich für euch dann ein Hotel etc. vorbereitet. Du klärst das jetzt und ich komme gegen 18 Uhr noch einmal her und verlange eine kurze Besprechung – unter dem Motto ›Habe doch noch ein paar Fragen‹, denn dass es eine Entführung war, das wissen die Beamten und Frau Sander alle.« »Gut, ich werde den Aufschluss um 17 Uhr nutzen – heute ist die Barbie da und die lässt uns immer etwas länger Zeit.« Ich bin ganz aufgeregt – das wäre ja ein Hammer, wenn wir übermorgen schon draußen wären. Auch wenn es nicht für immer ist, ein Lichtblick ist es allemal und ein Super-Super-Abenteuer. Wenn ich das meinen Enkeln erzähle – irgendwann – , glaubt mir kein Mensch. Bis 17 Uhr lege ich mir genau zurecht, was ich Senta und Olga sage – die müssen mitmachen. Alleine ist es zum einen stinkfad und zum anderen auch ziemlich aussichtslos. Punkt 17 Uhr macht die Barbie auf und ich düse in Richtung Zelle 14. Die beiden sind – Gott sei Dank – wach und gut drauf. Manchmal pennen sie den ganzen Nachmittag und dann ist zumindest Olga verschlafen und unmutig. Heute ist alles bestens. Also erzähle ich in Windeseile und Senta sorgt dafür, dass Olga alles kapiert. Senta ist sofort dafür – »na ja, die Schuld ist ja eh bewiesen, weil sie den Stoff bei mir gefunden haben, da komme ich nicht davon weg.« Olga diskutiert ein wenig, aber Senta legt ihr sauber auseinander, wie groß die Chance ist, Punkte für den Prozess zu sammeln, und wie überragend der Spaß. Na, hoffentlich wird's spaßig und wir überleben die Aktion. »Gut, kann ich machen – brauch ich aber Waffe«, stellt Olga klar und Senta sagt, »ja, ja, kriegst bestimmt ein MP und ein paar Pistolen.« Sie nimmt Olga meistens nicht ernst und Olga ist zufrieden. Ich umarme die zwei – ist im Normalfall nicht so meine Nummer, aber ich bin so glücklich und so voller Vorfreude. Endlich weg aus diesem Loch, und was immer die Alternative ist, sie ist in jedem Fall besser. Wir klatschen uns ab, und schon tönt es »EEEEiiiinnnschluuuss« und ich bin wieder allein. Noch zweimal schlafen, würde ich meinen Enkeln sagen, und dann kommt das Christkind – dieses Mal in Gestalt von Frieder. So schade, dass ich das jetzt nicht dem Konrad schreiben darf. Es klopft und man bringt mich wieder zur Besuchszone, kurzes Abtasten und dann sitze ich wieder vor meinem Hauptkommissar. Ich erkläre leise, dass ich alles besprochen und von beiden das Okay bekommen habe. Die besagte Erklärung soll dann morgen früh unterschrieben werden. Die Transporte gehen meistens gegen 6 Uhr morgens los und so ist es auch morgen geplant. Frieder ermahnt mich noch einmal, keinesfalls zu irgendeiner Person auch nur den Hauch einer Andeutung zu machen. »Ich sehe doch gar keine mehr, die bringen mich jetzt zurück in meine Zelle und morgen um 5 Uhr wecken sie uns. Die anderen haben doch erst wieder um 6:30 Uhr Aufschluss.« »Und auch zu keiner Beamtin!« – »Nein, nein, ich habe doch keine Gehirnwäsche im Knast bekommen – meine sieben Sinne habe ich schon noch beieinander.« Frieder lacht und zwinkert mir zu – »klar, eigentlich sollte ich meine Eva König doch kennen.« Genau, und nach einem kurzen Adeee – total fränkisch – bin ich wieder auf dem Rückweg. Heute Abend hat meine Lieblingsbeamtin Dienst – Frau Siebenbach. Eine Frau mit Humor und Feingefühl – und nicht dumm. Eigentlich ist sie für diesen Job hier viel zu schade. Wir unterhalten uns ein wenig entspannt und dann fragt sie mich: »Sie gehen morgen nach Würzburg – wie das? Haben Sie jetzt schon eine Anklage?« Ich improvisiere: »Geht um eine Gegenüberstellung«, und ihr hätte ich liebend gern alles erzählt, aber man sieht sich ja meistens zweimal im Leben, und dann werde ich mein Geflunker erklären können und bestimmt haben wir dann etwas zu lachen. Sie erzählt auch mal ganz gern einen Witz und hört sich auch gern einen an, um herzlich mit uns zu kichern. Sie wünscht mir eine gute Nacht und als ich sage »Bis morgen«, klärt sie mich auf. »Nee, ich habe morgen früh keinen Dienst – alles Gute, Frau König«, und ich sage ihr: »Von ganzem Herzen Ihnen auch, Frau Siebenbach – ich war immer froh, wenn Sie Dienst hatten.« Und da strahlt sie mich an – »na, dann hat's ja gepasst.« Und wenn's »passt«, ist das bei einer echten Fränkin praktisch bestens bis erstklassig. Ich kann heute vor lauter Aufregung gar nicht einschlafen. Um halb eins liege ich immer noch wach und überlege, wie das wohl jetzt alles weitergeht, und schwups, höre ich den Weckruf durch die Sprechanlage – »Frau König, bitte aufstehen und alles zusammenpacken. Sie werden in 30 Minuten abgeholt.« Also waschen, anziehen, zusammenpacken und noch schnell einen Nescafé und zwei Knäckebrote mit Honig – dann bin ich fertig, und was mache ich jetzt wohl: Ich warte. Denn kommen werden sie dann halt, wie immer, erst nach 50 Minuten. Aber wehe, man ist nicht fertig – dann wieder Gepflaume am Morgen, und wer will das schon. Nach gebührendem Geschepper treffen wir drei uns dann unten in der »Kammer«; dort wird kontrolliert, ob wir auch nicht verschlampt haben, was der JVA gehört, dann bekommen wir unsere »Habe« – so heißen die eigenen Sachen die wir nicht haben dürfen, die aber uns gehören. Erst wenn man entlassen wird, erhält man sie zurück. Nebenbei lese ich die intelligenten Sprüche, die hier wartende Mitschwestern an die Wände geschrieben haben: »Ob sie uns lieben oder hassen, einmal müssen sie uns entlassen«, und jede Menge Obszönitäten. Die Türe geht auf, ein Polizeikombi steht vor der Türe, und jetzt bekommen wir erst einmal Handschellen – bei einem Einzeltransport ist das Vorschrift, erklärt mir der Fahrer, da ich überhaupt nicht begeistert bin. Die Dinger sind schwer und sehr unbequem. Olga gibt dazu ihren Kommentar: »Eva, bist du Verbrecher, musst du dir jetzt merken.« Aha. Senta feixt, »ja, ja die Olga kennt sich halt aus.« Und los geht's. Alles ist noch dunkel – es ist ja schon Ende September und noch Sommerzeit, aber halt schon Herbst. Ohne den Hauch eines Bedauerns rauschen wir durch das frühmorgendliche Nürnberg – nur weg hier. Ich habe in der Tat genug von dieser Stadt. Ein so grässliches Gefängnis, und auch alles andere – um ehrlich zu sein – kotzt mich an. Frankenschnellweg wie immer verstopft – aber dann endlich sind wir auf der Autobahn, und an der ersten Raststätte halten wir an. Der Fahrer und sein Copilot steigen aus – ein dunkler BMW fährt neben uns auf den Parkplatz – Handschellen auf, Gepäck rüber und schon sitzen wir im anderen Wagen. Ich darf vorne, die beiden hinten. Frieder ist am Steuer und wir schwenken auf die A9 in Richtung München ein. Ich kann erst mal gar nichts sagen – es ist alles jetzt so fix gegangen, und ich schwanke zwischen »Gibt's das wirklich?« und »Pustekuchen, nur geträumt«. Auch hinten ist es verdächtig ruhig. Dann Olga: »Wie lange ist München?« »Du meinst, wie weit das ist«, dolmetscht Senta, die ja als Zellenkollegin von Olga ihre Gedankengänge und ihr Deutsch bestens versteht. »Ja, so zwei Stunden musst schon rechnen. Könnt länger sein, wenn wir in einen Stau kommen.« »Nix Stau, ich will Kaffee und Horn.« »Was für ein Horn?« »Na, ich habe ihr vorgeschwärmt, dass es in München entweder Butterbrezn oder Hörnderl gibt.« Frieder ist begeistert: »Na, wenn die Damen schon mal wissen, was sie alles haben wollen.« Er lacht. »Aber verstehen kann ich euch schon – ist ja sicher nicht so komfortabel, das Knast-Frühstück. Ich schlage vor, wir schauen mal, ob's ohne Stau klappt, und wenn nicht, könnten wir ja an der Autobahnraststätte mal anhalten und einen Kaffee trinken.« »Will nicht«, meint Olga, »lieber richtig in München.« Und wir haben Glück und sind um Punkt 9:50 Uhr bei unserem Hotel angekommen. Sehr gute Wahl – Frieder hat uns im Admiral in der Klenzestraße untergebracht. Das ist ein nettes kleines Hotel im Glockenbachviertel – nicht zu glamourös, aber mit einem goldigen Wintergarten, wo man frühstückt. Die Zimmer sind schön und wir fallen hier nicht weiter auf. Viele Münchner Schauspieler übernachten während des Drehs dort. Abends ist man mitten im Geschehen – nahe dem Gärtnerplatz, und es gibt auch eine Menge kleiner Boutiquen. »Ja, Frieder, wir haben kein Geld«, fällt mir bei der Gelegenheit ein. »Ja, meine Damen, wir treffen uns in 30 Minuten in Frau Königs Zimmer, das ist die Nummer 17. Und Sie beide haben die 21, schräg gegenüber, ein Doppelzimmer.« »Prima«, meint Olga, und so wird's gemacht. Ich packe ein paar meiner Klamotten aus, aber da ich ja im Mai verhaftet wurde, sind das eher sommerliche Sachen, die ich jetzt nicht mehr lang anziehen kann. Wenn überhaupt. Heute morgen war's sakrisch kalt. Es klopft und die beiden stehen vor der Türe, und gleich drauf ist auch Frieder da. Er stellt sich noch einmal vor und bietet uns allen das Du an – ist einfacher für die nächsten Tage. Dann erklärt er uns kurz, wie und wo er für uns erreichbar ist, und kündigt für den Nachmittag noch drei Mitarbeiter an, die vor Ort mit uns zusammenarbeiten werden. Und dann – wie wunderbar – bekommt jede von uns fünf Hundert-Euro-Scheine Vorschuss, denn wenn wir gut und am besten erfolgreich arbeiten, werden wir dafür auch bezahlt. Super. Wir dürfen jetzt die Gegend erkunden, frühstücken oder was immer wir wollen – um 14 Uhr ist Lagebesprechung bei mir. Da schlägt Senta vor, dass wir das bei den beiden machen, da sie ein Raucherzimmer mit kleinem Balkon haben, und längere Besprechungen ohne Zigaretten sind für die beiden eher schwierig. Frieder verzieht das Gesicht, willigt aber für dieses eine Mal ein. Und dann muss er weg, denn das Auto steht vor dem Hotel und da darf man nur 15 Minuten stehen, und die sind ja längst vorüber. Wir ziehen uns unsere Jacken an und auf geht's. Ich weiß ganz in der Nähe ein putziges kleines Café, und dann sitzen wir – in Freiheit – bei Kaffee, nein, nicht bei so einem blöden Pulverkaffee, sondern bei einem frisch aufgebrühten Latte macchiato und Olga bei einem Cappuccino und Senta bei einem Chinatee und Brezn und Hörnchen und sind einfach nur total glücklich. »Gestern«, sinniert Senta, »um die Zeit hatten wir schon wieder Einschluss und – also, Eva, ehrlich – ich hab's nicht geglaubt, dass wir rauskommen.« »So, dein Vertrauen ehrt mich sehr«, ziehe ich sie auf. Ja, aber das ist doch – wie Lea sagen würde – echt »voll krass, Mann«, und da sind wir uns einig. Gestärkt machen wir noch ein bisserl die Läden unsicher und überlegen, ob und wieviel wir von unserem Vorschuss ausgeben könnten. Olga hat für sich einen tollen Plan: »Brauch ich nix Klamotten, kaufe Flasche Wodka.« »Ja, spinnst du?«, ruft Senta. »Du nix Alkohol und Drogen, ist einfach Wodka.« »Kommt nicht in die Tüte«, entscheidet Senta. »Nur über meine Leiche.« »Macht nix, Leich räumt Eva weg.« Olga hat da kein Problem damit – aber wir sehen, dass Olga jetzt nur Spaß macht und die Idee mit dem Wodka nicht wirklich verfolgt. Wir stehen am Gärtnerplatz, die Sonne hat sich durch die Wolkenberge an die Oberfläche gekämpft und es ist wunderschön. Die Bäume haben ihr Herbstkleid angezogen und jeder von ihnen möchte farbiger als der andere leuchten. Und wie auf Kommando stehen wir drei ruhig da und schauen einfach nur. Ich kann es kaum glauben, aber unserer Olga laufen ein paar Tränen über die Wange, und ihr Gesicht wird ganz weich. Sie ist eine mittelgroße Frau – nicht unattraktiv, mit sehr hübschen Beinen und einer kinnlangen kastanienbraunen Bobfrisur. Soweit man bei unseren »Knastschnitten«, die uns eine Mitgefangene verpasst hat, von Frisur sprechen kann. Allerdings ist zu ihrer Entlastung anzuführen, dass sie über stumpfes, ungepflegtes Werkzeug verfügte – und dafür hat sie's, je nachdem, wie gut sie gelaunt war, nicht mal schlecht gemacht. So stehen wir jetzt da – Senta grinst aber ich kenne sie schon zu gut. Sie hat genau wie Olga und ich feuchte Augen, und plötzlich nimmt sie Olga in den einen Arm und mich in den anderen. »Mensch, ich hab's net geglaubt – das mir da raukemma, mir drei.« Und wenn es ernst ist, spricht Santa ein wunderschönes Niederbayrisch vom Feinsten. Und ich kann nur nicken, sonst fange ich auch noch an zu weinen. »Ist jetzt wurscht«, kommt von Olga, »gehen wir schauen« – und sie zieht uns vor die Schaufenster dieses Schuhgeschäftes, das immer schon die heißesten und edelsten Treter samt Handtaschen am Gärtnerplatz verkauft. Noch ein wenig Nachgeschniefe und wir haben uns wieder im Griff und sind uns doch so viel näher als zuvor. »Da gehen wir rein«, entscheide ich, und schon bewundern wir drei die neuesten Herbst- und Wintermodelle. Ich könnte Handtaschen ohne Ende kaufen. Hauptsache, groß und mit vielen Fächern – meine ganz große Schwäche. Und Stiefel – »ach ja, es hat sich ausgestiefelt und ausgetascht«, murmle ich vor mich hin. »Gar nicht«, ruft Senta, »der Raffi, der kauft uns alle drei, was wir wollen.« Also, da habe ich so meine Zweifel – weil, der Raffi ist nämlich diese Woche noch auf Therapie und dann wird er nächste Woche Besseres zu tun haben, als die Knastfreundinnen seiner Senta einzukleiden. Im Übrigen wollte ich doch in Zukunft bescheiden sein und gar nicht mehr an solche

Sachen denken. Mein Konrad würde jetzt vor sich hin schmunzeln, und dann weiß ich immer genau, was er denkt. Wir verlassen erst mal den verführerischen Laden und gehen stadteinwärts. Ein bisserl Zeit zum Beinevertreten haben wir noch, denn um 14 Uhr sollten wir unbedingt pünktlich zur Lagebesprechung eintrudeln. Sonst reißt der Frieder mir den Kopf ab – das ist schon mal klar. Er hat ja mir die Verantwortung aufgedrückt. Noch viel lieber als shoppen würde ich meinen Konrad anrufen, aber versprochen ist … Wir drehen um und sind schon zehn Minuten vor zwei in Sentas Zimmer. Die beiden Rauchfräuleins gehen auf den kleinen Minibalkon und ich überlege, ob ich in dieser Runde meine Infos von Gloria auspacke oder lieber dem Frieder alleine die Story erzähle. Es klopft und Frieder kommt mit einer Frau um die vierzig und zwei Männern herein. Einer der beiden ist so gutes Mittelalter – schätze ihn auf Ende vierzig – und der andere eher um die dreißig. Wir stellen uns vor – Tanja, Karl (der Ältere) und Josef. Da wir hier zu siebt keinen Platz haben, wird beschlossen, dass Frieder an der Rezeption um Freigabe des Frühstücksraumes bittet. Es klappt und mit dem Rauchen wird's jetzt halt nichts. »Dauert nicht so lange«, beruhigt Frieder meine Mädels. Der fasst noch einmal den Stand der Informationen zusammen und betont, dass alle hier zum absoluten Stillschweigen verpflichtet sind, auch dazu, rückhaltlos offen zu sein – das ist im wahrsten Sinn des Wortes lebensnotwendig für uns alle. Da rücke ich auch mit der Info heraus – keine Frage. »Ist aber nur von einer Mitgefangenen im Knast.« Frieder lobt mich ein bisschen: »Eva, wir haben das auch vermutet und wir wissen auch, wer von den Beamten da mitgeholfen hat. Die – es sind eine Frau und ein Mann – bleiben vorerst im Dienst und wir werden erst nach Abschluss der Sache eine Anzeige machen. Erste Priorität hat das Leben von Anna Conti. Nichts, was sie gefährden könnte, darf gemacht werden. Ist das klar?« Wir nicken – ist ja wirklich sonnenklar. »Der Plan wäre wie folgt«, erklärt uns Karl. »Ihr geht ein bisschen aus die nächsten Tage und Nächte, knüpft eure Beziehungen, und wenn Raffael kommt, weiten wir euren Bekanntenkreis aus. Eva, du bleibst im Hintergrund.« »Ja, ich weiß schon, zu alt und auch sonst …« Frieder lacht – »jetzt spinn nicht. Aber man sieht dir halt

an, dass es nicht so ganz deine Welt ist. Wir haben uns gedacht, du
könntest eine Cousine von Senta sein, die auch mal was erleben will.
Aber was du keinesfalls machen darfst: alleine vorpreschen – wie
das so deine Art ist. Nie alleine mit einem Typen – die kriegen sonst
mühelos raus, was hier gespielt wird.« Ja, da stimmt Senta dem Frieder auch noch zu. Wird ja immer besser. »Wofür habt ihr mich dann
überhaupt mitgenommen?«, maule ich. »Ist doch wahr.« »Ja, wenn
du lieber zurück willst …« Alle feixen blöd rum. »Also, Eva, jetzt
ganz im Ernst, du bist sozusagen der Boss im Hintergrund und
musst auch auf die beiden Damen ein bisschen aufpassen.« Gefällt
mir schon besser so. Schließlich habe ich auch meinen Stolz und
bisher habe ich die besten Informationen gebracht. Und weil der
Herr Hauptkommissar mich offensichtlich kennt, sagt er jetzt auch
genau das und ich bin wieder friedlich. Nachdem jetzt alles zu meiner besten Zufriedenheit geklärt ist, frage ich nach unseren genauen
Aufgaben und den dafür in Frage kommenden Lokalen. »Denn
auskennen tue ich mich doch in München. Muss mal erwähnt werden, meine lieben Leute.« Alle lachen befreit auf und Tanja legt uns
ein Blatt hin. Hier hat sie insgesamt acht Lokale notiert und dazu
Stichpunkte. »Das sind die bevorzugten Kneipen der Torkas-Leute
und die letzten beiden sind reine Conti-Schuppen, die gehören dem
alten Conti.« »Aha. Und was können wir jetzt machen?« »Ihr ver-
bringt mal da und mal dort ein paar unterhaltsame Stunden und
hört euch um.« »Und wie soll das ohne Alkoholkonsum bitte funk-
tionieren?«, wirft Senta völlig zu Recht ein. »Klar, ihr bestellt euch
ein, zwei Drinks, aber keinesfalls mehr, und am besten wären Drinks
ohne Alkohol. Oder Cola mit Schuss – da könnt ihr dann noch mit
zwei Colas die Sache strecken. Wenn ihr euch volllaufen lasst, ziehen
wir euch ab.« Ganz klarer Fall, und der Karl wirkt jetzt streng und
geradezu unerbittlich. »Dafür ist die Eva verantwortlich – die ist
keine Suchtgefährdete und muss auf euch aufpassen.« »Ich nix ge-
fährdet – ich nix Drogen«, kommt Olga beleidigt rüber. »Ja, aber
Sie sind unter aggressiv bei uns eingestuft und somit bleibt's dabei,
Eva macht den Boss.« So gefällt mir das schon viel, viel besser – auch
wenn die zwei murren. Senta hat noch zwei Fragen an Frieder: »Also
wann kommt der Raffi genau?« »Nächste Woche am Donnerstag-

abend, und ab Freitag ist er mit von der Partie« – da strahlt unser Mädel aber gewaltig. »Und Frage zwei?« Ja, und wie sie den Frieder jetzt anschmachtet: »Es ist doch Oktoberfest und wir drei möchten halt mit dem Raffi gern einen Abend frei und auf die Wiesn.« »Aha, daher weht der Wind. Kann man drüber reden, wenn alles gut läuft, ist das eure Belohnung und ich geh mit euch hin.« »Und ich? und meine Belohnung?« »Ja, ja, alles zu seiner Zeit – jetzt müssen wir erst mal die Anna finden und dann kann dein Konrad vielleicht für einen Abend und eine Nacht anreisen. Aber ich entscheide, wie, was, wann!« Da kehrt er jetzt halt wieder den Hauptkommissar raus. »So, ich fahre jetzt wieder nach Hause und ihr besprecht mit den Kollegen noch die Details.« Gesagt, getan. Dann nimmt mich die Tanja beiseite und steckt mir, dass der Markstaller nicht Hauptkommissar, sondern Chef der Kripo in Nürnberg ist – »sonst hätte das mit euch nie geklappt.« Bescheiden ist er also auch noch. Eigentlich ein feiner Typ, aber stopp, Eva, die Zeiten des Wilderns sind vorbei. »Wir legen uns jetzt all noch bis 22 Uhr aufs Ohr und dann aufbrezeln und los geht's.« »Wie weit ist es zur Goethestraße?«, fragt Senta. »Können wir zu Fuß gehen, wenn's nicht regnet. Ist gleich hinterm Hauptbahnhof. Da fangen wir heute Nacht an.« Also von außen sieht der Schuppen nicht besonders einladend aus. Drinnen ist er ein Stück besser – alles mit alten Polstern von James Dean und Elvis dekoriert – , gute Musik und ein netter Barkeeper. »Ja, wen hamer den da? Drei Schönheiten. Wo kemmt's denn ihr her?« Senta hat die Sache voll im Griff. Sie macht Smalltalk und Olga und ich schauen uns um. Kleine runde Tische, ein langer Tresen – für 23:30 Uhr ganz gut besucht. Wir sind ein bisserl später dran, da Olga drei verschiedene Outfits vorgeführt hat und eines enger als das andere saß. »Hab ich zugenommen in Scheißknast! Immer alles zu fett. Was jetzt machen, Senta?« Senta zupfte geübt da und dort und Olga sah zuletzt prima aus – vollbusig, sehr sexy und hatte den Auftrag, flach zu atmen, »sonst sprengst die Hosn«. Am meisten erstaunt mich aber Senta. Hübsch fand ich sie schon immer, aber auf so eine mädchenhafte, ein bisserl bäuerliche Art. Im Dirndl und auf der Alm hätte ich sie mir gut vorstellen können. Aber welch eine Verwandlung. Die aufwendigen Tätowierungen auf ihrem Rücken, die diversen

Piercings, eine erstklassig sitzende Jeans, eine lässige Bluse, die viel sehen lässt, und die langen dunkelbraunen Haare wild und gut geföhnt. Ein tolles Weib. Dazu haben alle beide ihre hohen Hacken an – irgendwie sehe ich tatsächlich nach Cousine vom Land aus. Aber was soll's – meine Ausstrahlung ist nicht zu unterschätzen … meine ich zumindest. Wir sitzen noch keine halbe Stunde an der Bar, da werden drei Gläser Champagner vor uns platziert. Ich sehe den Barkeeper fragend an: »Die beiden Herren an dem Tisch« – er zeigt unauffällig hinüber. »Besten Dank« – wir prosten erst uns und dann den beiden Spendern zu. Und schwups, sind wir plötzlich zu fünft. Ich führe das Gespräch und siehe da, einer der beiden scheint auf mich zu fliegen. Der andere kann die Augen kaum von Olgas beachtlicher Oberweite lassen und es wird munter geschäkert und geflirtet. Das Ganze läuft *so auf hin und mit zu*, was aber nicht für unseren Zweck taugt. So versuchen wir möglichst viel über unsere Bewunderer rauszukriegen und Senta fragt ganz zwanglos nach ein bisschen Speed. Sie erwähnt so nebenbei, dass ihr Freund, der Raffi, leider grad nicht in München ist, aber sie würde sich morgen mal mit dem Volker in Verbindung setzen. »Meinen Sie den Bomber?« »Ja, genau den – guter Kumpel« – und schon fliegen die Infos mit gegenseitigem Abtasten hin und her. Wir sind jetzt dann auch alle per Du – die beiden, Erni und Uwe, wollen mal schnell telefonieren und »was« besorgen. Inzwischen ist es fast 3 Uhr und ich quengle rum. »Na, Senta, heut nimmer – ich bin hundemüde.« Und wir schaffen einen eleganten Absprung mit Taxi – ohne unser Hotel zu verraten, und Senta hat die Handynummer von Erni. Kaum sitzen wir im Taxi, legt Senta los. Wir sind ja total bescheuert. Wir haben keine Handys und das nicht mal bemerkt – da siehst mal, was die Zeit im Knast mit uns gemacht hat. Wir sind gar nicht mehr lebensfähig. Und da hat sie recht. Werde ich gleich morgen früh mit Tanja und Kollegen regeln. Nach einer etwas kurzen Nacht sitzen wir um 9 Uhr im Wintergarten-Frühstücksraum. Tanja ist da, die beiden Jungs beschäftigt. Sofort kommen wir auf das Handythema zu sprechen. Wir haben natürlich für euch drei Smartphones, aber das ist gestern Abend so untergegangen. Und wer hätte gedacht, dass ihr schon am ersten Abend so effektiv seid. Wir bekommen also jede ein funkelnagelneues Teil mit PIN und Flatrate und allem, was die Frau so braucht. Dann, nach dem Frühstück, berichten wir vom Vorabend und beschließen dann, heute ganz richtig shoppen zu gehen. Sehr praktisch ist die Kreditkarte, die sich bei meiner Habe befand, und die beiden EC-Karten von Senta und Olga. Erst checken wir mal, was noch auf unseren Konten ist, und es sieht nicht mal so ganz finster aus. Ein kleiner Rundumschlag beim Beck am Rathauseck oder in den kleinen Boutiquen im Glockenbachviertel könnte drin sein. Wir entscheiden uns fürs Glockenbachviertel – ist preiswerter und macht mehr Spaß. Ich kenn dort einen supercoolen Secondhand-Laden – der Chef ist ein bezaubernder Schwuler und wir fallen wie die Raubtiere ein. Raubtiere, die monatelang ausgehungert wurden. Denn das trifft bei uns dreien shoppingtechnisch gesehen zu. Nach drei wunderbaren Latte macchiato und einem Heidenspaß verlassen wir Stunden später das Etablissement. Ich habe gar nicht mehr gewusst, wie schön und lustig es ist, mit Freundinnen zu shoppen. Die letzten zehn Jahre hatte ich nie richtig Zeit und meine einzige Freundin war 20 Jahre älter und nicht zu vergleichen mit den beiden. Heute Abend werden wir alle komplett neu ausstaffiert in der Türkenstraße im Türkendolch auftreten. Hier treffen wir um 23 Uhr Erni und einen anderen Kumpel, da Uwe heute nach Berlin musste, was mir eh lieber ist. Er war schon ein bisserl sehr von mir angetan, und auf so was und speziell auf ihn hatte ich nun gar keine Lust und das ist heute immer noch so. Wir bekommen also jetzt was zum Antörnen und Senta nimmt Olga mit auf die Damentoilette – mich bezeichnet sie als »net so cool und wahrscheinlich vertragt die nix. Des lass mal lieber.« Gut gemacht – ich flirte inzwischen mit dem Chef vom Türkendolch. Er ist – wie die meisten hier im Lokal – schwul und sehr lustig und charmant. Mein Konrad hat ja zu diesen Herren ein etwas gestörtes Verhältnis, was ich immer schon molto spießig fand. Da auch gute Innenarchitekten ganz häufig so gestrickt sind, gab es da immer wieder mal Berührungspunkte. Wir waren damals sehr »in Mode« mit unserem Geschäft und Tommy Gassner arbeitete sehr oft mit mir zusammen. Und Tommy fand – ganz in Ehren – und ohne Hintergedanken Konrad unheimlich sympathisch. Diese große Sympathie beruhte nicht so richtig auf Gegenseitigkeit. Eines Nachts klingelte es Sturm bei uns. Vor der Türe stand ein reichlich zerfledderter Tommy. Er hatte schon eine ganze Zeitlang Ärger in seiner aktuellen Beziehung und da fiel ihm tatsächlich zum Ausweinen und Trostsuchen mein Konrad ein. Dazu muss ich erklären, dass Konrad viele gute Eigenschaften hat – Empathie ist nicht so ganz seine Stärke. Nicht, dass er keine Gefühle hätte – aber er zeigt sie nicht so einfach und für Beziehungsprobleme zwischen Männern ist er nun nicht unbedingt der erste Anlaufpunkt. Wir quälten uns also in jener Nacht aus den Federn und ich platzierte den traurigen und auch wütenden Tommy in unserer gemütlichen Küche. Funktionierte nicht – Tommy wollte einfach mit Konrad reden und nicht mit mir. In dieser Nacht wurden die beiden tatsächlich Freunde – gegen 5 Uhr morgens waren beide nicht mehr ganz nüchtern, um es mal vorsichtig auszudrücken, aber Tommy fühlte sich schon erheblich besser. Als ich aufstand, fand ich Konrad am Küchentisch, ein bisserl übernächtigt und angesäuselt, und Tommy lag im Wohnzimmer, sorgfältig zugedeckt und mit einem großen Glas Wasser und zwei Aspirin plus neben sich. Und seit dieser Nacht findet mein Herzblatt tatsächlich, Schwule sind völlig normale Männer – kann man gut reden, mit denen. Na prima. Und da habe ich einen Geistesblitz – Tommy ist vor einigen Jahren nach München, genauer gesagt, in die Georgenstraße nach Schwabing gezogen. Der wäre doch eine erstklassige Unterstützung für uns. Die Georgenstraße ist hier um die Ecke. Ich versuche einfach mein Glück bei dem Chef vom Türkendolch. »Du, den Gassner Tommy kennst du nicht zufällig?« »Na sicher, der macht doch in Deko, oder?« »Ja, genau der.« »Ist ein guter Kumpel von mir. Schau mal, Süße, da vorne« – er zieht mich zur Türe – »das rote Haus mit den weißen Läden. Da wohnt der.« »Sagst du den beiden, ich bin gleich wieder da? Mal schaun, vielleicht ist Tommy zu Hause.« Ich schnappe mir meine brandneue dunkelgrüne Lederjacke und mach mich auf den Weg. Vor dem Klingelschild angekommen, stelle ich fest, dass Tommy tatsächlich hier wohnt. Ist doch ein Zufall – total krass, Mann. (Lea lässt grüßen.) Ich klingle – es ist gerade mal kurz nach 11 Uhr, da kann man das schon bringen. »Mensch, bist du's?«, höre ich Tommys Stimme. Zauberei??? Dann entdecke ich die dezente Kamera, in der ich wohl im Inneren des schicken Hauses zu sehen bin. »Ja, ich bin's – Tommy, ich bin mit zwei Freundinnen im Türkendolch vorne – kannst auf ein Stündchen kommen?« Tommy spricht mit irgendjemandem – okay, wir kommen später. Dauert noch, wir essen grad.« »Hast du Hunger, willst raufkommen?« »Nee, nee, ich warte auf dich – bis später.« Schließlich kann ich meine »Schützlinge« nicht so lange ohne meine »Aufsicht« lassen. Wer weiß, was die zwei treiben. Aber es scheint alles in geordneten Bahnen zu laufen – sogar noch besser als das. Inzwischen ist Erni eingetroffen und hat noch zwei Typen im Schlepptau. Lars und Billy. Sind offensichtlich nicht so ganz des Deutschen mächtig, sehen aber passabel aus. Und sind kleine Aufschneider. Das wiederum ist, wenn man etwas erfahren will, ganz gut. Lars erzählt gerade Olga mit gesenkter Stimme, dass sie einen wichtigen Auftrag für seinen Boss ausführen. »Wir haben so eine süße Kleine – auf die passen wir ein bisserl auf.« Olga schaut skeptisch: »Wo ist kleine Süße – ich seh nix. Träumt ihr, oder?« »Nein, nix träumen«, mischt sich jetzt Bill ein. Erni geht dazwischen, »also das ist doch jetzt kein Thema. Ihr sollt die Klappe nicht immer so weit aufreißen.« Senta knufft ihn ein bisserl. »Du brauchst doch vor uns nichts verstecken. Mensch, wir sind doch keine Ratschweiber.« Der Körperkontakt kommt gut an – Erni rückt gleich näher an die Senta ran. »Ja, weißt, Babe, ist halt so, dass die Kleine ein – na, wie soll ich dir das erklären – ist mehr so eine inoffizielle Sache.« »Wie jetzt, inoffiziell – wieso hast die denn nicht mitgebracht? Wär doch nett, wenn wir alle zusammen noch wohin gehen.« »Ja«, misch ich mich ein, »ich hab hier einen ganz alten Freund in der Nähe, der kommt auch noch und dann gehen wir noch ins – wie heißt der neue Schuppen an der Freiheit vorne?« »Ach, ins Morning – na, da weiß ich was Cooleres«, wirft Erni ein. »Wir gehen in die Widmeierstraße – ich lad euch ein. Da kenn ich den Türsteher und den Discjockey.« Ich registrier mal, dass das »Morning« ein Conti-Laden ist und das dem Erni anscheinend nicht so ins Konzept passt. Und Olga hat gut aufgepasst: »Da nehmen wir dann deine süße Kleine mit, oder?« »Na, des geht jetzt heut nicht«, antwortet der Erni. Und zu Lars: »Wer hat bloß davon angefangen? Weißt doch, dass die nirgends hingeht.« »Und warum nicht?«, frage ich ganz naiv. »Ist noch keine 18, oder?« »Ja, so ungefähr.« Ich bin mir ganz sicher, dass die von Anna Conti sprechen. Mensch, das wär ja ein Riesenzufall, wenn wir die so schnell ausfindig gemacht hätten. Sicher, wir wissen nicht, wo die Anna ist, aber wir hätten einen Anhaltspunkt. Gerade als wir bezahlt haben, trifft Tommy ein, mit einem sehr attraktiven Farbigen. Er heißt Konstantin: »Bin der Konny für euch.« Wir erklären, was wir vorhaben, und Tommy bietet mir an, bei ihm mitzufahren, denn bis zur Widmeierstraße ist's doch ein ganzes Stück und auf diesen Mörderabsätzen kann ich nicht gut »wandern«. Senta und Olga fahren mit Erni und Gefolge. Im Auto erzähle ich Tommy und Konstantin die Version, warum wir hier sind und wo Konrad ist – allerdings lasse ich das Detail »Anna Conti« mal noch ein bisserl im Hintergrund. Weiß ich, wer Konny genau ist? Als wir dann im Bistro – so heißt der Laden in der Widmeierstraße – angekommen sind, schicke ich Konny voraus. »Ich geh mit Tommy noch ein paar Schritte ums Haus. Muss noch ein bisserl frische Luft schnappen. Mir ist die Luft im Türkendolch noch in der Nase – der Wirt hatte ein umfangreiches Knoblauchgericht zubereitet, bevor wir das Weite gesucht haben.« »Geht klar«, ruft Erni. »Sagst nachher einfach, du gehörst zum Erni.« Dann habe ich eine halbe Stunde, um Tommy in alles, einschließlich meines unrühmlichen Knastaufenthaltes, einzuweihen. Er staunt nicht schlecht. »Mensch, Eva, und ich hab gar nix, aber auch wirklich gar nix mitgekriegt.« Er umarmt mich ganz fest und beinahe wird der Kloß in meinem Hals zu groß … »Das tut mir echt leid.« Und das glaub ich ihm. »Aber wirst sehen, das kriegst du wieder hin. Hab erst vor zwei Wochen deine Tochter beim Filmfest getroffen – die hat keinen Ton gesagt.« »Ja, weißt, Tommy, da spricht man halt nicht so gern darüber.« »Na, aber alles was recht ist, du, die immer für alle geschuftet hat, die werden dich doch jetzt nicht einfach hängenlassen.« »Nee, das nicht, aber man hält halt lieber den Deckel drauf, verstehst, was ich meine?« Also fasst Tommy zusammen: »Wir vier – ich bin mit von der Partie – müssen diese Anna Conti finden und rausholen, damit ihr drei Mädels vor dem Kadi gute, sagen wir mal bessere, Karten habt. Richtig?« »Und dein Konny?« »Ja, Eva, den hab ich genau bei dem Filmfest kennenge-

lernt, und ich geh mal lieber kein Risiko ein. Muss ich mal sehen –
er schnupft nämlich gern mal Koks, und weiß ich, wo er's herhat?«
»Stimmt, bist ein gescheiter Kopf, Tommy.« Ich bin irgendwie froh,
dass er da ist. Ist nicht Konrad, aber ist so ein Stück Heimat und
Sicherheit. So eine taffe »verdeckte Ermittlerin« bin ich halt nicht
und der Knast hat mir ganz nett zugesetzt. Manchmal merke ich,
dass die letzten Monate mich verändert haben. Ein bisserl. Ich bin
verletzlicher und misstrauischer und halt schwächer geworden. Das
muss sich schnellstens ändern, kann ich gar nicht brauchen. Denn
zu Ende ist das Drama noch nicht, egal wie gut oder wie schnell wir
die Anna finden.

Tommy hatte immer schon prima Antennen, was die Gefühle
anderer angeht, und drückt mich noch mal fest, und dann sagt er
mit Torero-Slang: »Auf in den Kampf. Mensch, Eva, zusammen
gewinnen wir jeden Kampf, und ewig dauert der Käse ja nicht.« Wir
stehen wieder vor dem Bistro und der breitschultrige Türsteher
macht Platz – nicht wegen des Stichworts »Erni«, er kennt wohl den
Tommy, und schwups, sind wir drin. Dunkel, laute Rapmusik, und
schon von Weitem sehe ich meine zwei Freundinnen mit Konny und
Bill auf der Tanzfläche. Senta steuert auf mich zu und sagt: »Du, ich
muss auch mal.« Aha, wir gehen in Richtung Damen-WC – sie hat
wohl etwas zu berichten. Eine steile Treppe runter und Gott sei
Dank – wir sind gerade die Einzigen auf der Damentoilette. Senta
zieht mich in eine Kabine und macht zu. »Die haben garantiert die
Anna!« »Ja, hab ich auch gemerkt.« »Ja, aber ich weiß, wo!« »Ehrlich – ist ja voll …« Wir tigern los. »Also, die scheint in einem Zockerclub im zweiten Stock in einem Appartement mit ein paar Typen festgesetzt zu sein. Der Lars hat einfach eine wunderbar große
Klappe. Er muss nämlich da ab 2 Uhr heute Nacht wieder dort sein,
die wechseln sich ab. Allerdings hab ich nicht rausgekriegt, wie der
Schuppen heißt, und leider auch nicht, in welcher Straße er ist. Ich
hab mir gedacht, ob wir die Tanja anrufen, dass sich jemand an den
Lars dranhängt.« »Das ist super gedacht – ich versuch mal sie zu
erreichen.« Na klar: kein Netz – wie komm ich denn jetzt noch mal
raus? »Könnte der Tommy machen, aber wir dürfen nicht auffallen,
sonst haut es nicht hin.« »Bessere Idee – der Tommy könnte einen

auf anhänglich machen und mit dem Lars mitgehen.« »Blöd, der Lars hat aber keine Ambitionen in die Richtung – weißt schon.« »Also nichts überstürzen – wir verabreden uns einfach für morgen noch mal und dann geben wir morgen früh der Tanja oder dem Karl Bescheid.« »Genau.« Wir gehen wieder hoch und man hat uns schon vermisst. Also wird jetzt getanzt, und als der Lars dann wegmuss, macht es der Senta ohne ihn keinen Spaß mehr. Erni ist schwer enttäuscht. Aber Senta flüstert ihm irgendwas ins Ohr und wir einigen uns drauf, dass wir uns morgen schon um 21 Uhr bei Roberto – das ist ein angesagter Italiener, der tolle Holzofen-Pizzas macht – zum Essen treffen. Dann wollen wir alle zusammen durch die Clubs ziehen und Senta scheint noch einige Zusagen gemacht zu haben. Erni strahlt und es wird auch noch ordentlich geknutscht – ich bin eh wieder einmal hundemüde, ist nicht mehr so mein Ding, diese Nachtschwärmereien. Tommy bietet an, uns Mädels nach Hause zu fahren, und Konny will noch ein Stündchen bleiben. Die anderen haben ja anscheinend noch »Nachtarbeit« vor sich. Bill nötigt mir einen nassen Zungenkuss auf – auch nicht mein Ding. Aber was tut man nicht alles für die gute Sache. Tommy grinst richtig frech – ich bin in der unteren Gesichtshälfte so feucht, als hätte mich ein großer Hund abgeschleckt. Also, was manche Männer unter Küssen verstehen. Gewaschen hab ich mich doch schon. Da fällt mir der wunderbare Hasi ein, mit dem ich ja einige Jahre der sehr innigen »Freundschaft« hatte. Er war nicht nur dieser erstklassige Liebhaber mit den luxuriösen Hotelsuiten (Adlon etc.) in petto, nein, er konnte auch unglaublich gut küssen. Es wäre interessant herauszufinden, ob es für alle Frauen so immens wichtig ist, wie ein Mann küsst. Er begann immer ganz zart – nicht gleich so fordernd und keinesfalls gleich mit der Zunge. Erst mal liebkoste er mit seinen weichen Lippen vorsichtig und zart meinen Mund. Und Stück für Stück, eigentlich schon fast wie ein richtiger Geschlechtsakt, wagte er sich vor, um dann Besitz von meinem Mund zu nehmen. Noch während er mich küsste, wurde ich feucht und – ich kann's gar nicht anders ausdrücken – richtig geil. Ich wollte ihn – und das war einfach nur der logische nächste Schritt. Und wenn wir dann nicht gerade auf dem Marktplatz standen, fand dieser Kerl einen Weg, dieses Verlangen zu erfüllen. Ich erinnere mich, dass wir in einem langen Gang in einem Restaurant standen, er öffnete eine Tür und dahinter war ein wirklich nicht sehr großer Platz. Er schob mir meinen Rock hoch – ich trage meistens Bodys, die zwischen den Beinen geknöpft sind. Mit wissenden Händen öffnete er diese Druckknöpfe und schon waren seine Finger zwischen meinen Schamlippen. Mein Gott, das war himmlisch. Und er war ja recht sportlich und auch nicht gerade ein Schwächling, also schob er mich so hoch an der Wand, dass sein harter Schwanz in mich stoßen konnte. Und wie er stieß – es war im wahrsten Sinne des Wortes ein Quickie – aber einer mit allen Schikanen. Und je nachdem, wieviel Platz wir hatten, sank ich auch schon mal auf die Knie und nahm dieses unglaublich leckere harte Teil in meinen Mund. Viele Frauen machen das aus Pflichtbewusstsein – mich hat's bei ihm richtig angetörnt, und dann bekam ich's zur Belohnung von hinten auch noch besorgt. Mein Lieber – ich darf gar nicht dran denken, sonst falle ich jetzt gleich über den nichts ahnenden Tommy her, und der hätte nun gar keine Freude dran. Ich seh's schon, mein Konrad muss dringend kommen – es nimmt langsam gefährliche Ausmaße an. Die Monate so ganz ohne Mann sind einfach nichts für mich. Und so als Ersatz mit den Knastfrauen rumzumachen, ist auch gar nicht mein Geschmack. Mir ist schon klar, warum die dort dämpfende Hormone in den Tee mischen – aber dem bin ich ja elegant ausgewichen. Lieber denke ich halt ein bisschen an die zurückliegenden Zeiten – ist ja nicht für immer! Wir sind wieder wohlbehalten im Admiral angekommen und die beiden Mädels wollen unbedingt noch einen Absacker mit Zigarette und mit mir in ihrem Zimmer nehmen. Mach ich mit. Wir lassen unseren gemeinsamen Abend Revue passieren. »War nix schlecht – oder?«, meint Olga. »Haben wir gute Informationen«, und das finden wir beiden anderen auch, gleich an die Richtigen ranzukommen. Morgen soll auch Sentas »Bekannter«, der Oberdealer, mit von der Partie sein und die ganz feinen Sachen mitbringen. »Gell, du reißt dich schon zusammen«, erinnere ich Senta noch mal. »Ja, ja, Frau Oberlehrerin«, zieht mich Senta auf. Und dann beschließen wir, die Gute-Nacht-Party zu beenden. Morgen gehen wir mal ein bisserl in die Innenstadt und mittags essen wir Weißwürste und Brezen. »Ja, aber vor 11 Uhr, wisst ja, die dürfen das 11 Uhr Läuten net hören.« »Was hören die Würste?«, kommt's von Olga. »Das erklärt dir jetzt die Senta«, und schon bin ich in meinem Zimmer. Richtig müde und auch zufrieden – wir sind goldrichtig – auf dem Weg. Am nächsten Morgen ist wieder um 9 Uhr Frühstück angesagt und das ist richtig lecker – und dann Morgenappell – so haben wir unsere Besprechung getauft. Heute ist auch Frieder wieder da. Wir berichten stolz, was alles gelaufen ist, und bekommen auch ein Lob. »Aber bitte vorsichtig – keine Alleingänge – unterschätzt die Typen nicht. Der Lars ist uns wohlbekannt – Vorstrafen wegen schwerer Körperverletzung, Frauenhandel aus dem Osten, Zuhälterei und Drogenhandel.« »Na«, meint Olga, »ich nix Angst, weil ich selber gut schlage.« Senta knufft sie. »Spinn dich aus – du schlägst gar nix.« Olga zieht beleidigt einen Flunsch. »Mach für Polizei – wenn nix okay, gehen ich eben.« Aber Frieder geht elegant über den Vortrag hinweg und bittet uns, wirklich nichts zu riskieren. »Wenn euch etwas passiert, bin ich verantwortlich«, erklärt er uns. »Ja, ist klar. Aber wir wollen einfach heute Nacht rauskriegen, wo die Anna ist und wer bzw. wie viele Leute bei ihr sind.« »Gut, wir hängen uns an euch dran«, verspricht Karl – »allerdings kennen die uns und wir bleiben deshalb auf Distanz. Ihr müsst auf euch aufpassen.« Senta erklärt, dass der Volker, mit Szenenamen Bomber, dazustoßen wird. »Den dürfen wir keinesfalls verschrecken, bevor der Raffi da ist – sonst gibt's einen Riesenaufstand.« »Geht klar – wir sind nur an den Entführern von Anna interessiert, alles andere bleibt vorerst, wie es ist. Wir sind ja nicht vom Drogendezernat. Aber nur vorerst – dann kann ich das natürlich nicht ewig tolerieren.« Also sagen wir erst mal nur »ja, ja«. Ich will der Senta da nicht in die Quere kommen. Allerdings muss sie mit oder ohne Raffi aus dem Schlamassel raus. Wir haben im Knast ausführlich drüber gesprochen, dass es mit den Drogen einfach keinen Sinn hat, und Dealerin kommt auch nicht in Frage. Entweder der Raffael zieht mit oder sie will sich einen anderen Mann suchen – bzw. sich wenigstens von ihm trennen. Mal sehen, ob sie das dann auch wirklich durchzieht. Wenn man im Knast sitzt, hat man immer viele gute Vorsätze – die Feuerprobe kommt mit dem Tag der Entlassung …

Aber ich trau ihr das zu – dass sie konsequent ein neues Leben anfangen wird. Bei einem weiteren Kaffee legen wir fest, dass die Tanja und der Karl ab dem Italiener in unserer Nähe sein sollen – der Josef versucht dann auch in den Zockerclub reinzukommen, er ist nicht bekannt. Allerdings gibt's dort mit Sicherheit wieder einen Zerberus am Eingang.

Ich bin nach unserer Morgenbesprechung noch gar nicht richtig fit. Die langen Nächte sind nicht mein Ding und die letzten Monate im Hotel Knast sahen, was unsere Abend- bzw. Nachtveranstaltungen anbelangte, auch anders aus. Also schlage ich vor, den Tag etwas langsamer angehen zu lassen. »Und das wäre wie?«, fragt Senta. »Ich lege mich jetzt noch mal hin und gegen halb zwölf wäre ich bereit, euch zwei Hübschen die Innenstadt zu zeigen. Wenn ihr recht lieb seid, lade ich euch in den ›Franziskaner‹ zum Mittagessen ein.« »Und weiße Wurscht?«, meldet sich Olga. »Stimmt, das hab ich jetzt total vergessen. Also wir starten um halb elf, dann fangen wir mit den Weißwürsten an und anschließend bummeln wir noch rum.« Alle sind einverstanden, und nach einer Stunde Vormittagsschlaf fühle ich mich erheblich wacher und sehe auch so aus. Mit Augenringen kann ich ja schließlich nicht ausrücken. »Net schee, aber gschleckert« – was auf Hochdeutsch so viel wie nicht schön, aber eitel bedeutet. Meine beiden Mädels haben schicke Jeans an – Senta mit Pferdeschwanz und besticktem Sweatshirt, Olga hat sich für eine weiße Bluse und ein ärmelloses Steppjäckchen entschieden. Die Haare glänzen in der Vormittagssonne. Es kann losgehen. Wir finden beim »Franziskaner« einen gemütlichen Ecktisch, von dem aus wir einen erstklassigen Überblick haben und, je nachdem, wer so vorbeigeht, auch etwas zu lästern. Zielscheibe ist ein auffallendes Paar: sie auf High Heels mit kurzem Trachtenröckchen und bauchfreier Dirndlbluse. Das Dirndl dazu hat sie wohl vergessen. Dafür ist die Bluse, wie der Bayer sagt, »gut eingeschenkt«. Also, die Oberweite lässt nichts zu wünschen übrig, und die Bluse lässt da auch gar keinen Zweifel aufkommen, da sie auch obenrum wenig Stoff und viel Haut zeigt. Wäre so ja noch nicht so sehr viel zu lachen, aber an einer Glitzerleine führt die Lady einen sehr aufgeregten und dafür aber nur winzig kleinen Rehpinscher daher. Das arme Viecherl ist völlig von der Rolle. Es kläfft und zieht wie wild an seiner Designerleine. Geführt wird der Konvoi von einem distinguierten Herrn um die sechzig. Könnte leicht der Opa sein, ist's aber todsicher nicht. Und um jeglichen Zweifel auszuräumen, küsst der Herr die junge Dame begeistert auf den Nacken, bevor er ihr einen Stuhl anbietet. Ja mei, wer hat, der hat, und wenn man dem Sprichwort glauben darf, dann hat der. Alle wären so weit zufrieden, bis auf den Hund – der findet das alles immer noch sehr, sehr aufregend, und das Gebelle nimmt an Lautstärke und Tonhöhe zu. Oh weh, am Nebentisch hat ein Boxer seinen Mittagsschlaf gehalten und ist nun natürlich sichtlich angefressen. Er knurrt – tief und drohend. Das Hundefrauchen ist außer sich – »Arthur, sag dem Mann, er soll seinen Köter zurückhalten.« »Das mit dem Köter hab ich jetzt nicht gehört«, mischt sich das Hundeherrchen ein. »Das ist ein reinrassiger Boxer und das, was Sie da haben, scheint – ja, eigentlich – gar nix zu sein. Und vor allem sollten Sie Ihren Hund erst einmal erziehen, bevor Sie mit ihm in ein Lokal gehen.« Der Herr hat da sicher recht, aber das ungleiche Paar ist erzürnt. Ein heftiger Streit entbrennt und auch die umliegenden Tische werden aufmerksam. Da eilt der Oberkellner hinzu. »Gnädige Frau, ich schlage vor, Sie nehmen in unserm Stüberl Platz, da sind Sie ganz für sich.« Das aber will die Lady nicht – nein – sie will genau hier bleiben, und ihr Begleiter erbarmt sich der Sache und nimmt den kleinen Kläffer auf den Schoß und hält ihm mehr oder weniger einfach die Schnauze zu. So hört man nur noch ein Fiepen und auch der große, wohlerzogene Boxer kann wieder unter den Wirtshaustisch zurückkehren und vor sich hindösen. Inzwischen sind unsere Weißwürste samt knackfrischer Brezen da. Senta will Olga gerade in die richtige Technik einweisen, da taucht total überraschend Karl auf. Er quetscht sich neben Olga auf die Bank und übernimmt die Erklärung. Und nachdem es da je einige Techniken gibt, ist das sehr lustig. Olga findet das Zutzeln am interessantesten und Karl gibt Schützenhilfe, und die zwei sind wirklich lieb anzuschauen. Wir haben, brav wie wir sind, nur ein alkoholfreies Weizen bestellt, und nachdem alles ratzebutz aufgegessen ist, gibt der Karl doch glatt noch einen Schnaps aus. »Gibt also auch nette Polizisten«, meint die Senta, und Olga stellt kategorisch fest: »Jetzt ist Karl nix Bulle, ist nur Freund.« Und darauf trinken wir dann alle den Schnaps und nach längerem Hin und Her bietet Karl uns an, ein Eis bei Dolomiti in der Theatinerstraße auszugeben, und das ist mit Abstand die beste Eisbude weit und breit. Gesagt – getan, die Sonne findet das auch prima und scheint, was das Zeug hält. »Omasommer«, meint Olga. »Was jetzt?«, fragt Senta nach. »Hast du gesagt, ist Omasommer jetzt.« Senta weiß erst mal gar nicht, was das jetzt soll. Mir ist das Ganze ziemlich schnell klar: »Olga, das heißt Altweibersommer.« »Ist wurscht«, kommt, wie wir die Olga kennen, zuverlässig zurück. Vor der Michaelskirche verabschieden wir uns von Karl, denn der muss in die Eppstraße ins Präsidium und wir amüsieren uns in der Briennerstraße. Zuvor aber gehen wir drei in die Kirche rein und jede von uns zündet eine Kerze an, und dann denken wir an die letzten Monate, die oft so traurig und dunkel und trist waren. Wir haben allen Grund, »Danke« nach oben zu schicken, und ein bisserl bete ich noch, dass uns nichts passieren darf! Die nächsten zwei Stunden stöbern wir begeistert durch das vielschichtige Angebot der Geschäfte – die neuen Passagen lassen wirklich keinen Wunsch offen. Für heute bleibt es aber beim Anschauen, Begutachten und Träumen, denn in dieser Ecke sind die Preise für uns drei schlicht und ergreifend unerschwinglich. »Morgen gehen wir nach Schwabing, Mädels, da sieht's preistechnisch wieder ein bisserl besser aus.« »Ach, is wurscht, nur schau'n, nix kauf'n. Immer besser als Knast hocken«, fasst ganz unverkennbar unsere Lady aus Litauen die Sachlage zusammen. Und wo sie recht hat, hat sie recht. »Aber einen Kaffee und einen Kuchen könnt ich noch gut vertragen«, meint Senta – verwunderlich, nach dem opulenten Mittagstisch und dem Rieseneis. Aber was soll's – da haben wir vielleicht Nachholbedarf. »Oder sind's die Nerven, Spatzl, weil der Raffi bald kommt?« »Naaa, halt so.« Mehr krieg ich da nicht raus. Aber so ein Gefühl, das habe ich, denn die Senta denkt zurzeit viel nach – ich weiß ja, es gibt eine Alternative zum Raffi, und zwar eine sehr solide. Ich finde die Alternative nach ihren Erzählungen sehr interessant: sieht gut aus, ungebunden, Alter passt, erotisch scheint's zu funken, guter Job bei BMW und nix mit Drogen am Hut. Man könnte sagen, die »bürgerliche Alternative«. »Und zuvor tät ich eine Therapie machen, Eva. Weißt, nicht so von einer Beziehung in die nächste, und ich weiß halt auch nicht, ob ich's ohne Therapie wirklich packe. Mit dem Raffi bin ich halt wieder sehr nah an der Quelle und mitten im Milieu und so stark fühle ich mich einfach noch nicht.« Als sie mir das erzählt, bin ich mit einem Mal sehr stolz auf meine Senta, obwohl ich nichts dazu getan habe, oder vielleicht doch. Sie hat mich ja auch immer fest ausgefragt, wie das geht, wenn man in meinem Alter noch so ausschaut und fit ist, und eigene Zähne und eine schöne Haut hat. Und ich habe ihr gesagt, dass es halt ohne Alkohol und Nikotin, und von anderem nicht zu sprechen, schon mal eine sehr gute Basis ist. Und wenn die anderen Drogenmädels sich halt gar nichts, aber auch wirklich gar nichts, bis zum nächsten Tag merken können, dann kommt das nicht von ungefähr. Und die fehlenden Zähne und, und, und. Mir war das früher gar nicht bewusst, aber die Perspektive ist ohne das Zeug, wenn man ein bisserl älter ist, schon erheblich attraktiver. Nun muss ich dazu sagen, dass ich keine atemberaubende Schönheit war oder bin – ich wär's immer gern gewesen, aber das, was da war, habe ich eben so besser konserviert und im Kopf stimmt's altersunabhängig. Also, wenn die Senta das durchziehen würde, ich tät mich ganz arg freuen. Die Monate im Knast haben uns irgendwie zusammengeschweißt – fast möchte ich sagen, wir sind Freunde geworden. Und bei meiner Olga ist das kein Problem mit Drogen.

Für sie bräuchten wir nur – was heißt hier nur? – ein gewaltfreies Umfeld und ein bisserl Kohle, damit sie es auch mal ein Stück schöner und leichter hätte. Da sie in ihrem Leben schon arg gebeutelt worden ist und nie viel Wärme und Zärtlichkeit bekommen hat, dafür jede Menge Schläge und aufgezwungenen Sex, sollte das jetzt anders werden, aber wie??? Wenn uns da nicht das Universum oder der liebe Gott hilft, sind die Optionen nicht vielversprechend. Und das heißt meistens Prostitution und gut verdienen – oder Zeitarbeit, nämlich Putzen, für einen Hungerlohn. Also, liebe göttliche Mächte, macht euch mal Gedanken! Sonst muss der Weiß-Ferdl zum Hosianna-Singen wieder raufkommen und ihr gebt ihm die göttlichen Ratschläge für uns mit. Als ich meinen Mädels im Knast die Geschichte vom Münchner, der überraschend in den Himmel kommt und von Petrus zum Hosianna-Singen angeleitet wird, erzählt habe, war meine Vorstellung bühnenreif. Ich habe mich auf den Stuhl in unserem Speiseraum gesetzt und vorgemacht, wie er Harfe spielt und immer zorniger Hosianna singt, wo er doch so einen Durst hat. Dann kommen die himmlischen Heerscharen und säuseln Hosianna im Vorbeischweben. Da wird er erst richtig fuchtig und fängt an, Hosianna zu fluchen: »Donnerwetter, Malefiz, Hosianna, ich hab Durscht – ich wui kein Manna, des könnt ihr selber fressen, ich will a Maß und zwar glei.« Da bringt ihm der Petrus, den Gott anlässlich des Lärms hat kommen lassen und der Mitleid verspürt mit dem Münchner, einen Brief. Ebenden mit den göttlichen Ratschlägen für die bayrische Regierung, die der Münchener nun in regelmäßigen Abständen ausliefern soll. Der Münchner ist überglücklich und fliegt gleich los, und weil er doch so Durst hat, kehrt er noch gschwind ins Hofbräuhaus ein, und da bestellt er eine Maß und dann noch eine und dann noch eine und da sitzt er heut noch, und die bayrische Regierung wartet immer noch auf diesen göttlichen Ratschlag. Was man ja auch deutlich spürt, bei uns in Bayern, vor allem die bayrische Justiz entbehrt die göttlichen Eingebungen völlig. Leider. Also zurück zu Olga, für sie habe ich noch keine so richtig zündende Idee, was für eine Zukunft sich realisieren könnte. Aber egal – ist nicht wurscht, aber ich spüre, dass sich auch dieses Problem demnächst löst. Seit wir heute miteinander in der Kirche waren, bilde ich mir felsenfest ein, alles wird gut, und zwar jetzt. Inzwischen hat Senta ein Café mit verlockenden Kuchen und süßen Teilchen und vor allem mit einer beeindruckenden Auswahl von Kaffeemöglichkeiten ausgeguckt. Und immer, wenn so viele Kaffeevariationen da stehen, kann ich mich überhaupt nicht entscheiden. Da ich den Betrieb wieder einmal total aufhalte, schickt mich Senta an unseren Tisch am Fenster und verspricht, alles passend zu bringen, besser so. »Oder sollte ich doch vorsichtshalber …« Olga spricht ein Machtwort: »Sitzen du – nix machen. Ist wurscht – immer besser als Hormontee im Knast.« Und leider sagt sie das auch noch richtig laut. Senta kriegt sich kaum ein vor Lachen und ich laufe rot an. Aber Olga ist ja nicht blöd – noch lauter ruft sie: »Alles Spaß, nix Knast, aber Ehe wie Knast.« Und die umliegenden Mädels lachen fleißig mit. Dann stelle ich fest, dass Senta gut gewählt hat und sich tatsächlich erinnert hat, wie gern ich kleine knusprige nussige Teilchen mag, und obendrauf dann noch ein paar Beeren. Oh, diese Versuchung, ich könnte alle auf einen Sitz vertilgen, denke aber doch an meine für heute Abend geplante Garderobe und es bleibt bei einem. Inzwischen geht's auf 8 Uhr zu und wir müssen uns noch ein wenig verschönern. Also auf geht's, und wir laufen im Hotel ein. Eine Stunde später stehen drei Grazien unten: Senta hat sich auf Rockerbraut ausstaffiert, Olga ist die orientalische Verführung in Person und ich finde mich heute auch sehr gut. Ich habe ein Goldlederjäckchen an (natürlich Imitate vom Feinsten) und braune enge Röhrenjeans, in freche Stiefel gesteckt. Eine zartgelbe Bluse mit braunen Paspelierungen rundum und – weil sie ein bisserl durchsichtig ist – einen erstklassigen braunen Spitzen-BH. Haben wir schon Schlechteres gesehen. Meine rötlichen Haare sind im Knast ganz schön lang geworden (ich habe zeitlebens extrem kurze Haare getragen), und da ich sehr dichtes Haar habe, sind sie jetzt ein bisserl löwenmähnig. Also, ich finde alles perfekt. Und wie immer, wenn man sich schön fühlt, dann strahlt man und ist auch schön. Frieder taucht ganz überraschend mit Karl im Foyer auf und pfeift anerkennend durch die Zähne. »Eva, Eva, du bist heute ja eine umwerfende Schönheit. Ich glaub, du bleibst besser hier unter meiner Aufsicht. Wie soll ich das Konrad erklären, wenn du nicht nach Hause kommst heute Nacht?« Ich lache sehr geschmeichelt und stolz – »ja, da schaust. Aber keine Sorge, wir müssen die Anna finden und sonst nichts.« »Genau. So gefällst du mir.« Wer aber den Mund vor lauter Bewundern gar nicht mehr zubringt, das ist Karl. Er kann die Augen kaum von Olga wenden. Sie tut mal so, als würde sie es nicht bemerken., aber ich kenn meine Olga. Und Senta schaut mich vielsagend an. Ja, da bahnt sich doch was an, oder …? Die beiden unterhalten sich angeregt, was enorm ist, denn Olga ist keine Freundin vieler Worte, was sicher auch an ihren eingeschränkten Deutschkenntnissen liegen mag. Aber augenscheinlich schlägt Karl mühelos die sprachliche Brücke zwischen Litauen und Bayern. Inzwischen ist unser Taxi gekommen und wir verabschieden uns. Natürlich gibt's noch einen Sack voller Empfehlungen, was wir alles tun oder nicht tun sollen. Ja, ja, ja, ja.

Kaum sitzen wir im Taxi, läutet das Handy von Senta. »Na, wem hast du denn alles deine Nummer gegeben?« – ich bin total neugierig. Ich habe meine Nummer noch gar nicht weitergegeben, denn ich darf ja zu Konrad oder meiner Familie keinen Kontakt herstellen. »Kann nur der Bomber sein«, meint Senta. Und tatsächlich, er ist's. »Ja, dann treffen wir uns gleich im Dolomiti – wir sind schon unterwegs«, höre ich sie sagen. »Na, passt doch und läuft.« Olga ist ein bisserl aufgezogen und plappert, so ganz im Gegensatz zu sonst, ständig auf uns ein. »Ist tolle Stadt hier und gute Leute.« Ja, ich kann mir schon denken, was ihr so besonders gut gefällt in dieser Stadt und um welche Leute es sich da so im Besonderen handelt. Sie strahlt und lacht, eine Wonne zum Anschauen. Mensch, das wär's doch, Karl und Olga, aber weiter will ich noch gar nicht denken. Geht ja erst an. Ich bezahle das Taxi und wir fallen im Dolomiti ein und auch gleich auf. Denn der Oberkellner eilt geschäftig auf uns zu und begrüßt uns: »Die drei Schönen – wie angekündigt.« »Aha, und was soll das jetzt?« »Herr Sommer hat für Sie einen Tisch bestellt und lädt Sie heute Abend ein.« »Wer ist, bitteschön, Herr Sommer?« »Der von der Zeitung aus der Rubrik: Fragen Sie Herrn Sommer und er löst jedes Problem.« Aber Senta weiß gleich, woher der Wind weht. »Sie meinen Erni Sommer, nicht wahr?« »Genau, gnädige Frau. Leider sind er und seine Freunde heute Abend verhindert. Geschäftlich, und er hat mir hier eine Telefonnummer gegeben. Er bittet Sie um Verständnis und um einen Anruf.« Wir schauen uns an, na – das ist jetzt natürlich gar nicht hilfreich bei unserer Suche, aber mal sehen, was der Anruf bringt. Senta geht noch mal vors Lokal raus, denn ich habe ihr dezent zu verstehen gegeben, dass man in so einem Edelschuppen nicht telefoniert. Wir beiden anderen nehmen schon mal Platz. Olga ist total platt, als der Kellner ihren Stuhl für sie zurechtrückt und ihr gleich aus einer wunderschönen Karaffe Wasser einschenkt. »Nix Wasser, oder?« »Ach, Olga, Schatz …« Ich warte, bis wir wieder alleine sind, und erkläre ihr ein bisschen, wie das so abläuft. »Aha, ich schauen, wie du machst, und mach so.« »Ja, genau – so kann gar nichts schiefgehen.« »Wohin gehen?« Ich lache sie einfach an und sage »alles gut«, und dann kommt Senta dazu, was die Sache vereinfacht, da sie nach monatelanger Erfahrung (die zwei teilten sich ja die Zelle) weiß, wie Olga tickt. »Also, was ist jetzt los, Senta?« Sie klärt uns kurz auf: »Irgendwas ist los, die Anna scheint weggebracht zu werden, denn die Herren haben heute Abend erst nach Mitternacht Zeit. Wenn wir Lust haben, laden sie uns noch zu einem Absacker in einen Club in Freimann draußen ein. Jetzt sind sie beschäftigt.« »Mensch, das müssen wir aber gleich Tanja stecken.« »Hab ich schon, meine süße Eva. Ich bin doch nicht auf den Kopf gefallen, und jetzt hab ich Hunger!« »Schon wieder??? Du isst doch schon den ganzen Tag.« Senta wirkt schon den ganzen Tag irgendwie komisch und das viele Essen bestätigt mich, da ist wirklich etwas im Busch. Wir bekommen nun die Speisekarten, die wunderschön und handgeschrieben sind, und – Olga flippt fast aus – sie sind ohne Preise. Senta übernimmt die Aufgabe, auch das zu erklären. »Weißt, ich habe das in einem Roman gelesen, ich war noch nie in einem Lokal, wo es das so gab.« Sie ist einfach immer ehrlich und auch sensibel genug, um Olga nicht das Gefühl zu geben, sie wäre die Einzige, die halt wieder mal gar nichts kennt und weiß. Prima gemacht. Das sind eh Dinge, die man nicht unbedingt wissen muss – hat keine große Bedeutung, ist aber hilfreich, wenn man durchblickt. Und während wir zwischen den einzelnen Möglichkeiten hin und her schwanken, bringt der aufmerksame und schnuckelig aussehende Kellner bereits drei Gläser Schampus. Und zwar Rosé-Champagner, den ich unglaublich gern trinke. Also, das müssen wir jetzt schon genießen, egal was wir alles versprochen haben. Wir stoßen an und sind uns wie immer total einig. Ein gutaussehender Mann um 50 nähert sich unserem Tisch, und Senta umarmt ihn und wir erfahren: »Das ist der Volker.« Ein sehr sympathischer Typ – charmant küsst er Olga und mir die Hand und setzt sich dann zu uns. Es wird nun fleißig erzählt und Senta klärt Volker auf, wie wir uns im Knast gefunden haben. Er bekommt auch einen Aperitif, und beim Anstoßen meint er: »Ich bin der Bomber, und wenn's euch recht ist, dann könnten wir uns doch duzen. Ich kenn die Senta ja schon ewig, und wenn ihr Freundinnen seid, würde ich mich da gern einklinken.« Na, von mir aus. Nachdem alles bestellt ist, gibt Senta jetzt ein bisserl preis, um was es hier geht, und der Herr Bomber bietet uns spontan seine Hilfe an. »Den Conti kenn ich auch ein bisserl und das ist ein fairer Mann – ganz im Gegensatz zu der Torkas-Bande, das sind rabiate und unangenehme Geschäftspartner.« Er schaut mich an: »Du bist nicht aus der Szene, oder?« »Nein, gar nicht«, gebe ich zu. »Aber das spielt jetzt ja keine Rolle. Ich suche nach der Anna und wenn du uns hilfst, wäre das prima. Könnte meine Kontakte nutzen«, meint Bomber. »Und ein bisserl nach euch drei schauen, denn die Torkasleute fackeln nicht lange, wenn die dahinterkommen, was ihr vorhabt.« Nach ein wenig Smalltalk fängt Senta an, ihren Freund nach Raffi zu fragen. »Siehst du den jetzt, wenn er auf Therapie ist? Am Wochenende hat der ja Freigang.« »Ja, hab ihn schon mal getroffen.« »Ah, und was macht er so?« »Ja, nix besonderes.« »Wo hast du ihn getroffen?« »Im B7, glaub ich.« »Und war er allein?« Bomber sagt jetzt mal nichts, er ist beschäftigt, uns allen die Weinkarte zu erläutern. »Du, Bomber, wir trinken nach dem Aperitif nichts Alkoholisches mehr.« »Ja, das ist ja fad.« »Nein, ist es nicht«, widerspreche ich ihm. »Das ist so ausgemacht und überhaupt wollen wir später noch nach Freimann raus.« Und Senta erklärt ihm jetzt den Rest – wie wir die Männer kennengelernt haben und was heute noch geplant ist. »Na, da geh ich halt mit.« Dann widmen wir uns die nächsten zwei Stunden einem fürstlichen Menü, das zuletzt noch mit einem exzellenten Nachtisch abgerundet wird. »Mei, war des gut«, stellt Senta fest, und auch Olga ist mehr als zufrieden. »So Essen haben wir nicht gehabt viele Zeit.« »Genau«, bestätige ich ihr, »und die alkoholfreien Drinks dazu waren bestens abgestimmt. Geht doch.« Bomber erwähnt noch, wie gut da ein Grappa als Digestif passen würde, aber ein strenger Blick von mir und er verzichtet lachend. »Alles klar, Lady.« Da eine winzige Gesprächspause entsteht, kommt Senta wieder auf das Thema Raffi zurück. Irgendwie habe ich das Gefühl, dass dieses Thema ohne Olga und mich besser zu besprechen wäre, ich nehme meine Freundin an der Hand und wir gehen in Richtung Gästetoiletten. Wenn sie auch manchmal nicht so richtig Deutsch versteht, dieses Signal ist einwandfrei angekommen. Wir bewundern die schöne Bar, an der wir vorbeikommen – da stehen, mal grob geschätzt, hundert Grappaflaschen. Allein die Formen der Flaschen sind sensationell und der Inhalt sicherlich vom Feinsten. Dann lassen wir uns auch in der eleganten Damentoilette ausgiebig Zeit und benutzen die entzückenden kleinen Seifen und alles, was hier angeboten wird. Dort ein besonders feines Handcremchen, hier eine Auswahl feiner Parfüms. Na, ob da am Ende des Abends noch viel da ist – manche Leute nehmen so etwas ja mit großer Begeisterung mit. Und meistens die, die es sich locker leisten könnten, alles das und noch viel mehr zu kaufen. Aber da kommt dann ein Jagdinstinkt durch. Beobachte ich auch immer in den Hotels der Oberklasse. Es gibt nichts, was man nicht brauchen könnte. Meine Freundinnen früher besaßen Duschhäubchen, Gästeseifen, Miniflakons mit Duschgel, Bodylotion in erstaunlichen Mengen, die ganz Erfolgreichen prahlen dann noch mit einem Bademantel mit dem Logo des jeweiligen Hotels – ziemlich widerlich. Wir beide sind nun rundum gecremt und der Lippenstift erneuert – und so kehren wir zu unserem Tisch zurück. Oh weh – ich sehe schon von Weitem: Senta hat rote Augen und Bomber ist ganz nah zu ihr aufgerückt. Er spricht intensiv auf sie ein, aber meine Freundin scheint am Boden zerstört. Wir nehmen leise Platz und keine von uns beiden weiß etwas zu sagen. Ich habe das schon die ganze Zeit irgendwie geahnt – befürchtet oder auch nicht. Denn trotz Sentas großer Zuneigung zu ihm, mein Zukunftsvorschlag für sie beinhaltete Raffi nicht. Aber es ist ja nun mal nicht meine Zukunft und so leide ich pflichtgemäß mit Senta mit. Der Kellner bringt mir die Rechnung zum Abzeichnen – Volker besteht darauf, seinen Anteil selber zu übernehmen, da er ja gar nicht eingeladen war. Korrekt, würde das im Knast heißen. Ein Lieblingswort dort – wird laut mit rollendem RRRRR ausgerufen. Alle Neuen werden von der Gemeinschaft geprüft und es ist eine absolute Auszeichnung, wenn das Urteil »korrekt« lautet. Ich verstand mich mit einer Kollegin dort – sie arbeitete in der Wäscherei – nicht gut. Wenn wir jede Woche frische Wäsche beim sogenannten »Wäscheaustausch« dort abholen durften, gab sie mir vorzugsweise Klamotten in Größe XXL und mehrfach ausgebessertes, hässliches Zeug. Alles war ja schon ziemlich scheußlich, aber eine Bluse, die entweder ein Riesenloch hatte oder auf der

Vorderseite einen unsachgemäß eingesetzten Flicken, mochte ich halt überhaupt nicht leiden. Also gerieten wir regelmäßig aneinander, da ich umtauschte. »Du, mir wird schon schlecht, wenn ich dich sehe! Immer willst was umtauschen.« Ich konterte höflich, aber auf meine Art bestimmt. »Kann doch nicht sein, dass dich das so überfordert, mir meine Sachen in Größe S zu geben ...« Eines Tages begegneten wir uns allein auf der Treppe. Ich befürchtete das Schlimmste – sagte aber mal gleich: »Oh je, du hast ja eh ein Problem mit mir und nun treffen wir uns auch noch.« Da kam es ganz spontan: »Na, du bist korrekt, sagst immer, was du denkst. Ich mag dich schon.« Und ab diesem Tag lief die Wäschesache ohne weitere Zwischenfälle. Die Dame hatte ihr Urteil gefällt und ich war gut davongekommen. Das war im Knast enorm wichtig, dass man aufrichtig war – ehrlich, wenn nötig, aber immer aufrichtig. Dann sprach sich das rum, und in meinem Fall wurde mir meistens mit Respekt begegnet, was mir die Zeit erleichterte. War ja sowieso schwierig und man sollte es sich nicht noch komplizierter machen. Es heißt, gut mit den Beamten auszukommen – war nicht immer einfach. Und auch mit den anderen Mädels, denn unbeliebt war man schnell und wurde geschnitten oder einfach blöd angemacht. So, jetzt aber Schluss mit den Knastgedanken. Bin froh, vorerst raus zu sein. Wir standen wieder im Freien und ich nahm meine Senta einfach ganz fest in den Arm und drückte sie. Mehr gab's nicht zu tun – denn ich wusste ja nicht einmal genau, was Volker denn berichtet hatte. Denken konnte ich es mir schon. Und nach ein paar Schweigeminuten – wahrscheinlich schon vorweggenommene Trauer – sprudelt es aus Senta heraus. »Blöder Wichser – ausgerechnet mit der Schlampe.« »Senta«, mahnte ich halbherzig, »nicht so.« »Doch, schon so, so ein Arschloch. Der kann doch wenigstens warten, bis ich wieder da bin, dann klärt man so etwas.« »Ja, schon, aber Männer sind halt anfällig, wenn sie alleine sind.« Bomber stimmt mir zu, »genau, Senta, das ist halt so. Und die Traudl ist doch schon ewig hinter ihm her.« »Ja, und das nervt mich am meisten.« »Kann ich total verstehen, mein Schatz, aber jetzt schlage ich vor, wir genießen den Abend und morgen machen wir mit klarem Kopf einen Schlachtplan, wie wir es der Pfeife heimzahlen. Wenn's überhaupt stimmt – weißt, es kann ja sein, dass es gar nix Ernstes ist. Sieht vielleicht bloß so aus, als ob.« Senta schnieft noch ein bisserl vor sich hin, dann aber lenkt sie ein. »Okay, für heute ist das Thema gestrichen und morgen sehen wir weiter.« Bomber fährt jetzt seinen heißen Schlitten vor – kenn ich nicht, scheint aber was Edles zu sein. Mein Konrad wüsste sofort, welches Fabrikat, wer stellt es her, genaue Typenbezeichnung und alle technisch relevanten Daten. Das ist sein Spezialgebiet – schon immer. Er hatte viele Jahre auch den Flugschein – hat er zwar immer noch, aber fliegt nicht mehr. Auch da kennt er sich super aus – ob Cessna, einmotorig, zweimotorig, Piper und was sonst noch so rumfliegt. Nicht zu vergessen die Learjets der Reichen und Schönen – Konrad kennt sie alle. Mit viel PS und lautem Getöse geht's jetzt ab nach Freimann raus. Bomber hat schon recherchiert, wo der Princess Club ist, und wir parken alsbald dort ein. »Noch nicht viel los«, stellt er fachkundig anhand der parkenden Wagen fest, aber ganz nette Nobelkarossen stehen da – sehe sogar ich. Wir klingeln und nach intensiver Prüfung unserer Gestalten geht die Türe auf. Eine sehr edle Türe, links und rechts weiße Säulen mit aufwendigen Kapitellen und darüber ein klassizistischer Giebel vom Feinsten. Auch drinnen sieht es sehr chic und exklusiv aus. Dauert nicht lang, dann wuselt schon der Erni mit Lars und Uwe im Schlepptau heran. Viele Bussis und »großer Bahnhof« für uns und dann werden wir ein bisserl rumgeführt. Wir gewinnen einen groben Überblick, was hier so alles abläuft. Es gibt einige Saunen, Whirlpools, Separees, eine riesige Bar und dahinter sogar eine kleine Bühne und davor eine Minitanzfläche. Eigentlich spielt hier die Band oder ein DJ legt auf – heute hat sich die Band leider abgemeldet, der Sänger ist krank und der Rest schon leicht von der Grippe angefressen. Also DJ-Musik. Soll mir recht sein, aus eigenem Antrieb wäre ich sowieso nicht da. Ist nicht mein Ding – so zwischen Bordell und Diskothek – , aber wenn's der guten Sache dient … Lars kriecht schon wieder fast in Olga hinein und sie hat ihre liebe Not, ihn sich etwas vom Leib zu halten. Denn wir müssen natürlich schauen, dass wir die Jungs bei Laune halten, wenn wir vorankommen sollen. Senta hat heute für Erni eher Verwendung, da sie ja ziemlich sauer auf den Raffi ist. Bomber legt mal den Arm um mich, was wiederum dem Uwe nicht so besonders gefällt. Im Zweifelsfall ziehe ich aber den Bomber eindeutig vor. Wenn's schon nicht mein Konrad-Bär sein kann. Erni bestellt schon wieder Champagner und wir bedanken uns beim ersten Anstoßen auch für das tolle Abendessen bei Dolomiti – ist ja ein ganz ein nobler Laden. »Der erste Italiener in ganz München im Augenblick«, bestätigt Erni. »Für euch war mir das gerade gut genug.« Oha, jetzt fährt er aber wirklich das ganz große Geschirr auf. Senta küsst ihn zärtlich auf die Backe, aber da kennt sie den Erni schlecht, das muss schon ein bisserl besser gehen. Um einen leidenschaftlichen Kuss auf den Mund kommt sie nicht rum. Scheint sie durchaus zu genießen. »Raffi, wenn du nicht aufpasst, ist sie schneller weg, als du denken kannst«, geht mir so durch den Kopf. Aber ich rücke jetzt doch ein wenig näher an Uwe ran und mache ein bisserl Smalltalk, damit er bei Laune bleibt. »Schade, dass ihr beim Essen nicht bei uns wart. Ist was Wichtiges dazwischengekommen?« Uwe seinerseits geizt nicht mit Neuigkeiten, da kann er doch gleich mal zeigen, wie gut er mit dem Boss ist. »Ja, weißt, Eva, die schwierigen Sachen mache immer ich – der Boss lässt da keinen anderen ran.« »Aha, und was genau soll ich mir da drunter vorstellen? Hast jemand eine Abreibung verpasst?« »Na, dafür habe ich meine Leute. Der Lars, der Erni und ich müssen uns zurzeit um eine Tussi kümmern. Haben wir doch schon erzählt, oder?« »Ja, schon, aber die ist doch in der Stadt drin bestens versorgt, oder?« »Nein, eben nicht. Der Boss wollte, dass wir sie hier rausbringen. Ist einfach übersichtlicher. Soll ja auch nicht mehr so lang gehen. Entweder die schnallen das jetzt dann, oder wir machen kurzen Prozess.« Mir wird ganz flau. »Was für einen Prozess?«, klinkt sich Olga genau richtig ein. Ich könnte sie küssen. »Was für einen Prozess?«, hakt sie noch mal nach. »Ich will keinen Prozess.« »Na, keinen solchen Prozess«, erklärt ihr der Lars und streichelt begeistert ihre heute sehr wuscheligen Haare. »Damit meint er, wir tun da nicht mehr lange rum. Wenn ihr Alter nicht bald die Kohle abdrückt und den Rest unterschreibt, dann sieht er sie nicht wieder. Oder wenn doch, erkennt er sie nicht mehr«, und alle lachen so richtig dreckig. »Pfui, Teufel, das hört sich ja schlimm an.« Bomber merkt, dass ich total abstehe, und drückt mich unterm Tisch fest mit seinem Oberschenkel. Soll wohl »ruhig bleiben« heißen. »Mensch, wir müssen was unternehmen«, schießt mir durch den Kopf, »aber was bloß?« Volker steht auf und zieht mich auf die Tanzfläche, Uwe brummelt, aber da sich gerade eine heiße Tussi vom Haus neben ihn platziert hat, gibt er vorerst mal Ruhe. Wir tanzen recht eng zu einer langsamen Nummer und Volker flüstert mir ins Ohr: »Du gehst jetzt dann mal für kleine Mädchen und schaust und hörst dich um, ich versuche nach oben zu kommen. Wenn nötig nehme ich eines der Mädels von hier mit.« Wir tanzen die Nummer noch zu Ende und dann mache ich mich auf die Suche nach den Damentoiletten. Und plötzlich ist Olga an meiner Seite – »gehe ich mit, muss ich auch von vielem Schampus laufen.« »Alles klar.« Wir finden das Gesuchte und Olga flüstert mir aufgeregt zu: »Habe ich getroffen eine Frau aus Litauen, stell dir vor. Heißt sie Ivona. Kommt jetzt gleich – sehr nett und will helfen.« »Mensch, hoffentlich ist sie zuverlässig und alarmiert nicht vorzeitig die anderen.« »Nein, macht nicht, ist Litauerin.« Olga rollt mit ihren schönen grünen Augen. »Kenn ich meine Leute schon, musst du nicht Kopf haben.« »Okay«, ich gebe klein bei, ist bei Olgas Temperament eh besser. Im Knast hat sie treu ihrem Wahlspruch »Bin ich explosiv, bin ich exklusiv« durchaus Respekt genossen. Sie war die einzige Litauerin und somit eben exklusiv. Die Tür schwingt auf: Eine rassige schwarzhaarige Lady steht vor uns. Gewaltige Kurven und alles sehr gewagt präsentiert. »Ist Ivona«, stellt uns Olga vor. »Eva«, und sie zeigt auf mich. »Also, Ivona kann uns helfen, sie weiß wo die Anna eingesperrt ist.« »Weiß ich natürlich nicht, ob das eure Anna ist, aber heute Abend haben sie ein hübsches neues Mädel gebracht. Mehr getragen haben sie die, konnte kaum selber laufen. Wahrscheinlich total zugedröhnt. Aber das ist oft so am Anfang und dann kommen die neuen ganz rauf – da geht's zur Dachterrasse und da ist so ein kleines Appartement. Bis die dann einsatzfähig sind, bleiben sie dort. Ich war am Anfang auch dort, weil die Bullen mich gesucht haben. Dann haben sie mir neue Papiere gebracht und jetzt heiße ich Ivona Bazille. In Wirklichkeit aber bin ich Maria Arofsi.« »Aha, und was machst du hier genau?« »Na, was schon – die Freier erst abfüllen und dann ausnehmen. Meistens sind sie gar nicht mehr in der Lage – kostet aber immer einen Hunni für Normal, Extras gehen getrennt. Vom Konsum kriege ich Prozente. Was scheiße ist, ist, dass sie mir meine Papiere nicht mehr geben.« »Ja, wird hier nicht kontrolliert, ob ihr eine Arbeitserlaubnis etc. habt?« »Schon, aber der Erni hat einen Kumpel bei den Bullen und seit der kommt, läuft alles glatt. Der sahnt natürlich auch mit ab – sehe ich halt so nebenbei. Also, wenn ich euch mit der Tussi oben helfe, nehmt ihr mich mit, ist das klar? Und die Bullen müssen mich dann laufen lassen, sonst mach ich nix.« »Du, das kriegen wir hin. Ich klär das ab. Aber wie kommen wir denn nun da rauf?« »Also heute keinesfalls«, entscheidet Ivona. »Der Boss ist da und die Brüder von ihm. Der Hassan und der Ali. Die bleiben wahrscheinlich nicht bis morgen. Meistens sind sie nur einen Abend hier und dann kümmern die sich wieder um ihre Sachen in Nürnberg und Würzburg. Nicht gut, wenn alle im Haus sind, klar? Ihr kommt morgen wieder – ich halte bis dahin die Augen auf.« »Ja, du, es pressiert, weil die sonst die Anna verschwinden lassen.« Ivona nickt noch schnell – »muss wieder an die Arbeit, sonst kriege ich Ärger. Euer Begleiter soll bei mir ordentlich konsumieren, wenn ich euch schon helfe, klar?« »Ja, kannst dich verlassen, ich sage es ihm«, versichere ich ihr, denn wenn sie auf unserer Seite ist, haben wir die Schlacht schon halb gewonnen. »Olga, das hast du prima hingekriegt«, lobe ich meine Freundin und sie strahlt mich an. »Heute ich alles gut gemacht, weil heute guter Tag für mich.« »Ja, ja, kann ich mir schon denken, warum«, ziehe ich sie auf. Wir treffen Senta samt Erni wieder an der Bar, wo Erni wild auf Senta einredet. »Was läuft denn hier?« »Also, der schöne Mann möchte, dass ich mit ihm in so einen Whirlpool steige, aber heute mal nicht«, entscheidet Senta. »Wir gehen jetzt dann nämlich, weil ich saumüde bin – und morgen Nacht ist auch noch eine Nacht, mein Lieber.« Erni ist zwar nicht gerade begeistert, aber die Aussicht, Senta morgen wiederzusehen, scheint ihn zu besänftigen. »Na, na, so leicht bin ich nicht zu haben – so schaut's aus.« Und wenn Senta den Ton anschlägt, ist ein Betonklotz was kuschelig Weiches gegen sie. Volker kommt die Treppe runter, im Schlepptau einen mir unbekannten Mann. Groß und ziemlich grobschlächtig. »Habe ich doch hier glatt den Ali getroffen – wir kennen uns von Nürnberg – Mensch, das waren noch Zeiten. Er hatte damals eine ganz heiße Harley und ich eine Gold Wing. Da haben wir irre Touren gemacht, immer hart am Limit.« Ali nickt dazu und ist schon auf dem Weg nach draußen – scheint ihm sehr zu pressieren. Auch recht. Ich steck dem Volker den Getränkewunsch von Ivona und gebe ihm zu verstehen, dass es super wichtig ist, dass er bestellt. Und da Volker ja nicht auf der Leitung sitzt, kapiert er, dass er es jetzt einfach machen soll, ohne viel zu fragen. Ich bestelle mir noch eine Cola, und gegen 4 Uhr morgens kommen wir dann endlich weg. Puh, nicht gerade früh, oder eben doch schon wieder früh am Tag. Es wird schon heller und wir sind alle froh, als wir uns im Hotel eine gute Nacht wünschen, und ich schicke noch eine SMS an Frieder, dass wir erst um 10 Uhr beim Frühstück sein werden – ich brauche schon meinen Schlaf, sonst bin ich den ganzen Tag über zu nichts zu gebrauchen. Und weil ich nicht so richtig folgsam bin, schicke ich eine SMS an Konrad: »Ich liebe dich und morgen hörst du Genaueres. Mach dir keine Sorgen – bin zurzeit frei. Heißen Kuss.« Wenn das der Frieder erfährt! Ein Riesendonnerwetter geht dann auf mich runter, aber ich kann's einfach nicht mehr aushalten. Und morgen ruf ich meinen Schatz an, da kann der Hauptkommissar machen, was er will. So, und schon schlafe ich erschöpft und sehr zufrieden ein.

Punkt 10 Uhr treten wir zum Frühstück an – das tut jetzt richtig gut. Der Kaffee ist wie immer ausgezeichnet und heute gönne ich mir eine große Schale Müsli mit allem, was da in meinen Augen so reingehört: Nüsse und Cornflakes und Himbeeren und Johannisbeeren und Sonnenblumenkerne und, und, und. Weil das ja gar nicht nahrhaft ist – ich spüre es schon auf meinen Hüften! – , genehmige ich mir noch eine warme, frische Waffel, mit Zimt und Zucker bestreut. Kann heute kommen, was will, ich bin gerüstet. Nach der dritten Tasse Kaffee stoßen unsere Super-Ermittler zu uns und wir glänzen mit unseren Teilerfolgen. Wir werden gelobt und für heute Abend planen wir gemeinsam das Finale. Mit Hilfe von Ivona und Volker müsste es gelingen, Anna zu befreien. Eigentlich ganz easy, oder? Das Ergebnis wird uns lehren, dass man sich gewaltig täuschen kann. Gewarnt wird vor Selbstüberschätzung gepaart mit Naivität – aber vorerst schwelgen wir schon einmal in unseren

Siegergedanken. »Und dann gehen wir morgen auf die Wiesn, gell«, kommt von Senta. »Und Konrad geht auch mit, damit das klar ist«, schalte ich mich auch noch ein. Frieder lacht: »Ja, ja, aber mein Vorschlag wäre, das machen wir übermorgen, denn morgen seid ihr alle total geschafft – eine lange Nacht wird es auf jeden Fall und ich denke mal, ausstaffieren sollten wir euch für die Wiesn auch.« Super, super – wir sind begeistert. »Kriegen wir Dirnengewand?«, fragt unser Olga-Schätzchen. Karl kriegt sich gar nicht mehr ein vor Lachen. »Ein Dirnengewand hammer net – aber vielleicht ein Dirndlkleid.« »Also ich möchte lieber eine Lederhose mit Jacke und was da halt dazugehört«, ist jetzt mein Wunsch. Der Grund dafür ist eben meine fehlende Oberweite – und Dirndl ohne Holz vor der Hüttn ist ein alter Hut. Frieder zwinkert mir zu – »Eva, alles was dein Herz begehrt. Allerdings leihen wir das uns aus – alles – , denn kaufen darf ich euch das auf Staatskosten leider nicht.« Ah ja, hat also einen Pferdefuß, das Ganze. Aber soll uns recht sein. »Hauptsache, wir sehen blendend aus. Wenn Raffi kommt, will ich zumindest eine Augenweide sein.« Da hat meine Senta aber so was von recht. »Und was liegt heute untertags an?« »Ja«, druckst die Olga ein bisserl rum: »Der Karl wollen mir einen Garten zeigen.« Karl klärt uns auf, dass Olga noch nie im Englischen Garten war – wie auch – und er sie dorthin einladen möchte. Sieht nicht so aus, als wären Senta und ich damit auch gemeint. »Mensch, Senta, ich würde gern mal wieder in den Tierpark gehen und mir die Füße vertreten. Und Hellabrunn fand ich immer schon richtig malerisch.« Senta war noch nie da und stimmt zu – nicht gerade begeistert, aber immerhin ist sie einverstanden. Immer bloß Geschäfte gucken ist ja auch fad, oder? Im sportlichen Outfit sind wir alle um halb zwölf startklar. Olga sieht zum Anbeißen aus – da hat offensichtlich Senta gut mitgearbeitet. Die Jeans hat sie mit der gestrickten Bluse von Senta kombiniert und eine ganz süße Wolljacke drüber – auch vom Second Hand – mit einem Eichhörnchen drauf. Dazu ein passendes Halstücherl und echt schöne Niki-Treter. Die Haare sind am Hinterkopf mit einer Spange zusammengehalten – so könnte man sie glatt für ein Modemagazin fotografieren. Senta und ich sehen auch passabel aus, und wir trennen uns vor dem Hotel. Nach Hellabrunn hinüber fahren wir mit der U-Bahn, und wir haben Glück. Es sind an der Kasse gerade mal sechs Leute vor uns. Das habe ich hier auch schon anders erlebt, aber die Mittagszeit ist optimal, weil antizyklisch. Am Anfang widmen wir uns der Betrachtung von Affen, Giraffen und anderen lieben Tieren – ich mag halt Tiere wahnsinnig gern. Außer Krokodile und Schlangen. Die aber mag Senta besonders gern. Sie erzählt mir, sie habe zu Hause Bartagamen. Die fressen Kakerlaken und alles so was … pfui, gar nicht meines. Und so langsam nähern wir uns dem Thema Raffi und was wir mit dem machen. Senta hat sich beruhigt und ist auf Rache aus. »Ich denk mir das so: Er soll kommen und ich lass mir nix anmerken. Mach ihn richtig heiß. Und dann sehe ich schon, ob er mir von sich aus berichtet, ob und was da gelaufen ist. Und falls nicht, dann kann er aber was erleben.« »Aha, und du meinst, es ist hilfreich, wenn er beichtet? Was hast du denn da davon?« »Eva, wir haben uns fest versprochen, wenn mal was mit anderen läuft, dann sagen wir uns das. Egal, ob es was Ernstes ist oder nicht. Und das erwarte ich jetzt halt auch von ihm.« »Gut, du kennst ihn ja und ich nicht, und wenn das eure Verabredung war …« »Ja, mehr als das, das war und ist ein Versprechen. Ich tät das auch machen. Wenn ich jetzt zum Beispiel mit dem Erni was gemacht hätte, dann würde ich es dem Raffi sagen. Würd ihm halt erklären, weshalb und wieso. Verstehst, was ich mein?« »Ja, verstehe ich. Und generell, willst du denn mit dem Raffi zusammenbleiben?« »Weiß ich nicht sicher. Ich hab ihn so lang nicht gesehen und es ist halt auch wegen dem Stoff. Wenn ich bei ihm bleib, ist die Versuchung immer da, da komm ich wahrscheinlich nicht runter davon. Also ich wart jetzt erst mal, bis er da ist, und dann sehe ich schon, wie's läuft.« Finde ich prima, so. Nach einer längeren Pause fängt Senta dann wieder an. »Ich hab dir doch vom Andy erzählt – weißt noch?« Ja, klar weiß ich noch. »Also, das war so …«, und schon prusten wir beide vor Lachen los, denn der Satz ist uns ja aus der Knastzeit wohl bekannt. Fehlt jetzt nur noch Karat, die ihn unnachahmlich vorbringt. »Na, jetzt im Ernst. Das ist so, dass ich den Andy so lang kenne wie den Raffi. Weil, die zwei sind miteinander in die Schule gegangen und treffen sich jetzt auch immer noch. Der Andy hat aber nix mit Drogen am Hut – ganz im Gegenteil. Der war total fertig, als er gemerkt hat, dass ich drauf bin. Er hat mal eine ganze Nacht auf mich eingeredet, dass ich das lassen soll. Und er ist dann auch nimmer mitgegangen mit uns, weil er stinksauer auf den Raffi ist, weil der mich da mit reingezogen hat. Hat er aber nicht. Ich kann schließlich selber entscheiden, was ich mach und was nicht.«

Inzwischen stehen wir vor den Elefanten, die ruhig und nachdenklich zu uns beiden rausschauen. Ich finde, diese großen Dickhäuter haben etwas ungemein Beruhigendes. Und das können wir beide gut gebrauchen. Senta in ihrem Liebeskummer, mit ein wenig Wut gepaart, und ich sowieso. Seit wir aus dem Gefängnis raus sind, gehen mir so viele Dinge durch den Kopf. Auf der einen Seite die Sorge mit Anna, der ich so gern helfen würde, und auf der anderen Seite meine Zukunft. Tatsächlich denke ich ernsthaft darüber nach, ob und wie ich dem ganzen Schlamassel entkommen könnte. Wieder zurück in den Knast – allein der Gedanke macht mich fuchsig … Solange ich drin war und gar keine Chance hatte, kurzfristig dieser Situation entrinnen zu können, war's eben so. Jetzt schnuppere ich Freiheit und da frage ich mich, wie und wo ich »unauffindbar« sein könnte. Klar, für eine solche Flucht bin ich wahrscheinlich nicht geschaffen – habe ja auch keine Kontakte, um meine Identität zu wechseln. Und vor allem, wie ginge das mit Konrad? Gar nicht. Logisch überlegt, besteht gar keine Aussicht, ein solches Vorhaben in die Tat umzusetzen. Mehr noch, es wäre total wahnwitzig. Und dieses Dilemma beutelt mich gewaltig. Ich schaue den großen, besonnen wirkenden Elefanten an, und ein bisschen von seiner Ruhe kommt zu mir rüber. Also, den Weg sauber bis zum Ende gehen – ein Ende wird er haben, wenn auch noch nicht gleich. Und dann führt er mich auf eine ganz, ganz große, helle und schöne Straße, die ich für den Rest meines Lebens auch nicht mehr verlassen werde. Da knufft Senta mich in die Seite: »Also, Eva, schau doch nicht so ernst. Ich krieg das schon auf die Reihe mit dem Raffi!« Sie hat meine Miene ausnahmsweise einmal falsch gedeutet, aber ich klär das jetzt mal nicht auf. »Ja, Senta, ich bin fest überzeugt, dass du das schaffst. Grips hast genug und das Herz am rechten Fleck – also, gehen wir noch eine Runde weiter. Die Raubtiere sind wo?« Denn Löwen, Geparden und all so was faszinierten mich schon immer. Ein Schild zeigt uns den Weg und wir landen bei den Löwen. Da sind Papa und Mama Löwe und drei drollige Löwenkinder. Wir haben viel Spaß beim Zugucken und dann geben wir ein bisschen Gas, den es geht schon auf 6 Uhr zu und wir haben inzwischen richtig Hunger. »Was meinst, gehen wir alleine noch was essen oder sollen wir nach Olga schauen?« Da wiederum bin ich mir ganz sicher: »Na, Senta, nach unserer litauischen Lady brauchen wir nicht zu schauen – die ist bestens versorgt. Wir essen auf dem Heimweg – auf was hast du denn Lust?« Senta ist unentschlossen und ich bin für thailändisch. »Da kenne ich einen Netten – wir steigen eine U-Bahn-Station früher aus und dann kommen wir direkt vorbei.« Gesagt – getan.

Als wir bei leckerem Curry gemütlich sitzen, stellen wir beide fest, dass es ein schöner Tag war. Das Wetter hat mitgespielt – den ganzen Nachmittag blauer Himmel und Sonne. Schon ein wenig herbstlich, aber immer noch so warm, dass wir kurzärmlig laufen konnten. Gegen Abend wird's halt kühler und morgens braucht's schon immer bis 11 Uhr, bis es schön wird. Altweibersommer – meine Mama zog diese Jahreszeit allen anderen vor. Fast schließe ich mich ihr jetzt an – denn die Frühlinge sind meistens lange kalt und dann geht's übergangslos in den Sommer über. Die Winter ohne Schnee finde ich nur viel zu kalt und matschig. Ja, wenn's mal ein paar Wochen schneien würde, wenn klirrende Kälte und Sonne wären – so würde mir das gefallen, aber diese halbherzigen Winter der letzten Jahre – nicht mein Geschmack. Also: Altweibersommer heißt mein neuer Favorit der Jahreszeiten. Ob das mit meinem Alter zu tun hat? Altes Weib??? Bin ich das – will ich das sein? Nein, nein, nein. So weit kommt's noch. Nur weil im Knast der Durchschnitt der Mitschwestern um die 25 ist, brauche ich mich nicht gleich so alt zu fühlen. Wird Zeit, dass ich wieder am normalen Leben teilnehmen kann. Von diesem Thema scheine ich gar nicht mehr wegzukommen. Wir genehmigen uns noch einen thailändischen Nachtisch. Geschätzte 5000 Kalorien – aber die Superspürnasen müssen ja schließlich gut genährt sein. Heute Nacht muss es klappen – die Zeit läuft uns davon. Auf dem Heimweg, den wir zu Fuß zurücklegen, besprechen wir unseren Plan. Diese Ivona ist unser Joker – mit ihr kommen wir ins Dachgeschoss und Volker muss die Türe aufkriegen. »Meinst du, er kann das?«, frage ich Senta. »Klar, der kann fast alles. Mir ist vor ein paar Monaten mal die Autotüre zugefallen – hat er mühelos aufgemacht. Der Raffi hat den Wohnungsschlüssel verloren, nicht verzagen, Bomber fragen und die Tür war auf. Was aber noch viel wichtiger ist, Eva, er hat eine Waffe und die bringt er heute mit, und einen Elektroschocker.« Mir wird ganz übel. »Du, Senta, ich kann mit so was nicht umgehen. Habe ich noch nie in der Hand gehabt.« »Na, das zeigen wir dir. Wir können unmöglich einfach so da hin. Ist dir schon klar, oder?« »Ja, rein theoretisch schon, aber praktisch. Na, irgendwie kriege ich das auch noch auf die Reihe.« Hoffentlich erfährt das der Staatsanwalt nicht. Am Ende brummt er mir dafür noch etwas extra auf. Aber da verlasse ich mich auf Frieder. Über das Thema wurde nicht gesprochen – wieso eigentlich nicht? Jetzt ist es sowieso zu spät und wir trennen uns, um Schönheiten für den Abend zu werden. Ich entscheide mich outfitmäßig für enge Jeans aus Lederimitat – sehr weich und bequem, damit ich mich gut bewegen kann. Heute mal Turnschuhe von Dolce & Gabbana mit einem bisserl Glitzer drauf und eine glänzend schwarze Bluse mit einem kurzen Jäckchen drüber, das auch reichlich Glitzerornamente aufweist. Heute eine Handtasche mit Schulterriemen – nicht zu klein. Schon alleine deshalb, weil ich ja nur große Taschen mag, und wenn ich mir überlege, was ich da so alles verstauen soll … Und weil der, der gut riecht, immer gewinnt (diese Regel habe ich vor Jahren aufgestellt), habe ich reichlich Parfüm aufgelegt, so erscheine ich im Foyer. Meine zwei Freundinnen warten schon auf mich und Olga strahlt wie ein Honigkuchenpferd. Ich habe zwar noch nie ein solches Tier gesehen, aber der Legende nach strahlt es ganz herrlich. Und das tut Olga – sie strahlt und strahlt und strahlt. Ich umarme sie ganz spontan und sie flüstert mir zu: »Habe ich verliebt ganz fürchterlich.« »Ja, sehe ich, mein Schatz.« »Und der Karl, der auch …«, gluckst Olga und kichert total undamenhaft. Wie ein Schulmädel. Finde ich toll. Ich fühle mich gleich jünger und erlebe es ein kleines bisschen mit. »Wo treffen wir eigentlich den Bomber, Senta?« »Der kommt her, müsste in den nächsten Minuten eintrudeln.« Von »Trudeln« kann nicht die Rede sein. Er röhrt vors Hotel und sämtliche Fußgänger im Umkreis drehen die Köpfe. So ein

Angeber … na ja, halt ein Mann. In dieser Hinsicht sind die wirklich alle gleich. Parkplatzsuche Fehlanzeige, er stellt den Wagen einfach vors Hotel und kommt rein. »Mädels, wir gehen noch mal kurz in euer Zimmer rauf.« Aha, jetzt werden wir instruiert. Und so kommt's auch. Wobei meine beiden Grazien sich da gut auskennen, nicht so ich – das Landei. Er erklärt mir, wie der Elektroschocker zu benutzen ist – hoffentlich kriege ich das hin im Ernstfall. Ich sage einfach, »okay, geht klar«, und dann bekommen wir auch noch ein Pfefferspray. Habe ich zumindest schon mal gesehen, aber auch noch nicht angewendet. Senta meint, dass wir so ganz gut ausgerüstet sind. Olga legt mir den Arm um die Schulter: »Ich pass auf dich auf – kannst du nix – weißt schon.« Na, danke schön, aber recht hat sie in der Tat. Wir verstauen unsere »Waffen« und los geht's in Richtung Princess Club. »Heute muss es was werden, Volker.« »Ja, ich denke, wir packen's heute Nacht. Aber nichts überstürzen – ihr bleibt in meiner Nähe.« »Jawohl, Herr Oberinspektor.« Ein bisschen flau ist mir im Magen – würde ich aber nie und nimmer zugeben. Nicht, dass ich nicht mutig bin, aber es erinnert mich an meine Zeiten als Laienschauspielerin. Kurz bevor der Vorhang aufging – genau so ein Gefühl hatte ich da. Lampenfieber?? Könnte sein. Es ist schon fast Mitternacht, als wir im Princess ankommen. Senta wird von Erni sehnsüchtig erwartet – er hat sich heute schwer in Schale geworfen –, und an der Bar treffen wir Lars und Uwe. Uwe hat sich anscheinend anderweitig getröstet, denn eine vollbusige rassige Lady sitzt praktisch auf seinem Schoß. Ist mir sehr recht und ich kuschle mich mal pro forma an Bomber, der findet das wohl ganz angenehm und drückt mich ein bisschen fester als gedacht an sich. Oha, nicht das jetzt – aber ich denke, so ganz bin ich nicht seine Kragenweite. Weder vom Alter noch vom Aussehen her. Ist eben für die gute Sache. Ist schon manchmal eine Lachnummer, wenn die Herren der Schöpfung im vorgerückten Alter ihre Jugend mittels minderjähriger Ehefrauen zurückgewinnen möchten. Und leider macht es oft viel Herzeleid. Wir haben einige sehr nette Freunde, die dieser Epidemie zum Opfer gefallen sind. Okay, eine Freundin, ein Gspusi lass ich durchaus durchgehen – kann dann auch ruhig mal schlappe 30 Jahre jünger sein, aber heiraten und binnen Jahresfrist dann ein Baby kriegen – geht meistens daneben. Denn das nächtliche Kindergeschrei hat Papa doch schon einmal erlebt – vor 30 Jahren, und damals fand er es auch genauso ätzend wie heute. Fernreisen sind erst einmal gestrichen … wenn überhaupt, dann bitte ein Kinder-Familienhotel. Und was so ein Domizil dann bedeutet, durfte ich vor Kurzem erfahren. Als brave Oma bekam ich eine solche Reise geschenkt. War in jedem Fall ein sehr lieber Gedanke, aber irgendwie nicht so richtig für mich passend. Nichtsahnend fuhr ich in Richtung Süden – in die Berge. Da – so stand es auf dem Geschenk – erwarteten mich meine Tochter und ihre drei Sprösslinge. Ein Junge, zwei Mädels – klingt noch ganz harmlos, und ich freute mich auch. Konrad hingegen kennt mich ja bestens und sah meiner Reise wesentlich skeptischer entgegen. Naiv und auch verwöhnt, wie ich halt nun mal bin, erwartete ich in diesem schönen Haus – der Prospekt befand sich seit Weihnachten in meinem Schreibtisch – ein schnuckeliges Zimmerchen für mich. Für mich allein. Oha, der erste folgenschwere Irrtum zeichnete sich ab, als ich mein Gepäck dort abstellte, und was sah ich? Mir gehörte die Hälfte eines Doppelbettes und ein – na, sagen wir mal – zwanzigprozentiger Anteil an Schrank, Bad usw. »Macht dir doch nichts aus, gell, Mama?« Die jüngste Reiseteilnehmerin war gerade mal ein halbes Jahr und nächtigte auch in diesem Zimmer, in ihrem Babybett. So eines, das am großen Bett angeklemmt wird. Ich machte gute Miene zum bösen Spiel – denn eine gute Oma macht das. Leider, und da muss ich ganz ehrlich sein, bin ich das Gegenteil von einer Oma, wie man sie erwartet und jahrzehntelang auch hatte. Ich bin ganz, ganz anders. Nicht, dass ich meine Enkel und meine Tochter nicht liebe, ich liebe sie sogar sehr. Aber so wenig wie ich darauf gedrungen habe, dringend Oma zu werden, so wenig fülle ich jetzt diesen Platz aus.

Als meine beiden Töchter groß genug waren, um so halbwegs als selbstständig und erwachsen zu gelten, beendete ich meine Mutterrolle im üblichen Sinn. Gerne stehe ich als ältere Freundin immer mit Rat und Tat bei und habe immer die schöne Aufgabe, finanzielle Engpässe überwinden zu helfen. Auch bei Liebesproblemen kann man mich konsultieren und meistens sind meine Ratschläge durchaus brauchbar und wenig »erzieherisch oder besserwisserisch«. Halt mehr wie von einer Freundin. Und nun kommt erschwerend dazu, dass unser gutes Mutter-Tochter-Verhältnis seit der Geburt der drei merklich gelitten hat. Klar, weil ich eben eine lausige Großmutter bin, und das ist außergewöhnlich und wird mir auch nicht so leicht verziehen. Meine drei Enkel mochten mich bis zu dieser Reise gut leiden. Auch diese Beziehung erlitt einen Knacks, denn die etwas – wohlwollend ausgedrückt – freiere Erziehung ist für mich schwierig. Für einen Nachmittag durchaus akzeptabel, aber eine Woche – Tag und Nacht. Es wurde ein Fiasko. Ich sollte steile Berge hinaufwandern, möglichst den Kinderwagen schiebend – natürlich als Schlusslicht, denn keine andere Reiseteilnehmerin war so langsam. In Hotelschwimmbäder, die hauptsächlich von Kindern und Babys in Schwimmwindeln benutzt werden, bringen mich unter normalen Umständen keine zehn Pferde. Und auch das gehörte zu meinen Aufgaben. Ich lehnte es nach dem zweiten Tag kategorisch ab – wieder ein Minuspunkt. Beim Essen durchlebte ich Höllenqualen, unter unserem Tisch befand sich meist mehr Essbares als auf dem Tisch. Büfett zum Beispiel beim Frühstück – ein Graus. Und da alle – na ja, fast alle – Eltern heute ihre Kinder so erziehen wie meine Tochter die ihren, sah der Speisesaal täglich wie, man verzeihe mir, ein Schweinestall aus. Wohin ich auch trat, ich trat auf etwas Weiches, Schmieriges. Meine Laune verschlechterte sich von Tag zu Tag, und leider auch die meiner Mitreisenden. Sie begannen mich zu hassen – ich hab es ganz deutlich gespürt. Die gesamte Heimreise in einem Minibus, den meine Tochter sicher und gekonnt lenkte, verlief schweigsam – nur die Kleinste warf begeistert mit Essbarem um sich. Sie wird mich wohl in neutraler Erinnerung behalten, denn während der Besuche im Klettergarten schob ich sie durch die Landschaft. Wenigstens akzeptierte man sofort meine entschiedene Weigerung, auch nur ein einziges Seil oder eine Strickleiter zu erklimmen. Ich gebe zu, diese Reise machte mir als Spaßbremse einen Namen. Doch aus meiner Haut kann ich halt auch nicht heraus. Als Konrad mich nach einer Woche in seine Arme schloss, habe ich tatsächlich geheult – ich war einfach fertig und so froh, alles überstanden zu haben. Damals wusste ich ja auch noch nicht, dass ich binnen Jahresfrist im Knast landen würde. Da habe ich erfahren, dass eine Reise mit der Familie bei Weitem nicht das Schlimmste ist, was mir wiederfahren kann. Eine Botschaft an alle Omas: bitte Oma sein genießen oder – falls es noch einmal so einen hoffnungslosen Fall irgendwo geben sollte wie mich – bitte üben. Fall möglich: Reiseantritt unter Vorschützen gesundheitlicher Gründe verweigern. Es ist für alle das Beste. Und genau in solche Hotels müssen dann die ältlichen Papis, die schon sehr lange in keinem solchen mehr waren. Und die Erziehungsmethoden haben sich gravierend geändert!!! Ich habe euch gewarnt, Männer!! Tatsache ist, auch dieser Nebeneffekt ist für Frauen meines Alters bedenklich; die Männer, die für mich beispielsweise in Frage kämen, so ich auf Freiersfüßen wandeln müsste, interessieren sich für Frauen, die locker meine Töchter sein könnten. Ist ja auch blöd, oder? Und die mich gerade mal noch so nehmen würden, die will ich wirklich nicht. Entweder sind sie schon scheintot oder sonst stark eingeschränkt in ihren körperlichen und geistigen Funktionen. Bin ich froh, dass ich meinen Konrad habe. Na ja, und noch ein paar Freunde aus der guten alten Zeit, nach dem Motto: Alte Liebe rostet nicht und der Teufel holt sie nicht!

Wir sitzen also erwartungsvoll an der Bar und da taucht endlich Ivona auf, die einen Freier im Schlepptau hat. Sie zwinkert Volker zu und gibt zu verstehen, sie käme »nachher« zu uns. Wir sollten schon mal Schampus bestellen. Das hat aber schon Erni übernommen – wie praktisch. Wir tanzen ein bisserl und versuchen uns zu amüsieren. Ich gebe einige Witze und Anekdoten zum Besten und die Zeit vergeht. Endlich kommt Ivona und wir gehen gemeinsam für kleine Mädchen. »Die beste Zeit, um nach oben zu gehen, ist 4 Uhr, dann müssen Erni, Lars und Uwe nämlich in die Türkenstraße zum Kassieren die Runde machen. Der Club ist aber bis 5 Uhr offen und ihr müsst so tun, als wolltet ihr halt noch nicht nach Hause.« »Geht klar – kriegen wir hin. Und dann?« »Ich bringe euch hoch, den Rest müsst ihr machen. Wenn alles klappt, haue ich mit euch ab. Zu der Zeit sind nur drei Leute vom Personal da – einer davon ist jetzt schon ziemlich zu. Der ist dann bestimmt so müde, dass er schläft. Meistens ist das so.« So könnten wir es schaffen. Wir gehen wieder hoch und ich verklickere das auf die gleiche Art. Wir haben noch eine halbe Stunde Zeit, dann geht's los. Erni versucht mit Senta für heute Mittag was auszumachen – sie verabredet sich im Café Luitpold, denn wir wollen unser Hotel nicht preisgeben. »Wo wohnt ihr denn?«, wird immer wieder mal nachgefragt, aber im Ausweichen sind wir ganz geschickt. »Irgendwie so bei einer Freundin in Schwabing«, legt Senta eine falsche Spur. »Da bring ich dich jetzt gleich heim«, bietet Erni an, und Lars ist auch dafür. »Neee, wir bleiben noch ein bisserl mit dem Bomber da.« Widerstrebend verabschieden sich die drei von uns – Uwe knutscht seine Schönheit kräftig ab und ich bleibe verschont. Ein paar kleine Bussis und wir sind die drei los. So ganz gefällt das den Herren zwar nicht, aber sie müssen los. Und ich habe auf einmal ganz fest Herzklopfen und bin aufgeregt. Ja, Undercover-Ermittlerin sein ist halt doch nicht so leicht. Ich muss wohl erst in meine Rolle hineinwachsen. Vorsichtshalber taste ich in meiner Handtasche nach meinen Waffen: Elektroschocker und Pfefferspray sind da. Alles paletti, oder?? Ivona gibt uns ein Zeichen – der Barkeeper ist gerade mit einer umfangreichen Abrechnung beschäftigt und sonst scheint die Luft rein zu sein. Wir hasten die Treppe hoch. »Sollten wir nicht einen zum Aufpassen unten postieren?« »Nein, wir bleiben zusammen«, entscheidet Volker. Wird sich noch als Fehler herausstellen, aber wir folgen ihm brav. Im dritten Stock sind wir alle außer Puste, Ivona zeigt nach oben auf eine Türe und macht sich schon auf den Rückweg. Wir rennen noch die letzten Stufen hoch und stehen vor einer Wohnungstür, die natürlich zu ist. Was nun, sprach Zeus. Alle Augen ruhen auf Bomber. Er kramt ein bisserl in seiner Hosentasche und bringt dann etwas zum Vorschein, das ein bisserl wie ein Schweizer Offiziersmesser ausschaut. Fachkundig macht er sich am Schloss zu schaffen, und vorerst tut sich gar nix. Dauert mir alles viel zu lang. Wenn jetzt wer kommt – nicht auszudenken. Aber dann macht es tatsächlich klick und noch mal klick und die Türe geht auf. Hat alles wahrscheinlich nur Sekunden gedauert – aber mir viel zu lange. Meine Nerven liegen blank. Ich will gleich reinstürmen, aber Volker hält mich zurück: »Stopp, ich gehe vor und ihr wartet, bis ich euch Bescheid sage. Ich muss das schon erst mal checken – klar?« Olga drängt mich zur Seite. »Zuerst dann ich – du nix, du wartet – Eva, bitte, du nix gehen allein.« Auch klar, die doofe Eva kann wieder hinterherschlappen. Es ist mucksmäuschenstill. Und dann hören wir Volker sagen: »Scheiße, hier ist kein Schwanz weit und breit.« »Aha, wie kann das sein, Ivona hat doch …« Schritte kommen von unten die Treppe hoch. Ach, du grüne Neune. Jetzt haben wir den Salat. Volker zieht uns blitzschnell in die dunkle Wohnung und die Türe zu. »Keinen Laut«, flüstert er. Die Schritte sind nicht mehr zu hören. Volker hat eine Balkontüre aufgemacht und zeigt auf die Feuerleiter außen. Na, also wirklich, ich kann so was extrem schlecht und im Dunkeln noch schlechter. Aber er schiebt Senta voraus, dann geht die Olga – dann ich als Letzte. Kaum dass wir anfangen runterzuklettern, schimpft Olga mit mir: »Nicht auf mein Hand treten, langsam.« Ich versuche mein Bestes, und nach einer gefühlten Ewigkeit scheint der Erdboden da zu sein. Mir zittern derart die Knie, dass ich mich am liebsten hinsetzen würde. Aber Volker hakt mich energisch unter und zieht mich in Richtung Wagen. Alle sind wir megaschnell eingestiegen und Volker startet. »Und Ivona?«, ruft Olga. »Die sollte doch mit.« »Ja, schon, aber zum einen haben wir die Anna gar nicht und Zeit war auch keine mehr.« Aha. Ich bin mir gar nicht sicher, ob Ivonas Tipp überhaupt etwas getaugt hat. Aber das behalte ich mal lieber für mich, sonst könnte sich Olga auf den Schlips getreten fühlen. Ivona ist ja immerhin eine Landsmännin. Nach einigen Minuten des Schweigens platzen wir fast gleichzeitig raus: »Das ist ja total in die Hose gegangen – so was Blödes.« »Irgendwie haben wir uns das ganz anders vorgestellt.« »Mensch, was machen wir denn jetzt?« Bomber ruft uns zur Ordnung: »Jetzt macht's einmal halblang. Ist ja noch gar nichts schiefgegangen. Wenn die Anna da nicht mehr ist, müssen wir jetzt nur rauskriegen, wo sie hingebracht wurde, und dann probieren wir's eben noch mal.« »Ja, aber wie sollen wir denn wissen, wo sie ist?« »Heute kommt ja der Raffi und der hat beste Connections, und da verlass ich mich auf ihn. Und die Info, die wir dann haben, ist dann korrekt.« »Ja«, meint Senta, »da bin ich mir auch sicher, so was kann der Raffi – wir haben ja noch eine Nacht Zeit. Und vielleicht wissen die Kommissare was Neues. Jetzt gehen wir erst einmal schlafen!« »Machen wir – ich bin hundemüde.« Aber eines mache ich jetzt auf jeden Fall noch:

Ich schicke eine SMS an Konrad. Da kann der Frieder sagen, was er will. Konrad muss ja wissen, was ich treibe, und kommen muss er auch. Ich halte es fast nicht mehr aus. Seit einer Ewigkeit haben wir uns nicht mehr gesehen und jetzt reicht's. Nach ausführlichem »Gute Nacht« und gegenseitigem Betören, dass wir es heute Abend bzw. Nacht noch einmal probieren, und einem brüderlichen Kuss von Volker verschwinden wir in unseren Zimmern. Ich simse meinem Schatz, dass es mir gutgeht und er sich vorbereiten soll, nach München zu kommen, genauer Zeitpunkt folgt noch – und einen Katzensitter soll er bitte engagieren, denn es könnte schon zwei oder drei Tage dauern, bis er wieder nach Hamburg zurückfährt. Und dass ich mich soooooo freue und ihn sooooo fest liebe. Und dann schaffe ich es gerade noch, meine Klamotten runterzuziehen, die Zähne zu putzen, sehr schlampiges Abschminken und weg bin ich in Morpheus' Armen. Und ich schlafe wie eine Tote bis zum Aufstehen – leider weckt mich mein Handy schon um 8:20 Uhr. Was ist denn los, ich schlafe«, kommt es ziemlich patzig von mir rüber. Wenn ich meinen Schlaf nicht bekomme, ist mit mir halt nicht gut Kirschen essen, wie es so schön heißt. Zuerst verstehe ich nix – dann, so langsam realisiere ich, dass mich ein Fremder anruft. »Wer sind Sie?« »Ach, der Raffael, und warum, bitte, rufen Sie mich an? Sie sind doch Sentas Freund, oder?« Ich verstehe, dass Senta nicht ans Handy geht, und offensichtlich hat sie ihm auch meine Nummer gegeben. Na bravo! »Und was genau soll ich jetzt machen?« Raffael bittet mich, Senta zu wecken, er muss sie dringend sprechen. »Um diese Uhrzeit???« Ich mach mich im Nachthemd auf den Weg, und nach lautem und langem Geklopfe höre ich bayrisches Gefluche. Aha, jetzt kriege ich wohl auch noch Vorwürfe zu hören! Endlich geht die Türe auf. »Also, Eva, jetzt bitte, was ist denn los? Wir schlafen noch.« »Ach was???« Ziemlich angefressen setze ich ihr auseinander, dass ihr Herzallerliebster mich auch geweckt hat. »Ruf ihn bitte sofort zurück – scheint enorm wichtig zu sein.« Und schon bin ich auf dem Rückweg und Tür zu und wieder im Bett. Nur ist's jetzt vorbei mit Schlafen. Ich bin hellwach, und Hunger habe ich wie ein Wolf. Diese nächtlichen Touren scheinen sich auf meinen Appetit auszuwirken. Hoffentlich nicht auf meine Linie – denn ich bin sehr stolz auf meine gute Figur. Ich lasse mir unsere erfolglose Unternehmung durch den Kopf gehen. Aber leider habe ich keinerlei Geistesblitz, weshalb unsere Aktion ins Leere ging. Oder könnte Ivona uns verraten haben? Irgendwie habe ich das Gefühl, dass die Gegenseite Wind von unserer Idee bekommen hat. Und mein Bauchgefühl ist meistens richtig. Nur in wirklich entscheidenden Phasen meines Lebens hat es versagt. Sonst hätte ich doch geahnt, dass man mich verhaften will. Ja, und was hätte ich dann gemacht? Ich liege da und denke nach. Eigentlich hätte mein Gefühl mich viel früher warnen sollen. Oder mein gesunder Menschenverstand. Viel zu lange habe ich mir vorgemacht, dass ich das alles alleine schaffe, und Rat habe ich mir keinen geholt. Ich Idiotin! Und so kann ich die Suppe jetzt auch alleine auslöffeln. Denn im Moment frei zu sein – das ist nur ein Aufschub. Es stehen mir noch die Anklage und der Prozess bevor. Und dann die Strafe, wie immer sie ausfällt. Ich seufze tief und von ganzem Herzen. Da hilft kein Selbstmitleid, da muss ich durch. Und meine arme Familie auch – vor allem Konrad tut mir so leid. Er muss auf mich verzichten und mir auch noch den Rücken stärken. Er ist ein großartiger Mann. Manches wird einem erst klar, wenn es wirklich ernst wird im Leben. Wie man so schön sagt, »da trennt sich die Spreu vom Weizen«. Die Champagnerfreunde und Freundinnen sind dann längst weg – man weiß das zwar immer rein theoretisch, praktisch tut's trotzdem sakrisch weh. Andererseits kommen plötzlich Menschen aus der Vergangenheit, die sich rührend um mich kümmern. Gerade die, von denen man das nicht hätte erwarten können. Mein Leben war ja doch etwas bewegt und da ist zum Beispiel einer meiner Exmänner (insgesamt habe ich mich doch immerhin schon dreimal aufs Standesamt gewagt), der mich regelmäßig im Knast besucht und mich liebevoll unterstützt. Den Konrad lässt man nämlich nicht zu mir. Verdunkelungsgefahr heißt das Zauberwort, mit dem Dr. Stoppe das verhindert. »Ein Mordskrampf« würde meine Freundin Senta sagen. Ja, meine zahlreichen Hochzeiten gaben immer schon Anlass zu diversen Kommentaren. Eine meiner Freundinnen trug zu einem Geburtstag damals ein Gedicht vor. Darin bezeichnete sie mich als die Liz Taylor in unserem Kreis – was mein Liebesleben anging. Ich habe es halt immer schön »amtlich« gemacht. Braver waren die anderen wahrscheinlich auch nicht, nur geschah vieles im »Geheimen«. Zugegeben, da gab es bei mir auch noch so dies und das. Ich erinnere mich an einen meiner Liebhaber. Er war ein hohes Tier bei der Stadt und ließ sich »unpassenderweise« zu den Schäfer-stündchen in meinem Hause – ich war da gerade mal geschieden – mit Chauffeur und großem Dienstwagen bringen. Sehr diskret! Natürlich wusste es innerhalb kurzer Zeit das ganze Viertel. So entschloss er sich, mich ganz offiziell zu seiner Freundin zu machen. Er selbst lebte getrennt – allerdings kehrte er recht regelmäßig in die schützenden Arme seiner Angetrauten zurück. Das allerdings wusste ich da noch nicht. Es hätte mich sicher davon abgehalten, ihn samt seinem ausgefallenen Musikinstrument, einem Cembalo, bei mir einziehen zu lassen. Er zog sage und schreibe innerhalb eines Jahres sechsmal bei mir aus und ein. Emotional gesehen sehr anstrengend und praktisch eine Zumutung, denn jedes Mal nahm er alles, auch das Cembalo und diverse wertvolle Teppiche, mit. Ich bin als Per-fektionistin bekannt. Ein schlecht dekoriertes Heim ist für mich schlicht unerträglich. Also räumte ich ständig alles um und zu alle-dem grämte ich mich. Liebeskummer ist umso schlimmer, wenn das ganze Viertel und alle Freundinnen mitleiden. »Ist Herr Doktor wieder heim zu seiner Frau?«, diese feinfühligen Fragen gaben mir regelmäßig noch den Rest. Gerechterweise: Er hatte seine Quali-täten. Ich lernte eine Menge über Opern, für die ich mich bis dahin nicht sehr interessierte; da er immer Premierenkarten bekam, durfte ich da mit. Die ersten Male gab ich Anlass zur Bewunderung und Verwunderung. Zum einen war ich eine sehr schöne Begleiterin und 20 Jahre jünger als er und die meisten seiner Freunde und Frauen. So ein bisserl Neid tut jedem Mann gut, und neidisch waren sie, die Stadtväter. Die Verwunderung ergab sich aus meiner totalen Un-kenntnis der gespielten Opern und meiner freimütigen und nicht allzu leisen Fragen diesbezüglich. Für Schauspiel hingegen habe ich mich schon immer interessiert. Als er eines Tages Karten für »Don Carlos« brachte, war ich froh, endlich einmal wieder ein Schauspiel zu sehen bzw. zu hören. Nun nahmen wir also die Plätze in der ersten Reihe ein und ich blickte einigermaßen verwundert in den

Orchestergraben. Und dann stellte ich laut und deutlich die Frage: »Ist denn ›Don Carlos‹ heute mit Musik?« Oh, welche Schande! Dass »Don Carlos« auch eine Oper ist, war mir damals gänzlich unbekannt. Darüber wiederum konnte Hartmut – so hieß der honorige Stadtrat – sehr herzlich lachen. Für ihn war ich erfrischend jung und natürlich, und im Bett eine Offenbarung. Er wiederum war in dieser Hinsicht ein Naturtalent – denn Erfahrung oder Übung hatte er nur wenig oder, besser gesagt, nur sehr durchschnittliche Kenntnisse. Halt ein wenig hausbacken. Aber gemeinsam erforschten wir dieses Gebiet sehr ausführlich und hatten viel Spaß miteinander. Das Ende dieser Liaison war bitter. Für uns beide. Denn zuerst wollte er doch wieder lieber am heimischen Herd weilen und das machte mich sehr unglücklich. Ich hatte ihn sehr liebgewonnen. Und als ich mich dann in den Armen eines fränkischen Bauunternehmers endlich tröstete, besann sich Hartmut eines Besseren. Nun versuchte er mich mit Liebesbriefen und jeder Menge tollkühner Überraschungen zurückzugewinnen. Es war aber einfach zu spät. Seine sehr sympathische Mama und sein Stiefvater, alle seine Freunde, es gab niemanden, den er nicht vor seinen Karren spannte. Ich sollte zu ihm zurück. Ich wollte aber nicht mehr. Wieder flossen die Tränen. Dieses Mal seine. Dann endlich fand er eine andere Frau, die ihn nun endgültig aus seiner Ehe befreite und mit der er dann wohl auch so halbwegs glücklich wurde. Aber immer, wenn wir uns irgendwo begegneten, schmachtete er mich unsäglich an. Das war zwar schmeichelhaft, aber es führte zu nichts und war peinlich. Denn noch einmal so viele Ein- und Auszüge – nein, danke!!!

Zurückdenken an ihn, ja, das tue ich noch immer gerne, denn er war ein feiner Kerl, der zu allem Überfluss auch noch viel zu früh sterben musste. Somit einer weniger, der sich hätte um mich kümmern können, nachdem die Justiz zuschlug. Nachdem ich nun ausgiebig in der Vergangenheit gestöbert habe – gedanklich – , stehe ich auf, und nach einer ausgiebigen Dusche kann der Tag beginnen. Dieses Mal bin ich vor allen anderen, auch unseren Kommissaren, beim Frühstück und genieße in Ruhe alle angebotenen Variationen. Für mich ist und bleibt das Frühstück die schönste und wichtigste

Mahlzeit des Tages. Zum einen habe ich die feste Meinung, dass alles, was man früh morgens isst, nicht anschlägt, oder nicht ganz so arg, und zum anderen kann ein Tag nur etwas Gescheites werden mit einer entsprechenden Unterlage. Sozusagen das Startkapital des ganzen Tages. Als ich bei meiner dritten Tasse Kaffee angekommen bin, setzt sich Frieder zu mir. Er sieht gut aus heute Morgen. Ich finde überhaupt, dass er ein sehr fescher Mann ist und durchaus anziehend. Und dann riecht er auch noch so gut. Das war für mich immer schon unglaublich wichtig: Ein Mann muss gut riechen, schöne Hände haben, eine schöne Stimme und ein erstklassiges Benehmen. So geht's schon mal los. Und wenn's geht, sollte er halt nicht so arg klein sein. Ich bin nämlich selber eher klein mit meinen ein Meter sechzig – großzügig gemessen, wenn ich sehr aufrecht stehe. Kleine Frauen sind putzig, süß und meistens charmant, nicht wahr? Eigenlob stinkt zwar, aber in diesem Fall habe ich es ja sehr unauffällig angebracht! Kleine Männer hingegen gehen gar nicht und sind meistens rechthaberisch und penetrant. Beim Schafkopfen, einem bayrischen Kartenspiel, gibt's den sogenannten »Wadlbeißer«. Und das trifft häufig auf kleine Männer zu. Man passt einen Moment nicht auf und schwups, haben sie einen in die Wade gebissen. Na ja, es gibt bestimmt auch Ausnahmen … Jedenfalls rangiert der Frieder in meiner persönlichen Werteliste ziemlich weit oben, und hätte ich meinen Konrad nicht, würde diese Position auch ausbaufähig sein. Also bei näherer Überprüfung aller Qualitäten, und ich meine da schon wirklich alle, könnte Herr von Marstaller durchaus noch weiter nach oben aufrücken, aber, wie gesagt, eine solche nähere Überprüfung kommt nicht in Frage. Ist direkt ein bisserl schade.

Wir sitzen einträchtig bei Kaffee und Restfrühstück und ich beginne zu berichten. »Aha«, meint der Herr Kripochef – »das war wohl ein Satz mit X: war wohl nix.« »Genau, und ich bin total traurig, und Angst hab ich ganz schrecklich, dass es unserer Anna nun an den Kragen geht.« »Na, so schnell werden die doch jetzt auch nicht zuschlagen«, beruhigt mach Frieder. »Schau, Eva, die Lösegeldübergabe soll heute Nacht über die Bühne gehen und wir denken nachher alle zusammen nach, wie wir der Sache zuvorkommen.« Die Tür zum Frühstücksraum geht auf und ein heißer Typ steuert auf unseren Tisch zu. »Herr von Marstaller?« »Ja, und wer sind nachher Sie?« »Ich bin Raffael Gutmann aus Regensburg.« Oh. So sieht er also aus, der heiß Geliebte meiner Senta. Ich biete ihm erst mal einen Platz an und stelle mich auch vor. »Mensch, von dir, äh, Ihnen habe ich in den Briefen von Senta schon einiges gelesen.« »Wir sagen hier alle Du – ich bin die Eva, und du der Raffi, stimmt's so?« Er lacht und ich muss zugeben, er ist ein charmantes Bürscherl. Groß, braune halblange Haare, schöne Haut, blaue Augen und eine erstklassige sportliche Figur. Vielleicht ein bisserl zu schön – zu smart, halt ein Frauentyp. Und das wird das Leben von Senta die nächsten Jahre nicht einfacher machen, wenn die zwei zusammenbleiben. Der gefällt auch anderen Mädels und das weiß er auch. Frieder hat inzwischen auch für ihn ein Frühstück geordert und Raffi schreitet zum Büfett. Und lautes Geschnatter kündigt meine beiden Freundinnen an. Olga ist auch heute bester Laune, die typisch »russisch-litauische« Schwermut ist wie weggeblasen. Da scheint der Einfluss von Karl noch vorzuhalten. Senta will sich schon zu uns setzen, da deute ich in Richtung Büfett. Aber da habe ich mich wieder einmal total verschätzt, was meine Freundin angeht. »Meinst vielleicht, den hätt ich noch nicht gesehen? Aber der soll nur erst mal herkommen, der Hurenbock.« »Also jetzt wirklich, ich bin ehrlich entsetzt. Senta, das kannst doch jetzt nicht so sagen!« »Und warum bitte nicht? Wenn's doch stimmt.« Frieder nimmt das Ganze mit Humor und lacht herzlich. Olga allerdings sieht jetzt mehr nach Krakeel aus. »Hat recht Senta, ist blödes Hurbock.« »Ja, jetzt ist aber gut.« Ich kehre meine Autorität aufgrund meines Alters raus. »Wir sind Damen und keine Knastweiber – ist das klar?« Senta und Olga gehen in Richtung Büfett und Raffi stellt schnell alle seine Teller ab und legt einen bühnenreifen Kniefall hin. »Meine Süße, Baby, verzeih mir halt noch einmal. War nicht geplant, ehrlich – die hat mich reingelegt und du weißt doch, wenn ich einen übern Durst dring, dann ist's gleich passiert.« Je länger die Rede wird, desto mehr Regensburger Dialekt schleicht sich ein. Und Senta musst jetzt dann doch lachen, wie er im Frühstücksraum vor ihr kniet und sie anschmachtet. Frieder macht den Vorschlag: »Jetzt esst noch schnell etwas, denn wir müssen reden, und für die Liebesszenen könnt ihr euch dann nachher noch einsingen.« »Okay.« Es wird noch fix etwas gegessen, ich habe ja mein exzellentes ausgiebiges Frühstück schon beendet, und wir räumen den Tisch frei. Tanja und Karl sind schon da und der Josef witscht gerade auch zur Tür rein. »Also«, Frieder fasst das zusammen, was ich ihm erzählt habe. »Wo steckt der Volker?« »Er kommt gegen 10 Uhr, weil er nämlich noch ein wichtiges Date mit der Ivona hat. Er will herausfinden, warum sie uns falsch informiert hat.« Raffi meldet sich zu Wort. »Ich kenne Ivona vom Princess auch, die ist hundertprozentig sauber, ich bin sicher, sie hat es einfach nicht gewusst, wo die Anna aktuell heute – das heißt, gestern Nacht war.« »Korrekt«, tönt es von der Türe und Volker setzt sich zu uns. »Sie war total von der Rolle, als ich ihr auf den Zahn gefühlt habe. Die hat uns nicht auflaufen lassen. Und sie hat gehört, dass heute früh gegen 8 Uhr der Ali zu seinem Bruder gesagt hat, Anna bleibt im Princess bis zur Geldübergabe. Was sie dann machen, hat sie leider nicht mitgekriegt, da dann das Fenster zugemacht wurde, unter dem sie an der Mülltonne stand.« Raffi mischt sich jetzt ein. Ich »kenn einige Mädels im Princess und ich geh da heute Abend auf alle Fälle hin.« »Und ich geh mit«, beschließt Volker. «Und wir? Ich will ja auch dabei sein.« Senta und Olga stimmen mir zu. »Ohne uns geht das gar nicht, klar.« »Schon, aber entscheidend ist, wie wir am besten die Anna da rausholen« – Frieder ruft uns zur Ordnung. »Also, alle könnt ihr da nicht schon wieder antanzen.« Bomber alias Volker entwickelt seinen Plan. »Raffi könnte mit einer Braut dort auftauchen und alle ein bisserl ablenken.« »Ja, das mach ich«, ruft Tanja, »mich kennen sie noch nicht.« »Josef nehmen wir auch mit, der ist auch noch nicht bekannt, sprich verbrannt.« »Wieso gebrannt?«, kommt nun Olga. »Versteh nix.« Frieder erklärt ihr das schön langsam in bestem, akzentfreiem Deutsch. »Bei Undercover-Leuten heißt das verbrannt, wenn die anderen rausgefunden haben, wer er wirklich ist. Und Josef ist noch unbekannt, also auch nicht verbrannt.« Olga strahlt: »Wieder gelernen.« Und Karl strahlt zurück: »Ich lehre dich alles, was du wissen musst, und du gehst in eine Sprachenschule – so gescheit wie du bist, sprichst im Nu erstklassiges Deutsch.« Olga ist ganz selig, dass man ihr so viel zutraut, hat wohl noch nie jemand gesagt, dass sie klug ist. Also die Entwicklung gefällt mir ganz hervorragend. Und Senta scheint auch sehr angetan zu sein. »Aber was machen wir anderen dann?« Volker spinnt seinen Plan weiter: »Wenn es im Princess richtig schön und heiß hergeht, soll uns die Ivona die Türe zum Hof wieder aufsperren und wir gehen über die Feuerleiter hoch.« Ach du liebes bisschen, wieder die vermaledeite Leiter. Aber ich lass mir nichts anmerken, sonst kann ich gleich im Hotel bleiben. »Wir gehen hoch – und dieses Mal versuchen wir es von außen. Wäre doch gelacht, wenn wir wieder scheitern. Senta bleibt im Wagen, die ist schnell und clever mit dem Auto und fährt auch wie der Teufel. Karl ist dort bekannt, der bleibt bei Senta im Auto, und Olga und Eva gehen mit hoch. Mich kennt die Anna nicht und macht vielleicht Rabatz, wenn ich sie mitnehmen will. Ja, so könnte es klappen. Olga sichert uns als Letzte ab und Eva geht als Erste. Ich mach die Türen auf, falls die oben abgesperrt sind. Glaube ich aber nicht – die waren gestern Nacht auch auf. Hoffentlich ist die Balkontüre auf, sonst erledige ich das«, meint Volker. »Ich nehme auf jeden Fall auch einen Glasschneider mit und ein bisserl Werkzeug. Schnalle ich mir in meinem Allroundgürtel um. Wir sollten aber nicht vor Mitternacht starten. Ivona hat mir gesteckt, dass die Lösegeldübergabe um 4 Uhr morgens, nachdem der Princess Club zugemacht hat, durchgezogen wird. Wenn wir also gegen 1 Uhr dort sind, haben wir genug Zeit. Die werden ganz schön blöd schauen, wenn ihre Geisel weg ist. Ivona meint, es könnte gut sein, dass sie die Anna gestern Nacht in den zweiten Stock gebracht haben, damit sie das Appartement im dritten Stock für die Besprechung mit den Brüdern frei hatten. Und gerade da, als die Brüder schon weg waren, aber Anna immer noch unten, sind wir gekommen. Leuchtet schon ein, oder? Wie auch immer, wir haben heute Nacht noch einmal eine Chance und die werden wir nutzen.« Frieder, Karl, Josef und Tanja finden den Plan von Volker nicht übel. Ich habe keinen besseren Vorschlag – Senta und Olga sind auch einverstanden. Allerdings würde Senta lieber mit hochgehen, aber Olga oder ich ans Steuer zu setzen kommt nicht in Frage. Olga hat keinen gültigen Führerschein und ich gelte als lahme Ente. Wie schmeichelhaft. »Und Karl?« »Nee, der ist auf Abruf. Wenn unten oder bei euch oben was schiefläuft, ist er unsere

Versicherung und kann dann aber nicht zugleich fahren.« Leuchtet ein. »Aber bitte alle vorsichtig sein – nichts riskieren. Wenn die davon Wind kriegen, die Torkas, ist das ganz schlecht. Dann könnte es für Anna wirklich schwierig werden, und mit einem SEK-Kommando können wir nicht anrücken. Das Haus vom Princess Club ist unübersichtlich, zu viele unbeteiligte Gäste und überhaupt, es muss das kleine Besteck reichen. Immerhin unterstützen wir letztendlich eine Hälfte eines Bandenkrieges und das kommt dann bei meinen Chefs schlecht an.« »Hast du denn überhaupt jemanden über dir?«, frage ich Frieder. »Natürlich, was denkst du denn? Der Oberstaatsanwalt reißt mir persönlich den Kopf runter, wenn ich das versiebe.« Volker lacht zwar, ich merke aber schon, dass er es ernst meint. »Die streichen mir dann glatt meine Pension und schicken mich vorzeitig in den Ruhestand.« »Aha, also müssen wir uns anstrengen, Mädels … und für uns ist's auch wichtig und am allerwichtigsten ist es für die Anna.« »Genau.« Alle pflichten mir bei. Die Sitzung ist somit aufgehoben und wir überlegen, was wir heute machen wollen. »Senta und Raffi wollen doch bestimmt ein wenig Zeit miteinander verbringen und alle Unklarheiten beseitigen«, vermute ich mal laut. »Ja, dabei fällt mir mein Anliegen ein. Du, Frieder, wann kann ich jetzt Konrad kontaktieren (als ob ich das nicht schon getan hätte, aber das behalte ich mal lieber für mich) und wann darf er kommen?« Frieder versteht mein Drängen schon: »Gut, Eva er kann morgen kommen. Am besten nachmittags, dann gehen wir am Montag Abend auf die Wiesn, da ist's nicht so voll und wir besorgen untertags noch die Klamotten für euch. Ich lad euch alle ein. Und vor Mittwoch passiert erst mal nichts. Ihr habt also Sonntag bis Mittwoch für euch und dann sehen wir weiter. Dr. Stoppe meint, es gehe jetzt dann auch mit deiner Sache zügig voran.« Von dem will ich jetzt erst mal nichts hören – ich freue mich auf die kleine Auszeit ganz sakrisch und zuvor geben wir unser Bestes, um Anna zu befreien. Aber auch in dieser Hinsicht heißt es nicht umsonst: »Mache einen Plan, wenn du Gott zum Lachen bringen willst.« Und das werden wir alle miteinander noch erleben. Doch zunächst bin ich happy. Die Aussichten sind für Konrad und für mich wunderbar und das werde ich ihm jetzt dann gleich am Telefon erzählen. Mit Erlaubnis vom Herrn Kripochef persönlich. Also was will ich noch mehr? Olga geht mit mir in Richtung Zimmer – Karl hat erst gegen 14 Uhr Zeit, erfahre ich. »Okay, dann schreibe ich noch schnell ein paar SMS und rufe meinen Mann an, dann ziehe ich etwas Nettes an und wir gehen ein bisserl Läden anschauen.« Olga ist begeistert. »Alles anschauen und dann später alle kaufen, nix mehr sparen, bin bald reiche Frau.« Da bin ich jetzt aber total platt: »Wie, du bist bald reich? Wegen dem Karl, oder?« »Na, nix Geld von Karl, ich heute Schein mit Lotto machen, du helfen und dann gebe ich dir auch Geld.« »Na, das sind ja prima Aussichten, Olga, aber so ganz sicher ist das mit dem Gewinnen beim Lotto nicht.« »Weiß schon. Aber wir ›träumen‹.« »Gut, dann ›träumen‹ wir zusammen.« Kaum bin ich im Zimmer, rufe ich meinen Schatz an. Er ist unheimlich glücklich, meine Stimme zu hören. Ist ja auch schon sehr lange her – fünf Monate und zwei Tage –, und ich erzähle ihm in Kurzform, was der Grund für meinen Kurzurlaub vom Knast ist. »Schnackilein (so darf er mich nennen), das ist einfach toll. Natürlich komme ich zu dir nach München. Katzensitter machen unsere Vermieter und das ist eh am praktischsten, denn die wohnen über uns.« »Und wann fährst du dann weg? Ich habe soooo große Sehnsucht! Kannst du dich noch an den Frieder von Marstaller erinnern? Den habe ich doch einmal eingerichtet, damals in Wiesau das Schlösschen.« »Ja«, Konrad erinnert sich – »netter Mann.« »Ja, und der ist jetzt Kripochef, und zusammen mit zwei Mädels aus der JVA haben wir sozusagen die Verfolgung unserer Kollegin aufgenommen.« »Ja, könnt ihr das denn?«, fragt Konrad nach. »Ja, wir machen das ja mit der Kripo zusammen. Erzähl ich dir alles, wenn du da bist. Also wann?« »Ich fahr morgen um 8 Uhr früh hier weg« – Konrad hat natürlich schon alles vorbereitet. Meine SMS haben gut genutzt. »Ich nehme den Zug um 8:48 Uhr ab Hamburg und dann bin ich gegen 14 Uhr in München. Ich schreib dir vom Zug aus, wann genau und auf welchem Gleis ich ankomme. Falls du mich abholen kommst.« »Ja, ja, ja, ich komm natürlich, und ich freue mich ganz arg. Weißt du doch. Falls wir uns irgendwie verfehlen, wir wohnen im Admiral in der Klenzestraße. Das kennst du doch. Aber ich komme dich auf jeden Fall abholen, nur zur Sicherheit. Und

versäum den Zug nicht. Ich kann's kaum mehr aushalten.« Konrad
versichert es mir. Während ich immer überüberpünktlich am Bahnhof stehe und auch am Flughafen, ist mein Herzblatt da eher entspannt. Allerdings kommt er auch so immer rechtzeitig an, aber ich
habe da schon fast eine kleine Macke. Wer mit mir reist, muss sich
auf Warten einstellen, da ich eben immer mindestens 30 Minuten
vor der Zeit da bin. Beim Fliegen, dann schon eher zwei Stunden
vor der Zeit. Na ja, dafür bin ich aber halt auch immer überall mit-
gekommen und musste nicht hinterherschauen … Nach vielen Tausend durchs Handy geschickten Küssen verabschieden wir uns also
bis morgen. Von unserer Unternehmung heute Nacht habe ich
nichts verraten, Konrad hätte geschimpft wie ein Rohrspatz, dass
ich mich auf so was einlasse. Im Nachhinein gesehen, hätt er wahrscheinlich recht gehabt. Aber nun geht's erst mal mit Olga zum
Lottospielen und ein bisserl Läden anschauen. Senta passt mich auf
dem Gang ab. »Hast du nachher mal Zeit, Eva?« »Ja, klar, aber wofür denn, bei eurem Geturtel kann ich nicht viel dazu helfen, oder?«
»Na, des net, aber ich möchte dann später mit dem Raffi was besprechen und da will ich dich dabeihaben.« So, so, jetzt wird's ja
immer interessanter. Aber da ich von Haus aus eher neugierig bin,
wie fast alle meine Geschlechtsgenossinnen, sage ich zu. »Wann hast
denn gedacht, Senta? Ich gehe jetzt erst mit Olga ein bisserl in die
Stadt.« »Ja, passt schon – so um zwei oder halb drei?« »Okay. Ich bin
um zwei zurück und trinke unten einen Kaffee, dann kannst mich
ja holen.« »Wir kommen dann einfach runter«, meint Senta. »Alles
klar.« Olga steht strahlend und sehr erwartungsvoll bereits bereit.
Lottospielen können wir vorne am Gärtnerplatz und dann kann ich
mir dort auch noch einen neuen Laden anschauen. Den kenn ich
noch gar nicht, muss in den letzten Monaten neu aufgemacht haben.
Wir unterhalten uns bestens, Olga schwärmt von München und
vom Karl gleichermaßen und natürlich will sie noch ein paar Tipps
von der alten Eva haben. »Wie lange soll eine gute Frau nix machen?«, fragt sie mich. »Was, nix machen?« »Ja, nix mit ins Bett?«
»Ach, das meinst du. Na, das kommt halt ein bisschen auf den
Einzelfall an. Nachdem wir ja wieder zurückmüssen, kannst jetzt
nicht mehr so arg lang warten, oder?« »Ja, ich denken, vielleicht

heute.« »Ja, ich mein, das wär okay. Aber hast du das Gefühl, dass Karl darauf wartet?« »Ja, wartet immer, sagt aber, will nix dringen.« »Das heißt ›drängen‹, Olga.« »Ja, genau.« »Finde ich gut von ihm, aber wenn ihr euch richtig gernhabt, dann spricht nichts dagegen.« »Nix gernhaben, ganz große Lieben.« »Ja, umso besser.« »Karl hat gesprochen, dass wer will mich nach Heim und dann vielleicht, wir bleiben für immer zusammen. Oder?« »Mensch, Olga, das wäre doch total prima, und dann lernst du gescheit Deutsch und einen Beruf und wirst eine ganz ehrbare Frau.« »Was das ist: ehrbare Frau?« »Eine ehrbare Frau? Das, liebste Olga, ist eine Frau, die alles richtig macht und nie, nie, nie wieder in den Knast kommt. Und ganz glücklich ist.« »Ja«, strahlt sie mich an, »das will ich machen.« »So, jetzt spielen wir erst mal Lotto, ich spiel auch.« Olga ist begeistert, hat aber Bedenken, dass ich alles gewinne und sie nichts. So gut ich kann, erkläre ich ihr, wie viele Tausend Menschen alle Lotto spielen und wie das funktioniert. Wir einigen uns auf einen Systemschein und füllen diesen gemeinsam aus. Da muss sie nur ein paar Kreuze für Superzahl und den Wochentag machen und schon sind wir fertig. Jetzt hat sie aber die Lose an der Kasse entdeckt und da werden auch noch fünf Stück gekauft. Leider alles Nieten – aber ich tröste sie, dass ja die große Chance und das große Geld erst noch kommen. Wir fallen nebenan in die neue Boutique ein. Tolle Klamotten, ich bin hin und weg. Aber leider gesalzene Preise. Trotzdem probieren wir eine Menge Klamotten an und schlussendlich entscheide ich mich für einen unglaublich kuscheligen blauen Pulli, den ich morgen anziehen will, wenn Konrad kommt. Und anschließend suchen wir nach einem Dessousladen, denn wenn schon, denn schon. Beim Beck am Rathauseck werden wir fündig. Olga ist begeistert von der Auswahl beim Beck und ich kann gerade noch verhindern, dass sie ein oder zwei Teile in ihrer Umhängetasche verschwinden lässt. »Spinnst du? Was machst denn da?« »Auch schöne Wäsche für Karl.« »Ja, aber doch nicht klauen. Wenn das der Karl mitkriegt … und überhaupt sind da doch überall Sicherheits-Knokos dran.« »Kriege ich ganz leicht weg, habe Tricks.« »Na, keine Tricks, du kaufst das oder du lässt es hier. Ich bin sauer. Jetzt wirklich, Olga.« Sie zieht erst mal ein Gesicht und dann legen wir das wieder schön brav zurück. Ist eh zu teuer. »Komm, wir suchen was Putziges, was billiger ist.« »Nix putzig, muss sein sexy.« »Auch recht, aber es wird gekauft, klar?« Jetzt guckt sie so schuldbewusst, dass ich schon fast lachen muss. »Ist – wie sag man, immer gemacht.« »Ja, Gewohnheit, ich versteh schon, aber du musst das ein für allemal lassen – sonst landest du gleich wieder im Knast. Und vorerst ist das Alte ja noch gar nicht erledigt.« »Ja, verstehen.« Wir suchen also noch ausführlich ein Outfit, sprich Verführungswäsche, für Olga und endlich ist sie mit der Wahl einverstanden. »Preis erträglich und sieht heiß aus. Aber eben nicht wie eine – weißt schon, Olga.« »Ja, weiß – nix Nutte.« »Ja, genau. Aber trotzdem sehr, sehr verführerisch.« Wir bezahlen brav alle unsere »Eroberungen« und machen uns auf den Heimweg. Ich lade Olga noch auf einen leckeren Kuchen ein und einen Latte – sie erklärt mir unter Tränen, dass sie erst noch lernen muss, immer alles zu bezahlen. Zu lang war das halt anders. »Ist doch klar, Olga – kein Beinbruch!« »Warum Bein brechen, wenn klauen?« »Na, sagt man halt so. Das heißt ›ist nicht so schlimm, ist ja nichts passiert‹.« »Oh, in Deutschland so viele Wörter und so viele andere Deutung.« »Ja, das hast schön gesagt, und fast ganz richtig. Weißt, wenn ich in Litauen mich verständlich machen müsste, könnte ich das auch nicht – nicht halb so gut, wie du unsere Sprache sprichst. Ich kann gar kein Russisch oder Litauisch.« »Ja«, meint Olga, »aber du alles lernen schnell, weil du so viele Schule hast.« »Ja, aber schon lange her – liebste Olga.« Wenn sie solche Dinge sagt, möchte ich sie einfach in den Arm nehmen und fest drücken, und das mache ich jetzt auch. Das ist etwas, was ich im Knast gelernt habe, so spontan zu zeigen, wie gern man jemanden hat. Dort wird zwar für meinen Geschmack zu viel umarmt, aber insgesamt hat es etwas für sich, ein wenig gefühlvoller zu sein. Wir genießen noch ein bisschen unsere harmonische Stimmung und dann machen wir uns auf den Rückweg. Olga ist voller Vorfreude auf den Nachmittag mit Karl und auf das, was sie da so alles plant, und ich bin gespannt, was Senta und Raffi zu besprechen haben. Eigentlich kann ich mir das fast zusammenreimen. Aber ich warte ab – vielleicht denke ich in die komplett falsche Richtung. Unterwegs habe ich mir eine Süddeutsche gekauft und mit der setze ich mich gemütlich in unseren

»Frühstücksraum«, der im Laufe des Tages zum Café wird und auch schon mal ein Besprechungszimmer sein kann. Nicht ohne zuvor im Zimmer genüsslich meine neuen Teilchen ausgepackt und liebevoll in den Schrank geräumt zu haben. Ach, Shoppen ist halt doch was ganz, ganz Schönes. Da kann man mir erzählen, was man will. Eine richtige Eva, und das bin ich ja nun im wahrsten Sinne des Wortes, ist zum Shoppen geboren. Wenn sie mit Adam damals im Paradies geblieben wäre, hätte es bestimmt nicht lang gedauert und dort wären ganz wunderbare Geschäfte entstanden. Da bin ich mir vollkommen sicher, denn ein Paradies ohne Läden – na, das kann der Herrgott nie und nimmer gewollt haben. Ist er doch ein gütiger und barmherziger Gott.

So, nach meinen religiös-philosophischen Betrachtungen ziehe ich mir die neuesten politischen Nachrichten via Süddeutsche rein. Und schon bald höre ich die zwei Herrschaften die Treppe runterkommen. Ein Blick in ihre Gesichter verheißt nichts Gutes. Wie eine astreine Versöhnung schaut das nicht aus. Raffi wirkt verkniffen und Senta erbost. Sie hat sogar rote Backen und ihre Augen blitzen angriffslustig. Ojemine, und was soll ich dabei für eine Rolle spielen? Die beiden setzen sich an meinen Tisch und Senta schickt Raffi erst einmal los, für Getränke zu sorgen. »Magst du einen Kaffee, Eva?« »Na, danke, davon habe ich heute schon genug getrunken, aber ein Mineralwasser wäre prima.« Kaum ist Raffi außer Hörweite, bekomme ich eine Vorabinformation. »Ich will, dass du dabei bist«, sagt Senta, »denn alleine kriegt er mich sonst wieder rum.« Aha, na »I will do my very best«, wie es neudeutsch so schön heißt. Raffi bringt für uns drei Getränke und dann fängt Senta an, ihm auseinanderzusetzen, dass es für sie ein riesiger Vertrauensmissbrauch war, dass er sie nun schon zum zweiten Mal »beschissen« hat. Oh, an der Ausdrucksweise müssen wir noch arbeiten – aber ich schweige brav. Raffi setzt zu einer umfangreichen Erklärung an, aber Senta will erst alles loswerden. Raffi schaut mich an, aber ich will auch was sagen – zu meiner Verteidigung und überhaupt. Ich lege ihm die Hand auf den Arm. »Lass Senta halt erst alles sagen, was sie auf dem Herzen hat, und dann kommst du dran, okay?« »Ja, schauen wir mal, was sie noch alles weiß, die Tussi.« »Also, jetzt seid halt bitte alle zwei nicht gleich so ausfallend.« Da sind sich natürlich beide einig, das wär jetzt überhaupt nicht ausfallend und so. »Also, Senta, sag weiter, was du sagen willst, und ich halte mich zurück«, lenke ich ein. Sonst geht ja nichts vorwärts. Senta zieht nun ordentlich vom Leder. Er wär immer so ein blöder Macho und immer ging's nur nach seinem Willen – der ganze Drogenscheiß ist ihr auch zu viel. Wie soll sie denn da davon runterkommen? Hat er vorhin oben auch gleich wieder was zum Schnupfen dabeigehabt. »Und dann schaust auch immer den Weibern nach, so, als ob ich gar nicht da wär, das stinkt mir schon eine ganze Weile. Und darum mache ich nach dem Knast erst mal eine Therapie und dann sehen wir weiter, und bis danach kannst machen, was und mit wem du willst – ich bin draußen.« Oha, meine Senta ist jetzt aber total konsequent. Beinahe hätte ich Beifall geklatscht. Der Raffi sitzt ganz schön betroffen da – »also, Baby, das kannst doch nicht bringen. Wir zwei, wir sind doch ein Dreampaar und ohne dich ist des alles saufad.« »Ja, kann schon sein«, meint Senta, »dass das so ist. Aber ich brauch Abstand, Raffi. Wir waren jetzt acht Jahre beinand und in letzter Zeit ist's nimmer so schön gewesen wie früher. Wir ham doch mehr gestritten als sonst was. Ich mag dich schon noch, aber mehr so wie einen guten Freund halt. Bist mer bitte net bös, aber ich will ehrlich sein. Ist jetzt net wegen der blöden Kuh. Ich muss halt einfach mal nachdenken.« »Ja«, meint der Raffi, »aber wenn du dann nachdacht hast, weiß ich nicht, ob ich dann no will.« »Ja, das versteh ich total – dann sin mer halt Freunde.« »Ich finde, das klingt doch nach einem guten Plan«, schalte ich mich vorsichtig ein. »Wenn ihr zwei zusammengehört, dann findet ihr nach der Therapie auch wieder zueinander.« Raffi ist ziemlich geknickt und Senta hat auch schon ganz große feuchte Augen. Ach du lieber Himmel, das gibt jetzt einen beidseitigen Liebeskummer vom Feinsten. Aber dagegen weiß ich auch kein Allheilmittel. Und besser jetzt gleich, als in so einer blöden SMS Schluss gemacht. Das hasse ich nämlich wie die Pest. Ich lass mir nichts anmerken, aber generell bin ich der Meinung, dass Raffi ein Mordsschlawiner ist und es für Senta besser ist, wenn sie sich anderweitig orientiert, und sie hat ja einen Verehrer an der Hand, der mal nicht aus dem Drogenmilieu stammt. Wie soll sie sauber bleiben als Raffis Herzdame? Geht garantiert in die Hose. »Also, dann habe ich noch eine Frage: Raffi, hilfst du uns trotzdem heute Nacht bei der Aktion Anna?« Raffi knufft mich in die Seite. »Mensch, Eva, für was für eine Pfeife hältst du mich denn? Klar helf ich euch – Ehrensache. Das hat ja auch damit zu tun, dass euch nichts passiert. Und ich hab die Senta immer noch lieb, die alte Schlampe.« Und er lacht und die zwei schlagen sich ab. Aha, so geht das heutzutage, wenn man Schluss macht. Nicht übel – bei meinen Dramen war es immer sehr tränenreich und sehr dramatisch. Die Zeiten ändern sich. »Na, das finde ich superfair, Raffi. Danke«, und ich schlage ihn auch ab. »So, jetzt lege ich mich noch ein bisserl hin, denn das wird bestimmt eine sehr lange und sehr aufregende Nacht.« Ja, das wird sie, auch wenn alles ganz anders kommt, aber hellsehen kann ich leider nicht und so schlafe ich noch zwei Stündchen den Schlaf der Gerechten, und dann habe ich Hunger und klopfe mal bei meinen beiden Freundinnen an. Senta macht mir auf: »Die Olga ist noch nicht zurück – aber so, wie die sich aufgebrezelt hat, geht da heut was.« Aha, Senta weiß also auch Bescheid, dass heute Nachmittag die entscheidenden Stunden stattfinden. Bin ja gespannt, aber man kann sich das ja nicht anmerken lassen. Wär doch total indiskret. Aber nach dem, was ich inzwischen also so über die heutigen Abläufe weiß, kann ich mir gut vorstellen, dass auch darüber recht offen gesprochen wird. »Ja, wenn die nicht da sind, ist's mir auch egal, ich habe Hunger.« Senta auch, wir vereinbaren, noch schnell zum Thailänder vorzulaufen und uns für den Abend zu stärken. Wir rücken ja eh nicht vor Mitternacht aus und da haben wir mehr als genug Zeit. Und so machen wir's dann auch. Beim Abendessen verrät mir Senta, dass es ihr gar nicht leichtgefallen ist, mit Raffi zu brechen, »aber weißt, Eva, bevor ich mir den Andy näher anschau, musste ich des mit dem Raffi beenden, oder?« »Ja, das hast du total richtig gemacht – und wenn du auf Therapie gehst, wird das ja eh sehr schwierig. Wieder so lange weg und wenn der Raffi jetzt schon die paar Wochen nicht durchgehalten hat, gibt's da nur Kummer und Ärger.« »Genau. Und bevor wir wieder zurückmüssen, ruf ich den Andy halt einfach mal an. Ob er immer noch so auf mich steht, das merk ich dann schon.« »Ja, gute Idee. Und wenn er noch inter-

essiert ist, dann triffst dich halt vor Ende des Urlaubs hier mit ihm.«
»Ja, so hab ich mir das auch gedacht. Aber zuerst müssen wir das
Thema Anna erledigen – hoffentlich klappt das heute Nacht.« »Ja,
Senta, das hoffe ich auch, denn sonst wird's wirklich eng und noch
ein paar Versuche können wir gar mehr starten – die spannen doch,
was da läuft, und für Anna könnte das gefährlich werden.« Senta ist
fest überzeugt, dass wir es heute packen, und ich bin es auch. Ich
ziehe mir heute was Schwarzes, ganz Bequemes an, damit ich die
Feuerleiter gut rauf und runter komme. Gestern war's mir da nicht
wohl dabei. Aber mit den richtigen Klamotten tue ich mich leichter.
Senta meint, ich soll lieber im Hotel bleiben. »Eigentlich ist das für
dich nix, Eva.« »Ja, so schaust du aus, ich soll im Hotel warten wie
so ein altes Weib, bis ihr von der Verbrecherjagd heimkommt. Soll
ich vielleicht auch noch eine Suppe kochen und rauswischen, bis ihr
wieder da seid?« »Na, lieber nicht«, meint Senta, »du hast uns ja im
Knast erzählt, dass Konrad kocht, weil du so miserabel am Herd
bist.« »Also wirklich«, ich werfe die Serviette nach ihr. »Es reicht – sei
nicht so respektlos zu einer Vorgesetzten. Du erinnerst dich doch,
dass der Frieder gesagt hat, ich bin euer Boss.« »Ja, ja und noch mal
ja« – Senta lacht hemmungslos – , »genau du, weil du dich eben so
gut auskennst in Ganovenkreisen.« »Nein, das nicht, aber ich bin
eben zuverlässig und klug.« So – jetzt hat sie's aber gesagt bekommen. Wir kichern jetzt alle zwei und bestellen uns wieder diesen
traumhaften Nachtisch – wie das letzte Mal. Eine gute Unterlage …
und einen Espresso später, gegen 11 Uhr, sind wir wieder zurück,
und da treffen wir »Olga im Glück«, anders kann man das Bündel
aus strahlenden Augen und verklärtem Blick gar nicht nennen. »Alles paletti, oder???« »Paletti, paletti«, kommt's von Olga sehr kryp-
tisch, und die näheren Details bekommt dann Senta zu hören, da
ich mich zwecks Umziehens in mein Zimmer begebe. Volker wartet
schon auf uns, als ich eine halbe Stunde später unten ankomme.
»Handtasche mit Waffen bestückt dabei«, melde ich und Volker ist
zufrieden. »Prima, und die anderen?« »Kommen sicher gleich«, und
ich höre sie die Treppe runterklappern. »Hast deinen Führerschein,
Senta?« »Ja, klar, bin ja nicht blöd.« »Gut, also dann starten wir.«
Volker sieht heute auch ausgesprochen sportlich aus und hat eine

große Tasche auf dem Rücksitz liegen. »Da haben wir kaum noch Platz«, beschwert sich Senta – »ja, meine Liebe, das brauchen wir vielleicht alles. Müsst ihr euch halt ein bisserl klein machen, ist ja nicht weit.« Den Karl treffen wir an der Straßenecke vor dem Princess und dann ist die Truppe komplett. Ich habe schon wieder Herzklopfen, was ich aber niemandem verrate. Sonst lassen die mich am Ende doch noch da – und das wäre ja das Letzte.

Ich will diese ruhmreiche Befreiung einer Geisel um keinen Preis versäumen. Davon kann ich dann meinen Enkelkindern erzählen, wenn sie erst groß genug für solche Geschichten sind und wenn es meine Tochter erlaubt. Wahrscheinlich nicht, denn die dürfen auch nicht wissen, dass Oma eine Knastprinzessin geworden ist. So nennen sie mich manchmal in der JVA. Na ja, Prinzessin wollte ich zwar nie werden – immer lieber Cowboy oder Dracula, das waren meine Faschingskostüme. Aber das Leben verteilt die Rollen manchmal sehr überraschend. Und das werden die nächsten Stunden dann auch zeigen.

Nachdem wir uns alle ins Auto gequetscht haben, geht's los. Kurz vor dem Club steht Karl bereit und wir besprechen uns kurz mit ihm. Er hat zur Sicherheit auch noch ein Auto geparkt, falls uns dieses Edelteil im Stich lässt und damit wir dann auch alle bestens Platz haben. Es sollen ja Anna und Ivona auch noch mit. Gut geplant, und somit sucht Volker ein unauffälliges Plätzchen für seinen noblen Schlitten und wir schleichen uns an. Da der Parkplatz vom Princess gut gefüllt ist, können wir zwischen den geparkten Autos in den Hinterhof gelangen, ohne dass wir weiter auffallen. So weit, so gut. Und jetzt kommt der Aufstieg über die wunderbare Feuerleiter – eine Feuertreppe wäre mir entschieden lieber. Vorsorglich habe ich dünne Handschuhe angezogen, damit ich mich schmerzfrei festhalten kann. Reihenfolge laut Volker ist: zuerst er, dann ich, dann Olga, und Senta bleibt im Wagen bzw. unten stehen, damit wir eine Rückversicherung haben. »Karl ist in seinem Auto draußen, und besser kann man das Ganze ja gar nicht absichern.« Aha, nun, der Volker wird's schon wissen, und schon kommen wir Stufe um Stufe auf die »Festung Annas«. So habe ich das Ganze für mich getauft. Es geht besser, als ich dachte, und ich halte die Aktion auch gar nicht auf. Bin mit mir total zufrieden. Oben öffnet Volker sehr geschickt die Balkontüre – sie war gekippt, und das hat er offensichtlich gelernt. Wo auch immer. Wir sind drin. Es ist dunkel und wirkt auch dieses Mal irgendwie leer. Systematisch gehen wir von Raum zu Raum und Olga öffnet ganz leise die Türe zum Treppenhaus. Im Schlafzimmer wird Volker fündig. »Sie schläft anscheinend, bestimmt haben die ihr was gegeben.« Er will gerade das Bündel Frau vom Bett nehmen – »die trage ich einfach, ist ja nicht so schwer« – da meldet Olga: »Gefahr, kommen Leute rauf, schnell auf Balkon.« Ich taste mich in die Richtung des Balkons voran, da höre ich Volker fluchen. Da liegt keine Anna, das haben die vorgetäuscht. Waren nur Kissen und Decken, und schon hören wir laute Stimmen. Volker zischt: »Olga, los, runter, dann gehe ich und dann Eva, aber schnell.« Ich haste voran und plötzlich ist jemand hinter mir – Volker? Und dann wird alles schwarz. Später werde ich wissen, dass ich wohl außer Gefecht gesetzt wurde. Vorerst kriege ich nichts mehr mit. Meine nächste Erinnerung ist schmerzhaft. Ich habe irrsinnige Kopfschmerzen und höre alles wie durch Watte. Und was ich höre, ist nicht gut. Eine Männerstimme und dann eine Frauenstimme. Ich kann nicht verstehen, was geredet wird – ich fühle mich ganz entsetzlich und höre nicht gut. So ein Scheiß. Meine Erinnerung ist eher lückenhaft. Ich versuche verzweifelt, Ordnung in den Wirrwarr in meinem Schädel zu bringen. Wir waren in der Wohnung oben und dann kamen Leute und – genau – jemand muss mir einen Schlag auf den Kopf versetzt haben. Ich versuche mich aufzusetzen – geht nicht. Ich hänge an etwas fest und die Füße bringe ich auch nicht auseinander. Haben die mir wahrscheinlich zusammengebunden. Und dann höre ich langsam wieder besser. Es unterhalten sich ein Mann und eine Frau, und zwar über mich. Und die Frau ist – ich fasse es kaum – es ist Anna. Ich blinzle vorsichtig – das Licht ist hell und tut mir in den Augen weh. Aber sie ist es – Anna. Und wieso sitzt sie da – ohne Fesseln – putzmunter, und ich bin gefesselt? Langsam, aber sicher dämmert es mir: Anna ist hier Gast und nicht Geisel, zumindest sieht's so aus. Und was da über mich geredet wird, ist nicht so schmeichelhaft. »Die Eva war im Knast schon so siebengescheit. Und warum die überhaupt draußen ist und dann noch hinter mir herschnüffelt, kann ich nicht verstehen.« »Wie bitte!!!! Herschnüffelt!!!« Am liebsten würde ich losschreien. Da setze ich doch mein Leben aufs Spiel – oder fast –, also auf alle Fälle, ich setze eine Menge in Bewegung, um diesem Gör zu helfen, und das ist der Dank. Ich kriege zu den Kopfschmerzen jetzt auch noch eine Mordswut. Und der Mann meint: »Ja, ich habe auch so eine aufdringliche Tante, die immer alles und jedes interessiert. Und die sich ständig einmischt – eine richtige Plage.« Nur weiter so, dann werde ich jetzt todsicher Riesenkräfte entwickeln, tatsächlich aber bleibe ich wohl oder übel in der sehr unbequemen Position liegen und ärgere mich schwarz. Es fällt mir nichts ein. Leider erinnern die beiden sich jetzt an mich und Anna schaut, ob ich schon wach bin. Und was heißt, sie schaut – erst bläst sie mir ins Gesicht und dann kriege ich noch ein paar Watschen; nicht arg feste, zugegeben, aber sehr entwürdigend. Ich mache also die Augen auf, denn noch mehr »Folter« will ich mir ersparen, und stell mich unwissend. »Wo bin ich?«, murmele ich undeutlich. »Ja, wo bist du denn, schöne Eva? Du bist im Princess Club, wo du rumgeschnüffelt hast.« Ich gebe keine Antwort – Anna wendet sich sowieso desinteressiert von mir ab. »Nur leider bist du uns lästig, meine Liebe.« Aha, lästig, wie schön. »Und wir müssen überlegen, wie wir dich wieder loswerden.« »Ja«, krächze ich, »lasst mich halt einfach gehen.« »Oh, nein, so einfach geht das nicht. Wir können es nicht riskieren, dass alle erfahren, dass es mir bestens geht, nicht wahr, Ali?« Aha, das ist der Ali – dachte ich mir doch, den habe ich schon mal gesehen. Vor ein paar Tagen kam er die Treppe runter, zusammen mit seinem Bruder. »Bitte, ich habe Durst, kann ich etwas zu trinken haben?« »Gib ihr ein Glas Wasser – sie muss sowieso was kriegen, damit sie schläft und den Mund hält.« Ich protestiere entschieden. »Anna, ich bin nicht mehr die Jüngste – ich bitte dich, ich vertrage das Zeug bestimmt nicht und spucke euch alles voll.« »Na, na, das bisserl Valium verträgst du schon – und jetzt halt die Klappe. Wir haben anderes zu tun, als mit dir rumzumachen.« Also, so eine unverschämte Tussi. Wenn ich mich nur bewegen könnte, ich würde ihr ein paar Ohrfeigen geben. Ali bringt ein Glas Wasser und zwei Tabletten, die ich nehmen muss. Und nach ein paar Minuten werde ich müde und müde und müde. Als ich irgendwann wieder wach werde, sitze ich sehr unbequem in einem Auto und sehe nichts. Wahrscheinlich haben meine Augen unter dem Medikament gelitten und jetzt bin ich blind. Nach einiger Zeit merke ich aber, dass ich mit verbundenen Augen dasitze und wahrscheinlich nicht erblindet bin. Dafür wird mir aber schlecht und ich fange an zu würgen. Neben mir scheint jemand zu sitzen. Eine männliche Stimme sagt: »Kotz mir ja nicht in den Wagen.« »Und wie soll ich das bitte machen? Mir ist schlecht, und zwar, weil ich nichts sehe.« »Dann nimm ihr halt die Augenbinde ab. Ist ja eh dunkel, und was soll sie schon machen? Ihr Handy ist aus und so weiß keiner, wohin wir unterwegs sind, und sie kann ja auch nicht aussteigen, oder?« Alle lachen – sehr witzig, aber die Augenbinde kommt weg. Nach einigen Minuten sehe ich auch wieder und die Übelkeit lässt tatsächlich nach. Ich bin immer noch furchtbar müde und schlafe wieder ein. Das nächste Mal, als ich wach werde, parken wir gerade ein. Keine Ahnung, wo wir sind – ich schaue zum Fenster raus und sehe einen mit Laternen beleuchteten Hof und eine hohe Mauer. Na, im Knast können wir doch nicht gelandet sein. Anna sitzt vorne neben dem Fahrer – könnte Ali sein. Neben mir sitzt ein jüngerer Mann und alle – außer mir – steigen aus. Ich lausche und warte. Draußen wird beratschlagt – ich verstehe aber nur ein paar Wortfetzen. »Wie reinbringen« – »Tante« – »nicht ganz zurechnungsfähig« – »Zimmer mit Sascha«. Dann wird die Türe aufgerissen. »Raus und Klappe halten, sonst setzt's was!« – Ali gibt mir Verhaltensregeln. Zugleich nimmt der andere – wohl Sascha – mich mit untergehakt und drückt mir sehr schmerzhaft etwas in die Seite. Könnte eine Waffe sein. Dann werde ich in das Haus – sieht eher wie eine Burg aus – geführt, und sehr schnell an einem Tresen vorbei in den Lift. Ich überlege fieberhaft, wie ich den Mann hinter dem Tresen auf mich aufmerksam machen könnte. Ali und Anna stehen bei ihm und erzählen die Geschichte über eine verwirrte Tante auf der Durchreise. Aha, so erklärt man mich, und wir sind in einem Hotel. Im Fahrstuhl drückt Sascha auf den Knopf für die dritte Etage und bringt mich dort in ein Doppelzimmer. Ich erhasche zwar die Nummer 302, aber ob mir das hilft? Auf dem Gang steht eine Truhe und daneben eine

Ritterrüstung mit einem Wappen drauf. Ich kann im Vorbeigehen »Schloss Mön« und mehr nicht lesen. Dann höre ich hinter uns den Gepäckträger in bestem Österreichisch mit Ali und Anna sprechen. Und da macht's tatsächlich bei mir klick. Ich weiß, wo ich bin. In Salzburg, im Schloss Mönchsstein. Da war ich mit Konrad vor zehn Jahren oder so. Es ist ein schönes Hotel, leider oberhalb von Salzburg, und ich glaube, man kommt dort schlecht rein. Alles sehr einsam und übersichtlich. Ist für eine Flucht schlecht geeignet. Zu meinem Erstaunen beginnt Sascha es sich in meinem Zimmer gemütlich zu machen. »Sollen Sie etwa hier bei mir schlafen?« Er lacht: »Na klar, Kleine. Ich muss ja auf dich aufpassen.« Und bei allen »s« lispelt er ganz leicht. Erinnert mich an Dr. Stoppe. Wenn der wüsste, was ich alles auf mich nehme, da sollte ich doch eher einen Orden anstatt einer Strafe bekommen. Und Konrad, ach, der wartet vergeblich in München auf mich, so ein blödes Schlamassel. Hätte ich bloß besser aufgepasst. Aber eigentlich habe ich doch gar nichts falsch gemacht. Die haben uns schlicht und einfach ausgetrickst. Ganz doof. Und kein Mensch weiß, wo ich bin. Und was die mit mir vorhaben, wäre auch interessant zu wissen. Es klopft und ich wappne mich, um sofort um Hilfe zu schreien. Aber es ist der blöde Ali. Er bringt ein Tablett mit belegten Schnittchen und Cola und Wasser. »Also, hier ist Abendessen, und dann kriegt die Lady wieder ihr Valium, damit sie gut schläft.« Ich protestiere: »Also, da werde ich ja abhängig – nee, nehme ich nicht.« »Ganz brav wird das genommen, sonst kommst ins Auto runter und wir sperren dich über Nacht in den Kofferraum.« Die Aussicht ist grausig. Ich esse also ein paar von den Sandwiches und trinke Mineralwasser. »Kann ich bitte zur Toilette und mich duschen?« »Ja, kannst machen, aber keinen Scheiß machen.« So viele »ssss«, ich muss grinsen. »Okay«, und ich ziehe mich für eine halbe Stunde ins Bad zurück. In Unterwäsche komme ich zurück. »Ich brauche bitte ein Nachthemd oder einen Schlafanzug.« Sascha deutet auf die Reisetasche. »Schau nach, ob Anna was für dich reingetan hat.« Und tatsächlich finde ich zumindest eine Jogginghose und T-Shirt und Unterwäsche. So könnte es gehen. Ich lege mich brav hin und hoffe, dass er das Valium vergisst. Und tatsächlich – er hat den Fernseher an und schaut fasziniert irgendeinen Quatsch mit Comicfiguren an. Und dann erinnert er sich halt doch. »Da – die Tablette nehmen, sonst kommst in den Kofferraum.« »Ja, ja, schon gut. Ich habe es bereits verstanden.« Nicht lange und ich dämmere weg, und als ich das nächste Mal wieder zu mir komme, ist es schon am Hellwerden. Ich versuche vorsichtig aufzustehen. Etwas hält mich. Hat der Blödmann mich mit einer Handschelle an den Bettpfosten gefesselt? Er liegt neben mir und schnarcht leise vor sich hin. Ich richte mich auf, so gut es geht, und sondiere die Lage. Die Füße hat er mir auch wieder zusammengebunden. Also Aufstehen geht gar nicht. Er hatte doch eine Waffe – wo ist die? Ich schaue mich langsam und sorgfältig um. Aha, auf dem Tisch liegt etwas, könnte eine Pistole sein, aber ich sehe nicht gut hin. Ich denke angestrengt nach. Kein Ausweg in Sicht – also versuche ich eine bequeme Position einzunehmen und döse vor mich hin. Eigentlich war ich immer sehr gern in Österreich – so ein schönes, friedliches Land. Na, bis auf eine Ausnahme: Skiurlaub in Kitzbühel. Damals hatte ich den Stadtrat verlassen und einen neuen, recht attraktiven Mann an meiner Seite. Wir fuhren gemeinsam nach Kitzbühel zum Skifahren. Und zwar mit meinem neuen schwarzen Monza. Damals so eine Art Sportwagen für »Arme« wie mich. Dort trafen wir eine lustige Runde von anderen Paaren und ein paar Junggesellen. Der Schnee war »gführig«, wie man in Österreich sagt, und das Wetter gut. Die ersten Tage liefen harmonisch und wir hatten Spaß. Im Bett war der Neue nicht ganz mein Fall – ein wenig träge und ohne viel Fantasie. Ein Franke halt. Und dann kam der verhängnisvolle Abend. Wir waren in einer der angesagten Discos und es wurde getanzt, getrunken, und so nach und nach begann Hans recht offensichtlich den Playboy zu spielen. Was ich ganz besonders doof fand, da ich erstens ja da war und er zweitens gut daran getan hätte, sich um meine Belange und erotischen Wünsche zu kümmern. Nein, er tat gerade mal so, als ab er der beste und heißeste Liebhaber von Kitz wäre. Sein Motto des Abends hieß: Es gibt viel zu tun, packen wir's an. Die anderen Jungs, die solo da waren, und vor allem er selbst, konnten es gar nicht oft genug wiederholen. Um mich schien Hans sich gar nicht zu kümmern – offensichtlich hatte er mich überhaupt temporär aus seinem

Gedächtnis gestrichen. Nun bin ich eine impulsive Widderfrau und lasse so etwas nicht durchgehen. Ich verwarnte ihn verbal und stellte fest, dass er das alles so wahnsinnig witzig fand, er konnte sich vor guter Laune gar nicht mehr halten. Mein Zorn schwoll an. Und dann nahm ich meine Pelzjacke und meine Tasche und ging zurück ins Hotel. Ich schmiss meine Sachen in meinen Koffer, schnappte mir den Autoschlüssel, legte ihm Geld für die Heimfahrt auf den Nachttisch und holte nachts um 4 Uhr meinen Monza aus der Tiefgarage. Dort lief mir einer seiner Freunde über den Weg, der mich aufzuhalten versuchte. »War doch gar nicht ernst gemeint und hab doch ein bisserl Verständnis …«, nichts, aber auch gar nichts konnte mich bremsen. Als ich zur Ausfahrt fuhr, stellte der Herr sich mir in den Weg. Ich hupte durchdringend und fuhr direkt auf ihn zu. Später erzählte er allen, nur ein Sprung zur Seite hätte ihn vor dem sicheren Tod durch Überfahren gerettet. Na, und wenn schon! Ich bin zwar ganz sicher, dass es für ihn zu keinem Zeitpunkt gefährlich war, aber es verschaffte mir einen tollen Ruf. Hans hatte nun zwar freie Bahn, aber er stand halt ohne fahrbaren Untersatz in Kitzbühel. Und die tollen Freunde hatten alle das Auto rammelvoll gepackt. Bei der Heimfahrt mussten seine Sachen auf alle Autos verteilt werden und er stand blöd da. Hättest doch wissen können, dass die Eva das nicht mit sich machen lässt. Ist ja auch eine Powerfrau. Außerdem musste er mit dem Zug fahren, da ja auch kein Sitzplatz in dem Auto für ihn da war. Hahaha. Fand ich damals und auch heute richtig gut. Sein Auto stand auch noch in meiner Garage und so kam er nicht um eine Aussprache herum. Letztendlich haben wir eine Flasche Rotwein zusammen getrunken und uns friedlich getrennt. Er gestand mir, dass er mit dominanten Frauen ein generelles Problem habe. Seine Mutter, mit der ich mich bestens verstand, wäre halt genau wie ich, und das war keine gute Voraussetzung für unser Glück. Konnte ich sogar verstehen. Aber die Geschichte wurde noch lange erzählt und war für mich durchaus schmeichelhaft.

Aktuell erscheint mir Österreich nicht mehr ganz so friedvoll, da ich mich nun mal in einer ganz blöden Situation befinde. Zugegeben – ich habe mich selbst in diese gebracht. Aber wer hätte denn ahnen können, dass die clevere Anna Sophia alle hinters Licht geführt hat, Frieder – und der ist ja immerhin vom Fach – und natürlich mich naive Tante? Je länger ich über das Ganze nachdenke, desto mehr erhärtet sich eine Theorie: Alles wurde bewusst so getürkt, dass es wie eine Entführung aussieht. Und die Helfer seitens der JVA, und da gab es ja zweifelsfrei einige, haben ganze Arbeit geleistet. Denn nur so konnte auch die Recherche der Kripo derartig danebenliegen. Aber weiterhelfen wird mir dieser Geistesblitz nun auch nicht. Anna hat ganz klar vor, ihrem Papa eine Stange Geld aus der Tasche zu ziehen, und vermutlich hat Amor mit seinen Liebespfeilen seine Hand im Spiel. Das Wenige, was ich von Ali gesehen habe – na ja, ein Adonis ist er nicht. Seine Qualitäten liegen wohl auf ganz anderem Gebiet. Meine ausführlichen Gedanken machen mich wieder ein bisschen schläfrig und das Valium bin ich vermutlich nicht gewöhnt, das Zeug. Denn Schlaftabletten und anderes lehne ich ganz kategorisch ab. Da habe ich innerhalb meiner Familie ungute Erfahrungen machen müssen. Aber Schwamm drüber – alle längst gestorben, und Tote soll man bekanntlich in Frieden ruhen lassen. Und noch dazu, wenn es eine so wunderbare und beeindruckende Persönlichkeit war, die ich über alles verehrt und geliebt habe. Bis heute hat sich daran nichts geändert. Gerade als ich eindöse, erwacht Sascha und streckt und reckt seinen jugendlichen Körper. Lässt mich aber ehrlich gesagt total kalt – ach, Konrad, wo wartest du auf mich? Sorgst du dich wenigstens ein bisserl …? Ich warte, bis Mister Sascha ansprechbar scheint, und bringe das Thema Toilette und Duschen zur Sprache. »Aber klar doch – ladies first.« Na, immerhin eine nette Geste – ein Gentleman. Ich werde abgekettet und aufgeschnürt und muss erst einmal meine Glieder etwas sortieren. Alles total ungelenk und steif. Dann schnappe ich mir meine Klamotten und gebe mich einer ausführlichen Körperpflege hin. Danach fühle ich mich etwas besser. Sascha kettet mich wieder an; er muss ja jetzt auch ins Bad und da könnte ich doch tatsächlich ausbüxen – würde ich garantiert versuchen. Allerdings durch die Türe, denn aus dem Fenster im dritten Stock eines Schlosses – nein, danke. Eigentlich ist es das ausgebaute Dachgeschoss – egal. Ich bekomme auch ein Frühstück: Ich muss solange im Bad warten, bis der Zimmerservice weg ist, aber dann gibt es Kaffee und frische

Brötchen, Eier, Schinken, frische Waffeln. Kann gar nicht klagen. Dann läuft die Prinzessin Anna ein. Sehr schnuckelig sieht sie aus und auch sehr glücklich. Blöde Kuh – ich bin ziemlich sauer auf sie. »Also, wir mach das jetzt so: Der Zaster ist da und somit alles erledigt. Du, Eva, bist total überflüssig.« Oh je, das klingt ja gar nicht gut. Soll ich abgemurkst werden? Ich warte ab. »Eigentlich hättest du es verdient, dass wir dich irgendwo entsorgen. Aber ich will mir nicht noch einen Mord antun – das bist du nicht wert, meine Allerbeste.« Aha. »Und wir werden dich in einem unserer Autos zurücklassen. Wenn du Glück hast, finden sie dich rechtzeitig – wenn nicht, ist es nicht mein Problem.« Ich versuche zu verhandeln. »Schau, Anna, die kriegen euch sowieso über kurz oder lang und ich sag dann für dich aus. Aber bitte, bitte, lass mich halt irgendwo raus, und bis ich dann zurückfinde, seid ihr doch längst weg.« Sascha schaltet sich ein: »Könnten wir so machen. Wir legen sie ab, geben ihr noch ein paar Valium und wenn sie erst wieder aufwacht, dann muss sie zuerst in die Zivilisation zurückfinden. Wäre völlig easy und dann können die uns im Ernstfall gar nichts nachweisen. Keine böse Absicht – wir haben halt ohne sie weiterfahren wollen.« Anna denkt nach – man sieht förmlich, wie es in ihrem Köpfchen arbeitet. »Ich klär das erst mal mit dem Ali.« Na, hoffentlich wird das was! Ich sehe mich schon in ein Auto eingesperrt, verhungern, erfrieren, verdursten – halt alles, und dann mausetot. »Also, was geht jetzt ab, Sascha? Schau, du bist doch ein kluger Kopf – bitte mach denen klar, dass es für alle besser ist, wenn man mich bloß aussetzt. Ist doch schon schlimm genug – ich bin ja keine zwanzig mehr und Orientierung hatte ich noch nie.« Sascha schaut mich nachdenklich an. »Also, Eva, so heißt du doch, oder?« »Ja, ja, Eva König.« »Also, ich hätte eine Idee – aber verarsch mich ja nicht.« Ich nicke vehement. Rettung in Sicht? »Na, mach ich garantiert nicht. Schieß los.« »Ja«, meint Sascha, »ich finde das mit dem Im-Auto-Lassen auch ziemlich beschissen. Aussetzen langt völlig. Und wenn ich dir da helfe, dann musst du das aber auch wirklich so den Bullen sagen. Egal, ob die mich schnappen oder nicht, ich will mit Totschlag oder Mord nichts zu tun haben. Ist nicht mein Ding.« »Klar, Sascha, da kannst ganz sicher sein. Du sagst mir noch deinen Nachnamen und dann gebe ich das so weiter, wenn ich heil rauskomme.« »Nee, den Nachnamen brauchst nicht – aber du sagst es halt so, Sascha langt. Und wenn die mich doch schnappen, dann kannst es ja bei einer Gegenüberstellung auch aussagen.« »Ja, Sascha, das verspreche ich dir hoch und heilig. Ich komm ja auch aus dem Knast und denunzieren will ich von Haus aus keinen. Entlasten, wenn's stimmt, immer.« Ein bisserl Hoffnung keimt in mir. Ich habe zwar keine Ahnung, wie ich zum Beispiel aus einem Wald rausfinden soll, aber laufen kann ich und irgendwann kommt dann schon eine Straße oder ein Haus, denke ich mir jetzt einfach. »Du, Sascha, und dass die mir was zum Trinken mitgeben – sonst verdurste ich vielleicht noch, bevor ich jemanden treffe.«

Die Räuberprinzessin stürmt wieder ins Zimmer. »Ali und ich haben einen Plan. Wir fahren jetzt los und du, Sascha, nimmst dir einen Leihwagen, da lädst du die Tussi hinein und setzt sie aus. Mach das bloß korrekt, denn deinen Anteil am Geld kriegst du von uns erst, wenn wir von dir wissen, wo und wie du das erledigt hast. Du machst ein paar schöne Fotos und gibst ihr zwei Valium – wir wollen genau sehen, wo sie liegt. Trau dich ja nicht, uns zu bescheißen. Sonst siehst du alt aus – wir finden dich und Zaster gibt's erst nach getaner Arbeit. Wir brauchen mindestens 24 Stunden Vorsprung. Jetzt ist es halb zehn, wir fahren in zehn Minuten und du holst dir bei Edi in der Hirschgasse ein Ticket für eine Karre. Ich habe vorhin mit ihm telefoniert – geht klar. Der Sixt ist weiter vorne und die bringen das Auto dann hierher. Ihr fahrt dann los und ich sag dir gleich, wo die Eva ihr Ruheplätzchen findet. Kommst noch mit mir runter – ich habe dir das auf einer Karte markiert. Da braucht sie schon ein paar Stündchen, bis sie wieder unter Leuten ist. Und vorher macht sie noch ein schönes Nickerchen im Wald. So kalt ist's ja noch nicht.« Ich friere schon beim Gedanken daran. Oh, lieber Gott, lass mich das überleben, und vor allem lass mich aus dem Wald rausfinden. Im Dunkeln auch noch. Die ist ja unglaublich bösartig. Ich könnte vor lauter Zorn laut losschreien. Sascha geht also mit der Lady mit und ich warte wieder einmal gefühlte Stunden. Dann endlich erscheint er wieder und wirkt sehr konzentriert und gar nicht mehr so umgänglich wie vorher. Auf meine diversen Fragen krieg ich keine Antwort und er bringt das Gepäck runter. Dann komme ich dran. Gleiches Procedere wie gestern – untergehakt, die Knarre in die Seite gedrückt, passieren wir die Rezeption. Ist auch gar keiner da. Im Auto werde ich wieder festgemacht und meine Füße verschnürt. So sitze ich auf dem Rücksitz – nicht nett. »Sascha, jetzt hör mir mal zu – wenn du mich im Wald oder so aussetzt, brauchst mir doch keine Schlaftabletten zu geben. Ich hab wirklich gar keinen Orientierungssinn und brauch vermutlich ewig, um zurück zur Zivilisation zu finden. Aber stell dir mal vor, du gibst mir Schlafmittel und ich wach nicht mehr richtig auf – kann nicht mehr alleine aufstehen und mich findet keiner. Dann hast du meinen Tod verschuldet. Du, das ist Mord. Bitte, Sascha.« Es kommt nichts zurück. »Hallo, Sascha, Mensch, jetzt sag halt etwas. Herrgott noch mal, ich will das überleben. Erst monatelangelang Knast und jetzt im Wald gestorben – also wirklich.« Ich schniefe aus tiefster Seele. »Saaschaaa!!« Und tatsächlich kommt wenigstens etwas zurück: »Mal sehen, halt die Klappe jetzt. Ich muss mich konzentrieren.« Ach, vielleicht überlegt er sich das wirklich noch mal, und zwar zu meinen Gunsten, bitte. Ich bin also brav und verhalte mich ruhig – ist ja sonst nicht so ganz meine Stärke. »Also, Eva, ich fahr jetzt an die Tanke und du hast Pause – klar?? Keinen Ton, sonst wird das Ganze nix.« »Ja, ja, okay, mach ich doch.« Er stellt das Auto sowieso am Ende der Welt ab und verschwindet in Richtung Tanke. Auf die Toilette hätte ich eigentlich auch müssen, aber da kann ich garantiert warten, bis wir im Wald irgendwo sind. Das riskiert der Junge nicht. Nicht lange und er taucht wieder auf. Na klar, Zigaretten für den Herrn und Cola und: »Also, Eva, ich hab dir jetzt ein Mineralwasser und eine Cola und paar Schokoriegel gekauft. Sozusagen Proviant. Und wenn es sich ergibt, dann sagst aber für mich aus, ist das klar?« »Ja, mach ich, Sascha. Aber bitte keine Tabletten – davon wird mir eh immer hundeübel.« »Ich fahr demnächst von der Autobahn runter und dann in den Wald. Und schön weit drin darfst dann in die Freiheit – haha.« Sehr witzig, was soll ich denn mit dem blöden Gelächter anfangen, aber ich mach gute Miene zum blöden Spiel – denn alles besser, als mit Valium vollgepumpt rumzuliegen. »Also so machen wir's, und ich sage dir gleich, die Autonummer brauchst dir gar nicht zu merken, ist eine gefälschte. Die richtige ist drunter und die siehst gar nicht.« »Ja, alles recht. Bitte, Sascha, ich bin nicht gut im Fährtensuchen und im Laufen (das allerdings stimmt nicht – im Laufen bin ich spitze, aber das sage ich natürlich nicht), nicht so weit weg von der Straße.« Aber der Herr ist jetzt wieder stark konzentriert und gibt keine Antwort. In der Tat, wir verlassen die Autobahn an einer gar nicht genehmigten Ausfahrt auf einem Forstweg und dann höre ich lange, lange nichts von meinem Chauffeur. »Sascha, es langt, da komme ich ja die nächsten vier Wochen nicht mehr zurück.« »Na, na, das schaffst du schon«, und endlich, endlich hält er an. Ruckzuck sind meine Füße entfesselt, ich werde vom Haltegriff losgebunden und er stellt meine Handtasche und eine Tragetüte mit meinem großzügigen »Proviant« daneben. Und ehe ich mich so richtig umgeschaut habe, sitzt der Herr im Auto und weg ist er. Aha. Ich fange meine Rettungsaktion mal damit an, dass ich hinter dem nächsten Baum ausgiebig Pipi mache. Und dann plane ich meine »Wandertour« – und denke ganz, ganz scharf nach. Die letzten 30 Minuten sind wir nirgends abgebogen, und es gibt die Möglichkeit, weiter auf dem Forstweg zu laufen oder zurück auf dem Forstweg oder querfeld-, besser gesagt, waldeinwärts. Letzteres trau ich mich nicht – denn dann verliere ich bestimmt die Orientierung und laufe schlechtestenfalls im Kreis. Der Weg zurück ist lang und ich komme an der Autobahn raus, ist auch keine gute Option. Wohin führt der Forstweg? Einfach in den Wald rein oder vielleicht zu einem Dorf oder einem Försterhaus? Ja, wenn ich das halt wüsste. Ein bisserl vertraue ich auf mein Bauchgefühl und ganz viel vertraue ich auf Gott, oder das Universum oder wen auch immer. Ich trinke einen Schluck Cola und versuche ganz ruhig zu atmen. Bitte, wohin? Und dann weiß ich es einfach: weiter auf dem Weg. Und ich hänge mir meine beiden Taschen über die Schulter und laufe zügig los. Das ist so ein Tempo, da kann ich locker drei oder vier Stunden gehen, und das werde ich wohl müssen. Außerdem ist es auf jeden Fall nach Mittag und mir fällt ein, dass ich ja jetzt wieder auf meine Uhr schauen kann, meine Hände sind ja frei – ich Hornochse. Und genau, es ist halb drei. Na, dann mal los, denn um sechs, schätze ich, wird's dunkel oder zumindest stark dämmerig. Ist im Wald ja eh nicht so arg viel Licht. Also laufe ich und denke über vieles nach. Zum Beispiel, was jetzt mein Ermittlungsteam so macht. Suchen die mich? Oder warten sie, ob die Entführer sich melden, oder denken sie etwa, ich wär gar nicht mehr unter den Lebenden? Da muss ich grinsen – na, das wohl kaum. Konrad ist ja jetzt auch schon in München und der weiß, dass seine Widderfrau nicht so leicht kleinzukriegen ist. Also müssten sie mich ja eigentlich suchen, aber wo sollen sie denn da anfangen? Ich sehe ganz klar, dass ich nach wie vor ganz alleine auf mich gestellt bin. Aber zumindest frei, unverletzt und auf dem Weg zurück zum Leben. Und meine nächsten Überlegungen gehen natürlich in Richtung Anna. So eine falsche Tussi – hat uns alle an der Nase herumgeführt. Und wohin fahren die jetzt? Vielleicht nach Venedig zu Mama – obwohl, Papa Conti hat es wohl inzwischen auch gecheckt, dass sein Töchterchen auf der anderen Seite spielt. Na ja, aber Mama ist halt Mama. Wäre durchaus eine Option. Und plötzlich rührt sich ganz weit hinten in meinem Hirn etwas: Als ich so halbwach von den Valium-Tabletten im Auto lag, da war doch etwas. Ja, da wurde über irgendwas geredet, was mir bekannt vorkam. Aber was war da? Ich grüble und grüble. Und dann endlich hab ich's – zumindest ein Begriff: Il Giardino – ja genau, Il Giardino, das habe ich ganz genau gehört. Und das kenne ich. Vor ein paar Jahren habe ich eine ganz liebe und begeisterte Kundin – eigentlich ein Ehepaar, aber sie hat alles gemacht –, eingerichtet. Und zwar deren Feriendomizil in der Toskana. Ein Traum. Das sind alte Bauernhäuser – sogenannte Villen – die wiederhergerichtet werden und in denen natürlich alles vom Feinsten neu installiert wird. Insgesamt nicht mehr als ein Dutzend in einem zauberhaften Tal in der Toskana, ganz in der Nähe von Siena. Wir sind damals meistens nach Florenz geflogen und ich habe alles perfekt geplant. Dann – einige Monate später – sind wir mit Handwerkern und allen erdenklichen Einrichtungsteilen mit drei großen LKWs dort vorgefahren und innerhalb von zehn Tagen war alles bezugsfertig, und zwar perfekt. Denn so etwas kann ich und es hat mir einen Riesenspaß gemacht. Die Herrschaften waren total zufrieden und überglücklich. Diese Villen werden verkauft und ein paar davon sind in mehrere

Luxuswohnungen umgewandelt worden; die anderen gehören jeweils nur einem Besitzer – meistens Geschäftsleute aus München, Hamburg und eben auch dieses nette Paar aus Kulmbach. Engel & Völkers hat das ganz exklusiv vermarktet. So weit, so gut – das wäre jetzt, im Herbst, ein nahezu todsicheres Versteck für meine Ganoven. Wahrscheinlich hat jemand aus dem Clan dorthin eine Verbindung, und Anna spricht Italienisch wie ihre Muttersprache, obwohl sie ja in Deutschland aufgewachsen ist. Genau. Aber zuerst muss ich aus diesem verwunschenen Märchenwald raus. Eigentlich wär's hier ganz schön, aber halt recht einsam im Moment, und ohne Handy würde ich ja freiwillig keinesfalls so eine Wanderung durchs Niemandsland anstreben. Aber ich bin total euphorisch – also, dort könnten wir die Herrschaften aufspüren, und ein wenig Rachegedanken habe ich inzwischen schon. Denn wie die mit mir umgesprungen ist – mein Vertrauen schändlich ausgenutzt hat und dann überhaupt … Wo sind wir denn? Eine Zwanzigjährige legt mich derart aufs Kreuz – da bin ich ja zu allem auch noch in meiner Eitelkeit getroffen. Die angestaute Wut gibt mir wenigstens genug Energie zum Laufen. Ich bin schon zwei Stunden unterwegs und weit und breit nichts … Na, hoffentlich hat meine Intuition mich nicht in die Irre geführt. Siehe da, wenigstens ein paar Baumstämme kommen am Wegesrand in Sicht. Schön sauber gefällt und aufgereiht. Daneben säuberlich zugeschnitten eine lange Reihe Brennholz oder was das werden soll. Schon einige Kubikmeter, die da rumliegen. Ich setz mich auf einen Baumstamm und esse wieder einen Riegel und trinke ein wenig. Mensch, ich bin total groggy – müde. Ich lehne mich an einen der Holzstöße an und bin offensichtlich ein wenig eingenickt. Ich träume von meinem Kater Leo und seinem weichen, schmusigen Fell. Er drückt sich ganz fest an mich und ich höre ihn schnurren. Mein Gott, jetzt bin ich endlich daheim, und ich fühle mich so glücklich und er schnurrt und schnurrt. Ich öffne meine Augen, denn irgendwie ist mir kalt und – Schock! Nichts mit »daheim«, ich lehne äußerst unbequem an einem rauen Holzstoß, aber das Schnurren hört nicht auf und an meiner linken Seite ist's auch viel wärmer. Ich glaube es nicht, aber da ist tatsächlich eine Katze, eine ganz schöne, grau getigerte Katze, die total zufrieden dicht an mich gekuschelt schnurrt und schläft. Zuerst denke ich, dass ich jetzt schon Wahnvorstellungen habe, aber dann streichele ich das Fellbündel und weiß, hier ist wirklich eine Katze – oder ein Kater, das werde ich feststellen. Zuerst bleibe ich noch ein wenig sitzen und dann hebe ich das Schnurrtier vorsichtig hoch und wir schauen uns an. »Hallo, du. Bin ich froh, dass wenigstens du bei mir bist. Zusammen werden wir schon heimfinden, oder?« Und obwohl ich keine ganz eindeutige Antwort kriege – jetzt sieht die Sache schon wesentlich besser aus! Denn so eine Katze will ja auch fressen und ein warmes Plätzchen am Abend. Wenn ich Glück habe, führt sie mich in die richtige Richtung. So sortiere ich meine steifen Glieder und wir setzen den Weg fort. Sie ist zutraulich und ich sehe, dass es ein Fräulein Katze ist. Auch gut – ich taufe sie kurzerhand Rosi, denn eine meiner netten Knastkolleginnen war die Rosi aus Regensburg. Und leider wird es nun deutlich dämmriger und ein Blick auf die Uhr sagt mir: halb sechs. Mensch Meier – es wird Zeit, ich möchte die Nacht nicht im Wald verbringen. Viel zu kalt und fürchten würde ich mich auch ein bisserl, und Schnapserl wären ganz nach meinem Geschmack. Leider sieht's gar nicht danach aus. Meine neue Freundin Rosi kann mir auch keine gescheite Auskunft geben, und so trotten wir dahin. Sie verschwindet hin und wieder hinter den Bäumen, aber im Großen und Ganzen ist sie an meiner Seite. Ich versuche mich an viele Dinge zu erinnern und vor allem an warme Dinge, aber irgendwie haben mich die vergangenen zwei Tage ganz schön hergenommen und ich bin hauptsächlich erschöpft. Auch im Kopf. Es fällt mir nichts Rechtes ein. Und mutlos werde ich auch so langsam. Also stehen bleiben, in den Bauch atmen, so wie ich's mal beim Yoga gelernt habe. Leider war ich keine große Leuchte im Yoga. Die meisten Übungen habe ich mangels Körperbeherrschung gar nicht hingekriegt und wenn ich dann zu den anderen Kursteilnehmerinnen geschaut habe, fand ich mich halt total blöd. Eine Ausnahme gab's: als ich mich ein paar Wochen zum Morgenyoga aufraffte – also jeden Morgen um 7 Uhr dort antrat, und immer alleine mit meiner Yogatante. Die hatte es drauf. Sie hat mich so gut motiviert und immer wieder ermutigt und gelobt, sodass ich tatsächlich drei Monate durchgehalten habe. Leider verlor sie dann die Räumlichkeiten und die neuen haben mir nicht so gefallen und die Vermieterin wollte auch am Morgen mitmachen und mich hauptsächlich kostenlos nach Einrichtungsideen aushorchen. Na, und dann war's aus mit dem Morgenyoga. Aber jetzt fallen mir doch ein paar hilfreiche Übungen ein und ich atme mir Energie her. Gut so, denn es wird jetzt richtig dunkel, und meine Rosi sehe ich auch nicht mehr. Ich schreite also mit neuem Elan wacker aus und versuche über nichts zu stolpern. Es liegen jede Menge Tannenzweige und andere Stolperfallen rum und das würde gerade noch fehlen, hinfliegen, was verstauchen und dann eben doch im Wald, fern aller Hilfe … Es kommen mir schon fast die Tränen vor lauter Selbstmitleid. Und vor lauter Aufpassen und Auf-den-Boden-Gucken habe ich gar nicht gesehen, dass da vorne ein Licht ist. Jawohl, ein Licht – ich bin mir total sicher – , keine Wahnvorstellung. Ich laufe schneller und sehe zumindest, dass in einiger Höhe ein Licht leuchtet. Und dann erkenne ich es: eine Straßenlaterne. Na bitte, jetzt kann's doch nicht mehr so weit sein, bis ich eine Menschenseele treffe. Und wirklich, ich sehe bald danach, dass es wohl eine Dorfstraße sein muss, und drumherum sind Bauernhöfe. Also los, rein in das nächste Haus, was immer es auch ist. Halt, da sehe ich ein Stück weiter vorne ganz eindeutig eine Wirtschaft, eine richtige Dorfwirtschaft, wie es sich gehört. Und auf dem Schild steht »Zum Angerbräu«. Jetzt gebe ich einmal richtig Gas und ruckzuck bin ich an der Türe. Und siehe da, ich bin nicht allein: Mademoiselle Rosi reibt sich zärtlich an meinem Bein und will auch mit rein. Und so marschieren wir beide im Angerbräu ein. Und da ist es warm und behaglich und ich lasse mich erschöpft, aber sehr stolz auf den nächstbesten Stuhl fallen. Da höre ich schon jemand kommen und eine tiefe Stimme fragt: »Na, wo kommen denn Sie jetzt her? Ich hab ja gar kein Auto kommen hören.« Und ich kann nur ganz glücklich stammeln: »Wir, die Rosi und ich, wir sind zu Fuß da.« Und da steht ein großer, kräftiger Wirt vor mir und sagt: »Welche Rosi denn?« Und ich deute auf das Kätzchen. »Na, des is doch net die Rosi, des ist unsere Berta.« »Na, auch gut.« Ich frag gleich als Erstes, ob ich wohl telefonieren könnte. »Ja, haben Sie denn kein Handy, gute Frau?« »Na, habe ich grad nicht.« So viele Erklärungen will ich jetzt gar nicht abgeben. Aber ein bisserl erzählen muss ich schon, denn ich weiß ja nicht einmal, wo ich bin, und muss halt auch erklären, warum ich so ganz ohne Auto hier bin, ohne Handy und, und … Der Wirt ist nett, er ist der Basti, und telefonieren darf ich auch. Und da ich Konrads Telefonnummer seit vielen, vielen Jahren auswendig weiß, rufe ich natürlich als Erstes ihn an. Ein Aufschrei ist die Antwort, da hat sich ja jemand richtig Sorgen um mich gemacht. Und ich weiß jetzt zu berichten, dass ich in Simmeldorf bin, und zwar in Österreich – nahe Salzburg, und dringend abgeholt werden muss. Bitte mit Geld, denn ich muss ja erst mal was essen, und das Schnapserl und halt alles. Und dafür habe ich jetzt ausreichend Zeit. Der Basti bringt mir eine ganz wunderbare Pfannkuchensuppe und dann einen Tafelspitz mit Kren und Kartoffeln und ein bisserl Wirsinggemüse, und ich fühle, wie meine Kräfte wieder zu mir zurückkehren. Und dann – ich kann's kaum glauben – fragt dieser Küchenzauberer doch wirklich, ob ich vielleicht noch was Süßes vertragen tät. Eigentlich bin ich satt, und zwar pappsatt. Aber was Süßes geht halt immer und er bringt ganz stolz einen Topfenpalatschinken – alles schaffe ich nicht mehr, aber zumindest die Hälfte, und dann gibt's einen Braunen – so heißt hier ein Becher Kaffee – und dazu den ersehnten Schnaps. Einen Marillenschnaps – mein Gott, wenn der Mensch erst mal satt ist, sieht die Welt doch wieder ganz, ganz anders aus. Ich bin ein bisserl müde, und nachdem ich der einzige Gast zu sein scheine, lege ich mich auf die Bank und schlummere ein halbes Stündchen. Der Basti hat ganz leise und sorgsam das Geschirr weggebracht und ich bin richtig fit und »ausgeschlafen«. Inzwischen sind seit meinem Anruf schon zwei Stunden vergangen und es kann nicht mehr so arg lang dauern, bis meine Retter nahen. Ich überprüfe meine Handtasche, ob ich über ein paar Verschönerungsmittel verfüge, und siehe da, mein Schminktäschchen hat die Entführung gut überstanden. Also raus auf die Toilette und aus einer alten Schachtel eine Schönheit machen. Ich bin mit dem Ergebnis gar nicht so ganz unzufrieden und melde mich beim Basti kurz ab. »Du, ich will nicht die Zeche prellen, ich gehe nur ein paar Schritte ums Haus und wenn ich nachher abgeholt werde, wird alles ordentlich bezahlt, inklusive Trinkgeld.« Er lacht mich an: »Na, wie so eine richtige Zechprellerin schaust ja auch net aus – ich verlass mich ganz auf dich.« Und so mache ich noch einen kleinen Spaziergang – allerdings stelle ich schon bald fest, dass es dafür zu dunkel ist und mir die Füße saumäßig weh tun. War halt doch ein bisserl ein sehr langer Spaziergang, heute. Mutter ist aus der Übung. Und nachdem ich auch noch die ausliegende Zeitung und die neuesten Begebenheiten im Salzburger Land studiert habe, ist's endlich, endlich so weit. Ich höre Autos vorfahren, und dann liege ich schon in den Armen von Konrad und muss gleich auch noch fest weinen, vor lauter Freude und vor Erleichterung. Und fast meine ich, dass auch der Konrad ein bisserl gerührt ist und sich eine Träne aus den Augen wischt. Auf jeden Fall hält er mich ganz, ganz fest und will auch gar nicht mehr loslassen. Aber als ich dann doch wieder um mich schauen kann, stelle ich fest, dass er beileibe nicht allein gekommen ist: Da wären natürlich der Frieder, der Karl, der Josef, die Tanja und meine zwei Mädels, Senta und Olga. Jetzt bin ich aber wirklich überrascht. »Ihr seid alle dabei – ist ja toll!« Und alle müssen jetzt natürlich umarmt und gedrückt werden, die einen ein bisserl mehr und die anderen aber genauso herzlich. Denn alle sind erleichtert, mich so gesund und unbeschädigt vorzufinden. Also macht der Basti jetzt noch einmal einen Mordsumsatz, denn es wird eifrig bestellt und er ist gerade so beschäftigt, alle Wünsche nach Getränken und Essbarem zu erfüllen. Aber das wär kein richtiger österreichischer Gastronom, wenn er das nicht hinkriegen tät. Und dann berichte ich von Anfang der Entführung an bis zu meinem Marsch durch den Wald. Und spare nicht mit Details und einer mittelgroßen Schimpftirade auf die untreue Anna. »Hat uns schwer gelinkt, die Kleine.« »Ja«, meint der Frieder, »das sieht ganz danach aus, und jetzt sind sie abgehauen.« Und da kommt mein großer Auftritt als Agatha Christie – mindestens: Ich erzähle meine Theorie, wo die zwei sich verstecken könnten. Ich bin sehr zufrieden mit der Wirkung. Geradezu ehrfurchtsvoll kommt mir das kurze Schweigen vor, und dann meint – leider – der Herr Kripochef etwas skeptisch: »Sag, Eva, meinst, das hast wirklich gehört oder hast es vielleicht eher geträumt? Oder halt dir so zusammengereimt?« Jetzt schlägt's aber dem Fass den Boden aus. Ich bin schwer entrüstet: »Ja, sag mal, was soll denn das jetzt? Ich bin doch keine neurotische Zimtziege – wenn ich euch das sage, dann ist's schon so. Aber mir ist es dann egal – sucht's ihr halt da, wo ihr meint. Ich fahre mit Konrad wieder nach München und ihr könnt machen, was ihr wollt. Ich muss euch ja nicht zeigen, wo das ist – hab ich doch gar nicht nötig.« Konrad legt mir beruhigend die Hand auf den Arm. »Herzi, das hast du doch total in den falschen Hals bekommen. Es ist einfach zu gut, um wahr zu sein«, und er schaut dabei den Frieder an. »Wissen Sie, Herr von Marstaller, Sie sollten meine Frau da nicht unterschätzen. Ich bin ziemlich sicher, dass wir das Pärchen dort finden würden, aber entscheiden müssen Sie das natürlich.« Und Senta und Olga mischen sich ein: »Wenn die Eva das sagt, dann stimmt's. Und basta.« Olga ruft begeistert: »Basti, er heißt Basti.« Und der erscheint natürlich sofort. Ein erstklassiges Durcheinander, wie immer, wenn Olgamaus das Wort ergreift. Aber so schlecht auch nicht, denn eine Runde Kaffee wird eh gerade gewünscht und so kann Basti gleich die Bestellung aufnehmen. Karl drückt seine Olga und Frieder und Josef beratschlagen sich. Also meldet sich Frieder zu Wort. »Eva, ich glaub dir das doch, ich habe nur gemeint … na, sorry, war überflüssig. Eigentlich kenn ich dich ja gut genug und deshalb sollten wir überlegen, wie wir weiter vorgehen. Denn so ungestraft lassen wir die zwei nicht davonkommen. Und dem Papa Conti habe ich ja eigentlich versprochen, sein Töchterchen zurückzugeben. Allerdings via einen längeren Gefängnisaufenthalt. Josef hat schon sein Smartphone gezückt und googelt »Il Giardino«. »Ja, hab's schon. Sind schlappe 628 Kilometer – wir sollten uns auf den Weg machen.« »Was, jetzt und gleich?«, rutscht mir raus – ich habe mir das Wiedersehen mit meinem Konrad nach so langer Zeit ein bisserl anders vorgestellt. So was mit Honeymoon in der Art. »Ja«, meint Frieder, »ihr könnt ja nach München zurückfahren, wir finden das schon.« Ich schaue Konrad an und er mich, und dann nimmt er mich ganz fest in die Arme und flüstert mir ins Ohr: »Schnacki, was meinst?« Und wie immer sind wir uns einig. Um nichts in der Welt möchte ich das Finale versäumen, jetzt, wo ich schon so weit bin und es richtig aufregend wir. »Na, wir kommen dann mit«, gebe ich großzügig zu verstehen. »Ohne mich tut ihr euch richtig hart« –

und ich glaube in dem Moment sogar, dass es stimmt. Und Senta und Olga wollen auch mit – keine Frage. Je mehr, desto besser. »Halt, halt«, ergreift Frieder das Wort: »Also nur, wenn ihr euch dann im Hintergrund haltet – die sind ja bewaffnet, habt ihr ja gehört, und ihr seid keine Polizisten und wenn da was passiert, kann ich gleich meinen Hut nehmen. Ist das klar? So, wie wir das in München auch abgesprochen haben. Nur zuschauen, nicht agieren, klar?« Wir nicken alle ganz brav und dann wird geplant. »Wir fahren die Nacht durch. Du – Konrad«, Frieder klopft meinem Herzblatt auf die Schulter, »ich schlag vor, wir sagen Du – das ist der Karl, der Josef und die Tanja – und ich bin der Frieder.« Senta und Olga scheinen sich mit Konrad schon angefreundet zu haben und die Teams werden auf die beiden Autos verteilt. Ich darf vorne bei Konrad sitzen – gehört sich ja auch so. Hinten Senta und Olga und der Rest im Wagen Nr. 2. Und los geht's. Es sollte, wenn alles gut läuft, bis zum Frühstück im Il Giardino klappen. Es gibt dort ein supernettes Hotel und dort könnten wir dann vor dem großen Angriff ankommen. Natürlich ist wieder jede Menge Verkehr auf der Autobahn, aber es dauert nicht so arg lang, und dann schlafe ich glücklich neben meiner großen Liebe ein – und als ich wieder aufwache, haben wir schon ein riesengroßes Stück geschafft. Wir fahren gerade zum Tanken raus und alle stehen wir ein bisserl übernächtigt, aber gut gelaunt da und sämtliche wichtigen Bedürfnisse werden gestillt. Wir Mädels und die Tanja aus dem Polizeikader ratschen ein bisserl auf der Damentoilette und Senta drückt mich ganz fest. »Du, wir haben uns fei echt Sorgen um dich gemacht.« »Ja, viel Sorgen!!!«, und auch Olga gibt mir ein Bussi auf die Backe. Ich bin schon wieder gerührt, aber dieses Mal habe ich mich besser im Griff. Dann gibt's für alle wieder mal Kaffee und was Süßes – irgendwie kommt mir das alles wie im Kino vor. Erst monatelang Knast und jeden Tag das Gleiche und jetzt so viel Aufregung und so viel Gefühle. Na ja, werde ich mich auch wieder dran gewöhnen. Ich hab oft von meinen Mitschwestern gehört, dass das Leben draußen so stressig sei. Da habe ich immer in mich hineingelacht. Solche Kinder – was ist denn draußen stressig??? Jetzt ist mir schon klar, wie das gemeint war. Man stellt sich in der Haft irgendwie total um – alles ist so vorbestimmt und man darf ja eh nichts planen, nie etwas vorschlagen. Nur ja keine Eigeninitiative entwickeln. Und dann der totale Gegensatz draußen. Und viele müssen ja erst mal ihr Leben wieder ganz neu ordnen, eine Wohnung finden, einen Job und, und, und.

Na, und bei uns dreien läuft ja der reinste Thriller ab, seit wir die JVA verlassen haben. Aber inzwischen sitzen wir wieder in unserem Auto und das Angebot von Senta, sie könne doch jetzt fahren und Konrad ein bisserl schlafen, hat mein Herzblatt natürlich abgelehnt. Das kenne ich nicht anders. Autofahren ist für Konrad keine Anstrengung. Es ist sein Lebenselixier. Ich glaube, er ist schon mit einem fahrbaren Untersatz am Allerwertesten geboren worden. Und er fährt auch wirklich wie ein Gott. Noch nie habe ich mich neben ihm unsicher gefühlt. Nicht in seiner Cessna, nicht auf der Goldwing und auch nie im Auto. Und dabei fährt er schon immer hart am Limit. Aber unser Partnerauto ist auch flott unterwegs und so sind wir tatsächlich um 7 Uhr morgens im Il Giardino. Die Sonne strahlt ganz wunderbar und wir halten am Ortseingang. Und jetzt kommt natürlich wieder mein großer Auftritt. Ich kenne nämlich die Hotelbesitzerin ganz gut und wir sind dadurch entscheidend im Vorteil. »Ich werde für uns ein Frühstück bestellen und dann frag ich sie ein bissel aus. Ich sag, dass ihr Interesse hättet, dort Ferien zu machen, und auch ein potenzieller Käufer mit von der Partie ist. Dann ist sie auf jeden Fall sehr bemüht, uns alles rechtzumachen. Und wir wollen natürlich die Anlage anschauen. Wenn ich dann auch noch rausfinde, wo die zwei Hübschen sich niedergelassen haben, ist's doch gar nicht so schwierig, oder?« Frieder ist nicht so begeistert. »Ich werde jetzt auf jeden Fall die nächste Polizeidienststelle um Amtshilfe bitten. Sicher ist sicher. Wir können nicht einfach so hinmarschieren. Wenn die sich im Haus verschanzen und da sind auch noch andere Gäste, ist das viel zu unsicher.« Ja, sehen wir ein. Aber wo ist denn die nächste Polizeidienststelle? Hat Josef natürlich schon gegoogelt. »Aber wir sind doch immerhin vier Kripoleute – mach doch keinen unnötigen Aufstand«, meldet sich Tanja zu Wort. »Die Italiener kommen sonst mit tausend Vorschriften und wir kriegen die nicht schnell nach Deutschland. Ich hab einen anderen Vorschlag. Wir versuchen erst mal alleine zurechtzukommen. Wenn's problematisch wird, kann Josef die Kollegen informieren, schau, die sind in Lavorna – das ist gerade mal sechs Kilometer entfernt.« Die Herrschaften Ermittler diskutieren hin und her, aber dann lässt sich der vorsichtige Frieder doch überreden. »Okay, aber es wird nach meinen Spielregeln gespielt.« »Ja, klar, nach was denn sonst?«, denke ich mir, aber um die Sache nicht noch einmal anzuheizen, halte ich ausnahmsweise den Mund. Wir wenden uns dem von mir empfohlenen Hotel zu und als die Chefin, Annabell, mich entdeckt, gibt's erst mal ein großes Hallo. Ich darf sie Bella nennen und auch meine Amigos, und wir werden in den gemütlichen Frühstücksraum geführt, wo schon ein umfangreiches Büfett aufgebaut ist. Bella spricht ganz gut Deutsch und ein lustiges Englisch und wir haben natürlich viel zu erzählen. Sie ist wieder Großmama geworden und sehr, sehr stolz und glücklich. Natürlich will sie wissen, weshalb wir uns nicht angemeldet haben, wie lange wir bleiben und welcher von denen mein Mann ist. »Die beiden Mädels – das sind doch nicht etwa deine Töchter?« – Fragen trommeln geradezu auf mich ein. Ich entscheide mich für ein bisschen Wahrheit und einen kleinen Teil – na, sagen wir mal – Halbwahrheit. Und ganz zielstrebig nehme ich das Pärchen aus Deutschland ins Visier. »Si, si, das ist eine nette Signorina, sie spricht ganz wunderbar Italienisch und ihr amico – molto attrattivo.« Aha, da bin ich schon auf der richtigen Spur. »Ja, Bella, es ist so, ich kenne die schon lange und wollte sie überraschen.« »Ah, molto bene«, meint Bella ganz begeistert. Und dann erzähle ich ihr auch noch, dass meine Freunde vielleicht auch so ein schönes Haus hier kaufen wollen. Und dass wir ihnen das alles zeigen müssen, nicht wahr? »Und dann gehen wir auch bei Anna vorbei, aber nichts verraten – eben eine tolle Überraschung.« Da ich mich erinnere, dass ja alle Sprechanlagen in den Häusern mit einer Kamera ausgestattet sind, bitte ich Bella, mir bei der Aktion zu helfen, und Bella findet das auch ganz prima. Nur Frieder schaut überhaupt nicht glücklich drein. Ich kann's mir ja denken – eine weitere Person in die Sache verwickeln, aber mir erscheint das einfach perfekt. Schon allein deshalb, weil ich das ausgedacht habe, und man muss eben auch mal andere Wege gehen als die gestrengen Ermittler.

Kaum dass Bella außer Hörweite ist, geht's dann schon los.

»Kommt nicht in Frage, was hast du dir denn da bloß dabei gedacht?« Aber siehe da, Frieder und mein vorsichtiger Konrad – natürlich, wie könnte es anders sein – werden von Karl und Josef und Tanja überstimmt. »Mensch, das ist doch klasse – was soll da passieren? Die Signora läutet und Eva soll ihr noch eine passende Geschichte dazu erzählen und wir locken das Paar aus der Reserve.« »Genau«, schalte ich mich ein. »Ich weiß auch schon, wie. Bella und Tanja stellen sich vor die Kamera, denn Tanja kennt sie ja auch nicht. Und dann erklärt Bella den beiden, eine Inspektorin vom, na, vom …«, da hat Senta die richtige Idee: »Vom Wasseramt – gibt's doch hier bestimmt!« »Ja, genau, vom Wasseramt müsste einmal kurz in die Waschräume, und dann machen die die Türe auf. Und dann – so erkläre ich das Bella, stürmen wir als Riesenüberraschung ins Haus. So, und da kommt ihr dann zum Zug: Karl, Josef und Frieder. Na, das sind vier gegen zwei – also, das müsste mit dem Teufel zugehen, wenn das nicht klappt. Und wir anderen passen auf, dass sie nicht ausbüxen. Olga könnte ja auch schießen, also wenn ihr uns auch eine Waffe gebt …« Frieder ist wiederum eher skeptisch, aber schon ein bisschen zugänglicher. Wir sprechen das noch einmal in Ruhe Punkt für Punkt durch und dann wird das Frühstück zügig beendet. Denn nicht, dass die Vögel ausfliegen – »eine Verfolgungsjagd quer durch Italien würde uns gerade noch fehlen«, meint Josef. Karl ist besorgt um seine Olga und Konrad natürlich um mich. Nach längerem Hin und Her bekommt Olga wirklich einen Revolver und die nötige Einweisung, aber – wen wundert's –, sie kennt sich gut damit aus. Senta grinst und zwinkert mir zu. »Unsere Olga: exklusiv und explosiv – haben wir je daran gezweifelt? Litauen ist ein anderes Pflaster – gut so.« Wir brechen auf – zu Fuß, denn die Häuser liegen ziemlich nah beieinander und wir wollen ja nicht auffallen. Ich fühle mich fast wie daheim, denn es hat sich nicht viel verändert. Und die zwei wohnen genau zwei Häuser entfernt vom Anwesen der Kunden. Wir bleiben ein wenig im Hintergrund, während Bella und Tanja die Spitze bilden. Bella hält das Ganze für einen Mordsspaß unter guten Freunden, und die Story vom Wasseramt fand sie super. Und dann läutet sie – es dauert – sie läutet noch einmal und endlich blinkt das Licht auf. Jemand hat oben abgenommen. In bestem Italienisch erklärt sie den frühen Besuch und entschuldigt sich ganz typisch italienisch für die Störung. Viele Worte, viele Gesten und viel Charme. Und tatsächlich, es wird auf den Eingangsknopf gedrückt – es surrt, und die Truppe setzt sich blitzartig in Bewegung. Ich sehe natürlich nicht viel – bin zu klein und für meine Sehverhältnisse zu weit weg. Aber Bella tritt brav zur Seite und Tanja, Karl und Josef verschwinden im Haus. Frieder hat Stellung hinter dem Haus bezogen und Olga am Carport. Senta, Konrad und ich haben keine spezielle Aufgabe und schauen, und dann kommt Bewegung in die Sache. Zuerst hören wir lautes Geschrei aus der Haustüre, dann ruft Frieder etwas hinter dem Haus, und tatsächlich, der smarte Herr versucht über den Balkon zu entkommen. Nichts da, Olga ist schon bei Frieder hinter dem Haus und der Gejagte gibt auch schon auf und – ich gebe es zu – ich genieße es: Tanja hat Anna Handschellen angelegt und führt sie aus dem Haus. Gut, dass ich nicht viel Italienisch verstehe, denn was da aus dem Mund unserer Schönheit kommt und größtenteils in meine Richtung gemault wird – oh je. Wenn das Mama Conti hören könnte. Und dann erscheint der große Gangster Zampano auch, gut gesichert und von Josef und Karl eskortiert. Na, das haben wir doch toll hinbekommen. Auch unser Chef Frieder ist angetan vom problemlosen Ablauf – nur Bella ist etwas irritiert. »Eva, was ist geschehen? Ist das ein besonderer Spaß mit Fesseln?« Und ich kläre Bella auf und habe auch ein schlechtes Gewissen. Wir haben sie richtig angeschwindelt und irgendwie benutzt. Aber – Gott sei Dank – Bella ist nicht so zart besaitet. Sie findet das alles molto aufregend und beginnt auf der Stelle den Frieder anzumachen: »Commissario …«, und ihre dunklen Augen blitzen recht unternehmungslustig. Aha, genau wie in den Filmen von Donna Leon, ein fescher Kommissar hat beträchtliche Chancen. Karl klebt schon wieder an Olga fest und ich schnuckel mich an Konrad. Nur unser Senta-Baby wirkt irgendwie einsam. Nachdem das Gangsterpärchen in den beiden Autos getrennt jeweils an die Halterung gefesselt sitzt, gönnen wir uns alle noch einen Cappuccino und Bella wuselt um uns rum. Ich habe genug Zeit, um mit Konrad die nächsten Tage zu besprechen. Er hat bis Freitag Zeit – prima, also noch drei Tage.

Und Frieder stimmt auch zu, dass wir alle zusammen bis dahin noch
»frei« haben. Ich mag gar nicht dran denken, dass wir dann wohl
wieder in die JVA einrücken müssen, ganz grässlicher Gedanke.
»Aber wie sollen wir denn jetzt heimfahren? Wir sind doch viel zu
viele für zwei Autos!« »Wieso zwei Autos, wir nehmen doch« den
Nobelschlitten der beiden auch mit.« Und da wird natürlich gleich
klar, wer den fährt. Das lässt sich Konrad keinesfalls nehmen. Hinten ist es zwar eng, wie ich ja aus eigener Erfahrung weiß, aber ich
sitze ja eh vorne … Und nachdem alle auf die Autos verteilt sind
und bei uns hinten wieder meine zwei Mädels sitzen, starten wir
durch. Wenn alles glatt läuft, sollten wir am späten Abend in München sein. Frieder hat mit unserem Hotel die Zimmer wieder klar-
gemacht und es gibt einen wortreichen Abschied von Bella: scham-
los, wie sie sich an den Frieder drückt – will ihn gar nicht mehr
loslassen. Wir versprechen, ganz bald wiederzukommen, und dann
gleich für zwei Wochen. Na, mal sehen, wann wir das verwirklichen
können. Leider hat da Staatsanwalt Dr. Stoppe auch noch ein Wört-
chen mitzureden. Aber nachdem wir bravourös und erfolgreich der
Justiz gedient haben, wird er doch ein wenig milde gestimmt sein …
Und von meiner dramatischen Entführung sollen wir ja gar nicht
sprechen. Ich muss das unbedingt noch ganz, ganz ausführlich mit
Frieder diskutieren. Aber da Autofahren immer sehr beruhigend auf
mich wirkt, vor allem mit Konrad am Steuer, schlummere ich schon
wieder tief. Pünktlich zum Tanken, Pipimachen und Einen-Hap-
pen-Essen bin ich dann wieder wach und fit. Da wir ja keine Un-
menschen sind, bekommen die zwei »Gefangenen« auch etwas fürs
leibliche Wohl ins Auto gebracht und dürfen unter strenger Bewachung auch kurz raus. Anna wirft böse Blicke zu uns – hat die ja
gerade nötig. Sie hat uns geleimt und nicht umgekehrt. Aber als wir
dann wieder im Auto sitzen, tausche ich mit Olga den Platz. Ich
muss mich ein bisserl um Senta kümmern, und neugierig bin ich
auch – was passiert denn jetzt in Sachen Andy-Raffi, und überhaupt.
Senta ist ganz offensichtlich froh, dass wir ein wenig Zeit zum Ratschen haben. Denn mit Olga scheitert die Feinjustierung solcher
Gespräche meistens an der Sprachbarriere. Also, Senta hat sich viele
Gedanken gemacht. »Weißt, Eva, eigentlich wollte ich ja eine The-

rapie machen, und das will ich immer noch und erst danach wieder nach einer neuen Liebe Ausschau halten. Aber ich denk mir halt, so in Therapie, das ist kein Spaziergang, das ist richtig anstrengend und wenn ich dann gar niemanden hab, an den ich denken kann, der mir schreibt, der mich braucht – einfach einen, für den sich das lohnt. Natürlich mach ich die Therapie für mich, weiß ich schon, aber netter ist es, wenn draußen jemand wartet.« Da kann ich ihr nur recht geben. «Klar, du brauchst schon so einen Aufheiterer, und wer soll das jetzt sein? Der Raffi?« »Na«, sagt Senta ganz bestimmt, »der net. Der bescheißt mich wieder und das kann ich gar net brauchen. Und ich glaub auch net, dass der auf Zeit mit dem Zeug aufhört. Du, so ein Dealer, der verdient ein Schweinegeld – so schnell hört der net auf. Und für mich ist die Versuchung viel zu groß, wenn ich dann wieder bei ihm bin. Ich hab mir gedacht, ich ruf morgen den Andy mal an – weißt, er hat mir schon länger gefallen, aber es gab ja nur entweder Raffi oder ihn. Und solange ich drauf war, hab ich beim Raffi bleiben müssen. Woher hätt ich den Stoff gekriegt? Und umsonst auch noch. Aber ich will ehrlich aufhörn und jetzt hab ich schon mal den Entzug gschafft, muss ich ja im Knast, und na ja, der Andy, wenn der mich immer noch will, wär schon gar net so schlecht.« Aha. Das nennt man in Niederbayern wahrscheinlich eine handfeste Liebeserklärung. »Ich finde die Idee super, und das siehst ja dann schon am Telefon, ob er noch zieht.« »Ja, und wenn er noch zieht«, meint Senta, »dann soll er halt die paar Tage nach München kommen. Muss er halt schauen, ob er so schnell Urlaub kriegt. Weißt, der ist bei BMW und arbeitet ja eh in München – und dann könnt mer schauen, ob bei uns was zamgeht.« »Genau, ihr könntet euch ein bisserl näher kennenlernen.« »Ja«, zwinkert mir Senta zu, »wir haben uns schon mal, als der Raffi damals sechs Wochen in Dänemark war und ich genau gemerkt hab, dass da wieder was läuft, na, also da haben wir uns schon ein bisserl näher, weißt schon, Eva.« »Auch gut, dann schaut ihr halt, ob es immer noch knistert.« Und ich merke, dass meine herbe Senta ganz weich ist, und richtig verträumt schaut sie aus. Das ist so nach meinem Geschmack. Alle sind glücklich oder bald glücklich. Ich bin immer schon ein erklärter Fan aller Happy Ends der Welt. Nicht umsonst habe ich »Pretty Woman« geschlagene acht Mal angeschaut. Wenn alles am Ende gut ist, dann bin ich glücklich. Und es sieht ganz danach aus, als hätte Olga den Richtigen gefunden, bei Senta läuft's auch, und ich schaue nach vorne zu meinem Konrad und könnte heulen vor lauter Glück. Ach, lieber, lieber Gott lass doch bitte auch diese grässliche Sache mit Knast, Prozess, Strafe und dem allen gut werden. Ich bin doch wirklich keine Kriminelle – auch wenn die Justiz das so sieht oder sehen will. Ich will heim – ich will wieder ein normales Leben führen, meine Katzen streicheln, ins Café Junkers gehen, durch Hamburg schlendern, und das immer mit meinem Konrad. Und den will ich jede Nacht in meinem Bett, zum Teufel noch mal. Und heute Nacht fangen wir gleich mal an. Denn so ein Nonnenleben im Knast kann ganz schön nerven mit der Zeit. Da helfen alle meine genussvollen Rückblicke nichts. Zugegeben, an manche – besonders an den Hasi – denke ich schon sehr gerne zurück, wie der mir meinen Kosenamen Sunshine ins Ohr flüsterte und was danach dann alles kam, aber ich will ja nun wirklich eine ganz treue und anständige Ehefrau sein. Und dann werden die Herren der Schöpfung ja auch nicht jünger – besser den mitgenommenen Eindruck behalten und keine Ernüchterung bei einer eventuellen Enttäuschung erleben müssen. Und so freue ich mich auf die kommende Nacht und die nächsten Tage und ich bin auch ein bisserl neugierig, wie der Andy von Senta sein wird. Falls er kommt! Es ist schon ein wenig nach Mitternacht, als wir uns vor dem Hotel trennen. Die Kommissare fahren jetzt noch in die Ettalstraße und liefern ihre »Beute« ab, und dann verabreden wir uns alle zum Mittagessen im Augustiner – und es steht ja noch der versprochene Abend auf der Wiesn aus, und den wollen wir uns keinesfalls entgehen lassen. Müde, aber total erwartungsvoll liege ich jetzt in unserem Doppelbett und höre mein Herzblatt im Bad rumoren. Endlich, endlich rutscht er neben mir ins Bett und – siehe da – die lange Fahrt hat seiner Unternehmungslust, oder besser gesagt seiner Lust, keinen Abbruch getan. Es ist so wunderbar, so zärtlich aufregend – mein Gott, da lohnt es sich nicht, auch nur einen Gedanken an Vergangenes zu verschwenden. Er weiß genau, wie und wo er mich streicheln muss, und als er dann in mich eindringt, stark und fordernd und hart, kann ich vor Lust nur noch japsen. Mein Gott, wie hab ich dich vermisst. Wir lieben uns lange und voller Entdeckungsfreude – so lange haben wir das nicht gedurft. Und ich möchte am liebsten gar nicht mehr aufhören. Aber irgendwann werde ich dann auch müde und mein Konrad setzt zum Endspurt an. Er hat sich so lange zurückgehalten, bis seine Widderfrau wirklich alles bekommen hat. Mein Gott, wie hab ich das vermisst. Und ganz selig schlafe ich ein und werde mit viel Zärtlichkeit am nächsten Morgen wachgeküsst. Wie allgemein bekannt, macht Liebe hungrig, und wir schlemmen beim Frühstücksbüfett nach allen Regeln der Kunst. Das Wetter zeigt sich heute von seiner besten Seite – schon meine Großmama wusste: Auch der Herbst hat seine schönen Tage. Dazu hat sie immer ein wenig schelmisch gelächelt – sie war eine ganz feine und kluge Frau – und sie hat nicht nur den Herbst der vier Jahreszeiten gemeint. Gut zu erkennen daran, dass bei diesem Satz die Augen des Großpapas begeistert gefunkelt haben. Ja, ha, es liegt zweifelsohne in der Familie. Wir lieben die Menschen sehr und auch die zwischenmenschlichen Beziehungen … Mein wunderbarer Liebhaber und ich drehen nach dem Frühstück erst einmal ein paar Runden durchs Glockenbachviertel und sind wieder einmal überrascht, wie schnell und aufwendig hier restauriert wird: Ein nobles Wohnhaus nach dem anderen entsteht, die schönen alten Fassaden strahlen in der Sonne um die Wette – nur die Mieten, die werden halt auch von Monat zu Monat gesalzener. Eigentlich ist das hier doch ein Stadtgebiet für Eltern mit Kindern – die müssen ganz schön betucht sein. Aber München ist eben ein sehr teures Pflaster und wer in der Innenstadt leben will, muss das auch finanzieren können. Da schaut's bei uns im Norden in unserer beschaulichen Kleinstadt schon wesentlich besser aus und in 20 Minuten bringt uns die Regionalbahn nach Hamburg. Für mich ist Hamburg noch einen Tick attraktiver als München. Schon allein die Alster, der Hafen, die tolle Innenstadt mit ihren Passagen. Klar gibt's in München ja auch viele neue Passagen, aber in Hamburg sind sie viel malerischer – denn plötzlich schlängelt sich wieder ein Wasserlauf durch, und dann halt auch die »Leut«, wie man so schön sagt, die sind in Hamburg einfach toll, überhaupt in Norddeutschland. Aber da scheiden sich bestimmt die Geister und meine Meinung ist – wie könnte es anders sein – subjektiv. Nachdem wir die Million Kalorien vom Frühstück durch einen Spaziergang in ihre Schranken gewiesen haben – nämlich runter von meinen Hüften und ab die Post ins Universum – , schauen wir nach unseren beiden Mädels. Auch die sind inzwischen fit und wir machen uns auf den Weg in Richtung Augustiner. Natürlich nicht, ohne alle Schaufenster zu begutachten und unsere Kommentare abzugeben. Da weiß Konrad nicht viel damit anzufangen und schlendert für sich allein hinter uns her. Wir haben ja auch noch Vertrauliches zu besprechen. Senta hat ihren Andy erreicht und er wird heute Abend mit auf die Wiesn gehen. Ob und wie lang er dann Urlaub hat, muss er halt erst einmal mit seinem Chef klären. Aber er scheint recht interessiert – gut so. Ich werde ihn mir heute Abend ganz genau anschauen, denn ein jeder kriegt unsere Senta nicht. Und als wir beim Augustiner einlaufen – alle ausgeschlafen und picobello hergerichtet –, ist Frieder, der dort auf uns wartet, schon ein bisserl stolz auf uns. Zumindest sieht's für mich so aus. Wir bestellen uns wieder einmal Weißwürste und Olga will natürlich wissen, wo Karl steckt. »Ja, meine Lieben, wir müssen auch zwischendrin mal arbeiten – Protokolle schreiben – dafür sorgen, dass die zwei Galgenvögel dem Haftrichter vorgeführt werden und noch einiges mehr«, erklärt Frieder. »Aber heute Abend sind wir alle vollzählig, versprochen. Und ich lass euch nachher noch bayrisch ausstaffieren, wie wir's ausgemacht haben.« »Ausrangieren???« Olga hat wieder einmal ein »Ich versteh nix«-Problem. In gewohnter Manier übersetzt Senta und Olga führt uns dann gleich vor, wie man die Weißwürste aussuckelt. »Oh mei, nix aussuckeln – auszuzeln hoißt des.« Senta hat da noch einiges zu tun, oder wird das vielleicht dauerhaft der Karl übernehmen? Könnte ich mir durchaus vorstellen. Ich kann eh nicht viel essen, denn das opulente Frühstück ist ja noch nicht so lang her. Außerdem bin ich schon aufgeregt: denn Klamotten kaufen oder leihen – egal – ist und bleibt meine Lieblingsbeschäftigung, nur noch getoppt durch Wellness und Handtaschen. Frieder bringt uns in einen super Laden namens Bavarian Heaven – also, dass bei uns alles immer irgendwie englisch oder italienisch klingen muss! Aber der Laden und seine Mannschaft sind top. Die Senta kriegt ein schwarzrotes Dirndl und Olga ein grünweißes. Beide sehen zum Anbeißen aus und es gibt auch noch für jede ein passendes Wolljäckchen dazu und ein Tascherl und natürlich die richtigen Schuhe. Frieder und Konrad suchen sich stilechte Trachtenanzüge aus – mein Herzblatt mit einer Lederweste, sehr sexy – und dann komm ich: eine Lederhose, dreiviertellang mit einem Steg vorne, und eine ganz kesse Bluse mit süßen Puffärmeln, die so ein bisserl über die Schulter runterfallen, eine bestickte bildschöne Jacke, einen Hut mit einem Glitzeredelweiß und heiße Stiefelchen. Ich gefall mir total, und dementsprechend strahle ich. Und gleich noch ein bisschen mehr, denn sowohl mein Konrad wie auch der Frieder lassen mich ihre Bewunderung sehen. Am liebsten tät ich das Outfit gar nicht mehr ausziehen. Aber wir bekommen alles schön eingepackt und sollen es dann morgen bis spätestens 12 Uhr mittags wiederbringen. Schade, aber es ist auch toll, alles für einen Abend zu haben, denn mal ganz ehrlich, in Hamburg brauche ich es nicht und im Knast … ich verdränge den Gedanken blitzartig aus meinem Hirn, denn jetzt will ich die Tage genießen, und zwar richtig. Und dazu gehört dann auch der ausführliche Mittagsschlaf, den Konrad und ich halten und der keine Wünsche offenlässt. Merkt man schon, dass wir enormen Nachholbedarf haben.

Pünktlich um 18 Uhr stehen wir alle aufgebrezelt in der Hotelhalle, und einer steht da schon und wartet. Ein recht fescher Kerl, groß, blond und erstklassig gebaut. Ein scharf geschnittenes Gesicht. Aha, der Andy. Nicht schlecht, mal rein optisch gesehen. Nach vielen Bussis und Hallo stellt er sich, ganz der wohlerzogene Herr, bei uns vor, und auch seine Stimme ist schön. Ach, ich würde es ihr so sehr wünschen. Egal für wie lange, aber einfach für jetzt und die Zeit der Therapie und vielleicht natürlich für ganz lange – ich schick gleich einmal ein paar Stoßgebete himmelwärts und hoffe, dass sie erhört werden. Wir machen uns auf den Weg zur U-Bahn, denn mit dem Wagen zur Wiesn ist keine gute Idee. Konrad hat sich genau erklären lassen, wo wir uns treffen, und wir müssen halt bloß schauen, dass wir ihn nicht aus den Augen verlieren. Je näher wir der Wiesn kommen, desto unübersichtlicher wird das Gewühl und wir halten uns vorsichtshalber an den Händen. Olga fragt ungefähr hundertmal, ob ihr das Dirndl auch gut steht, denn der Karl soll ja weiterhin begeistert sein. Wir bestätigen es in sämtlichen Tonlagen und sie strahlt ein ums andere Mal. Und dann sind wir doch tatsächlich am Zelteingang und Konrad führt uns recht zielstrebig in Richtung Bühne. Na, das ist ja ein Supertisch. Alles kann man von hier aus gut überblicken, und eine Mordsstimmung ist auch schon. Mit großem Hallo begrüßen wir Tanja, Karl, Josef und Frieder. Der Andy wird noch erklärt und schon bringt die Bedienung die erste Runde. Da muss ich passen, denn Bier ist gar nicht mein Fall und ich bekomme auch problemlos eine Weinschorle im Maßkrug. »Mei, jetzt schon wieder was essen – wahrscheinlich platz ich demnächst aus allen Nähten, und dann, liebster Konrad, brauch ich eine komplett neue Garderobe.« »Ja, ja, gibt immer einen Grund für dich zum Shoppen, gell!« Da haben sie mich kalt erwischt. Es wird ein ganz wunderbarer Abend mit viel Geschunkel, und als die Olga dann auch noch aufs Podium darf zum Dirigieren, ist das litauische Glück komplett. »Nix, nie vergessen, so schön.« Ja, ja, wir haben verstanden, liebste Olga, und heute ist sie nur exklusiv und gar nicht explosiv. Dafür sorgt schon der Karl, der sie praktisch anbetet. Und sie genießt es in vollen Zügen. Als mein Konrad dann mal für kleine Jungs geht, rutscht der Frieder zu mir rüber. Und da ich ja schon den ganzen Abend seine Blicke auf mir spür, rutsch ich auch ein bisserl zu ihm hin. So eine Portion Bewunderung tut halt unheimlich gut. Und er flüstert mir ins Ohr: »Weißt, Eva, du bist einfach eine Traumfrau. Wenn der Konrad nicht so ein netter Kerl wär, ja, ich könnt mich fast vergessen.« Das höre ich arg gern – und ich schau mal kurz, ob wir noch unbeobachtet sind, und gebe ihm einen kleinen Kuss. Und – oho – der wird ganz nett erwidert. »Und du, Frieder, bist ein wunderbarer Mann und jede Frau, die dich demnächst bekommt, ist erstklassig bedient. Denn allein bleiben solltest du nicht«, und ich drücke ihn ganz fest. Wir zwei, wir sind und bleiben Freunde – Camarades de Coeur, wie man in Frankreich sagt. Wir prosten uns zu und besiegeln die Sache. Ja, Camarades de Coeur – diesen Begriff habe ich damals in Frankreich zum ersten Mal gehört. Von Robert: Ich denke zurück an einen charmanten, temperamentvollen Südfranzosen. Alles, was er auf Deutsch sagen konnte, war: »der Vater«, »die Mutter«, »ich liebe disch«. Und auch keine andere Sprache stand ihm zur Verfügung, eben außer Französisch, und das mit einem gewaltigen Midi-Einschlag, denn er stammte aus Lyon. Mein Gott, was haben wir oft gelacht. Ein Durcheinander, wo immer wir zwei aufschlugen. Für Robert hatte jeder romantische Abend mit Champagner und Erdbeeren zu beginnen – ich vermute mal, er hat das aus »Some Like It Hot« – denn der legendäre Millionär bietet das immer der Marilyn Monroe an. Außerdem bediente Robert mit dem Besitz einer wirklich traumhaften Yacht perfekt das Klischee eines Lebemanns. War er eigentlich gar nicht, denn sein Wohlstand kam aus einer Reihe von Klamottenläden, eher auf der mittleren Verbraucherschiene angesiedelt. Wie auch immer, er spielte gern ein bisserl Playboy, und was sehr angenehm war, er versuchte mir jeden Wunsch von den Augen abzulesen. So auch meine Idee, Wasserski zu fahren hinter seinem Schiff. So weit, so gut, als sehr besorgter Kapitän erklärte er mir in seinem tollen Französisch – ich spreche und verstehe die Sprache eher unzureichend –, zur Sicherheit müsse ich unbedingt sein Gelee verwenden. Aha, ein Gelee! Ich war etwas überrascht, denn ich hätte eher auf eine Schwimmweste getippt. Nun gut, ich ließ mir also erklären, wie toll die Wirkung dieses Gelees sei – es verhindere zuverlässig, dass ich bei einem unglücklichen Sturz untergehe, und ich solle es jetzt sofort aus der Kajüte nach oben bringen. Ich ging brav runter und suchte nach irgendeiner großen Tube oder Flasche mit Gelee drin. Wieder rauf: »Da ist kein Gelee!« Robert lautstark, als ob ich ihn dann besser verstünde, doch, doch ich könne keinesfalls ohne Gelee starten. Wieder runter, wieder nichts gefunden. Nach dem dritten Versuch raste er erbost in die Kajüte, das Schiff war wieder einmal ohne Führer, und kam dann mit – ach, wie toll – einer Schwimmweste wieder rauf. »C'est une gilet.« Hätte ich einfacher haben können, aber ich fand die Idee einer solchen Erfindung – eine Creme, ein Gelee gegen Untergehen – einfach hammermäßig, und heute weiß ich auch, dass ein Gilet eine Weste ist. Und so hatten wir immer neue Herausforderungen zu bestehen. Wir zwei – Camarades de Coeur, denn dass ich ihn nicht liebte, war ihm klar, und auch seinerseits, denke ich, hielt sich die große Leidenschaft in Grenzen, aber wir hatten einfach viel Spaß zusammen. Als wir einmal in Paris einige Tage verbrachten, er mir den Lido und vieles andere in dieser tollen Stadt zeigte, fielen wir überall auf. Er mit seinem ländlichen Dialekt und ich mit den sehr, sehr eingeschränkten Französischkenntnissen haben bestimmt jedem Klischee entsprochen. Und es hat uns gar nicht gestört. Denn die Pariser sind ja bekanntlich eh »sehr hoch am Ross« und so hatten sie dann wirklich Gesprächsstoff. Aber das umliegende wilde Geschunkel und die Rückkehr von Konrad an unseren Tisch holt mich wieder zurück zur Wiesn. Es ist eine tolle Stimmung und ich stelle mit Genugtuung fest, dass Senta und Andy nah zusammengerutscht sind und nur Augen füreinander haben. Ach, so ein Happy End für alle – das wär's halt jetzt. Aber die dunklen Wolken der Justiz sind unübersehbar am Horizont. Und für meinen Frieder bräuchten wir dann irgendwann auch noch eine passende Frau – hätte er schon verdient, und nicht, dass ich doch noch in Versuchung gerate. Die Katze lässt halt so schnell das Mausen nicht … Ein Blick zu Konrad und ich weiß, da ist einer wachsam, so leicht entgeht meinem Schatz nichts. Und das ist auch gut so. Nachdem wir alle ausgiebig dem guten Essen – also, man isst auf dem Oktoberfest wirklich gut – und auch dem Bier zugesprochen haben, denken wir dann so langsam an den Heimweg. Frieder bestellt uns alle für den nächsten Morgen – eigentlich ist's schon wieder fast heute – um 11 Uhr zur Besprechung. Aha. Weiß ich schon Bescheid, wenn wir also an Flucht denken, dann wäre heute Nacht der richtige Zeitpunkt. Aber wohin und für wie lange? Machen wir nicht, die Sache muss gescheit zu Ende gebracht werden, da hilft alles nichts. Und so genießen wir alle unsere letzte Nacht in Freiheit und so, wie ich das mitkriege, scheint der Andy nicht nach Hause zu fahren, sondern steuert recht zielstrebig mit Senta ihr Zimmer an. Und wo soll dann Olga …??? Aber die ist schon mit Karl in eine andere Richtung verschwunden. Also alles bestens geregelt. Mein Konrad lässt mich in dieser Nacht gar nicht mehr los, beide haben wir Angst vor der bevorstehenden Trennung. Aber wir lassen uns nichts anmerken. Er will mir das Herz nicht schwermachen und ich ihm auch nicht. Das Frühstück am nächsten

Morgen schmeckt irgendwie nicht mehr ganz so gut wie die Tage zuvor – ausgenommen die Frühstücke während meiner Geiselhaft. Aber da fällt mir der Sascha ein – von dem wurde gar nicht mehr gesprochen, und ich werde das Thema auch nicht freiwillig zur Sprache bringen, denn ohne seine Hilfe wäre das alles vielleicht nicht so verlaufen. Wer weiß, wie weit Anna und ihr Kumpan gegangen wären. Da bin ich mir inzwischen nicht mehr so sicher. Und wenn ich ausführlicher befragt werde und ich ihn nicht mehr verschweigen kann, dann muss ich das unbedingt klarstellen, das habe ich ihm versprochen und er hat's auch verdient.

Konrad und ich verabschieden uns nach dem Frühstück, denn er muss ja noch 700 Kilometer nach Hause fahren und die Miaus warten auf ihn – und vieles andere, denn er ist ja Hausmann ohne meinen Beistand. Damit ich nicht total ausflippe, fällt der Abschied kurz und schmerzlos – na ja, schmerzlos ist er gar nicht, aber halt ohne viel Tamtam – aus. Irgendwie muss es gehen, denn die Auszeit war ja schon eh viel, viel mehr, als wir uns erträumen konnten. Und dann winke ich ihm noch nach und muss mich schleunigst in mein Zimmer zurückziehen, so fest fließen die Tränen. Kurz vor elf wasche ich mir das Gesicht mit kaltem Wasser und gebe mir einen Ruck – schließlich muss ich für meine beiden Mädels ein gutes Vorbild sein und keine Heulsuse. Die ganze Mannschaft ist heute wieder komplett und wir bestellen eine Runde Kaffee – dann verabschieden sich Tanja und Josef als Erste. Wir kriegen noch ein dickes Lob – »Mensch, Mädels, ihr wart richtig gut, und überhaupt seid ihr eine nette Truppe.« Freut uns, aber ändert auch nichts an den trüben Aussichten für uns. Als wir dann mit Frieder und Karl alleine sind, kommt die große Eröffnung. Ich mag eigentlich gar nicht hinhören … aber oha, Frieder schaut mich an und sagt recht fröhlich: »Eva, ich sehe schon deine roten Augen und wohin deine Mundwinkel gehen. Jetzt hört doch erst einmal zu: Es ist nur ein kleiner Hoffnungsschimmer. aber den habe ich in der Tat für euch drei.« »Und das wäre???« »Ihr müsst leider heute noch in der JVA einpassieren, aber am Montagvormittag hat jede von euch eine Anhörung und zuvor ein Gespräch mit dem Staatsanwalt. Die Art und Weise, wie ihr mitgeholfen habt, eine vermeintliche Entführung und dann eine Geiselhaft zu beenden, hat schon ganz gut gewirkt. Keine von euch hat versucht, abzuhauen – auch ein Pluspunkt, und es besteht eine Chance, also bitte eine Chance, mehr kann ich euch nicht versprechen, dass ihr Haftverschonung bis zum Prozess bekommt.« »Ehrlich, Frieder?« Ich bin skeptisch. »Meine ganzen Bitten um Haftunterbrechung wurden ja mit Brachialgewalt niedergemäht …« »Ja, stimmt, Eva, aber jetzt ist der Ausgangspunkt nicht übel und einen Versuch ist's doch wert!« »Ja, ja, und nochmals ja, freilich ist es das. Aber wenn es wieder nix wird, ist die Enttäuschung riesengroß.« Und da meldet sich unsere Olga zu Wort: »Ist ein super Angebot – machen alle und dann gehen fort.« Aha. Na, wenn wenigstens du optimistisch bist – und Senta ist es auch. »Klar, wir kriegen das – ganz sicher. Wir sind doch jetzt die Superspürnasen, und ich sag, wenn die mich wieder einmal brauchen, dann komme ich.« »Und Spielverderber will ich auch nicht sein.« »Ja, toll, Frieder, bist du dann bei der Anhörung mit dabei?« »Nein, Eva, leider nicht. Weißt, ich habe den Bericht geschrieben, aber ansonsten habe ich ja mit deinem Fall nichts zu tun und wenn ich zu viel Wind mach, ist's eher nachteilig für euch, aber ich behalte die Sache im Auge, versprochen. Und ich warte am Montag schon auch ganz gespannt, was da rauskommt.« Karl hat Olgas Hand genommen. Ich bin aber bei dir dabei. Erstens kannst du einfach nicht gut genug Deutsch und ich habe auch angeboten, dass du bei mir wohnen könntest, denn ohne festen Wohnsitz in Deutschland ist's völlig aussichtslos, dass die dich rauslassen. Und ich würde für dich bürgen, meine Schöne.« Und er macht eine galante Verbeugung so im Sitzen – ganz klasse, der Mann. So ein Riesenglück für unsere litauische Prinzessin. Ja, eigentlich sieht die Sache doch gar nicht so schlecht aus. Das Einpassieren in der JVA ist zwar doof – allein die Prozedur ist gewöhnungsbedürftig, aber was soll's. Ein Wochenende müssen wir auf alle Fälle aushalten und dann werden wir sehen, was der Montag bringt. »Eines ist klar«, sage ich, »entweder wir gehen alle drei raus oder keine – und wir schlagen uns ab.« »Ja, das ist ausgemacht. Egal, ob es denen dann passt oder nicht. Wir sind ein Team und bleiben es.« Frieder und Karl schauen sich an: »Na, das haben wir auch noch nie erlebt. Ihr seid wirklich was ganz Besonderes.« Und dann kriegen wir noch eine Stunde frei – bis zur Abfahrt. »Also los, wir gehen noch eine Runde durchs Glockenbachviertel, eingesperrt sind wir dann lang genug. Und wir kaufen uns noch einen leckeren Kuchen vorne am Eckcafé.« »Ja, aber wir müssen vor 15 Uhr einlaufen – klar? Und heute ist Freitag, da sind wir nicht allein auf der Autobahn.« Und weil wir halt brave Mädels sind, stehen wir pünktlich zur Abfahrt mit unserem Gepäck und den schönen Sachen, die wir uns gekauft haben, vor dem Hotel. Wir sind alle ein bisserl erschöpft und so verläuft die Fahrt eher ruhig – vielleicht sind wir einfach traurig. Im wunderschönen Nürnberger Knast werden wir schon erwartet. Karl und Olga legen noch eine bühnenreife Abschiedsszene mit russischer Tragik hin und dann heißt's: ausziehen – ganz – , in die Knie gehen, husten, und wir bekommen die Knastklamotten und das kleine Verpflegungspaket, das alle Neuzugänge erhalten. Na, hoffentlich bleiben wir zellenmäßig gesehen zusammen, und tatsächlich: alle ins Erdgeschoss, die zwei wieder zusammen und ich wie immer eine Zelle für mich allein. Mein lieber Schieber, das ist ein krasser Gegensatz zu den letzten Tagen, so grässlich war's ja nicht mal während meiner Geiselhaft. Aber da müssen wir jetzt durch, und wenn's übermorgen schiefgeht, bleiben wir wieder für länger hier. Ich mag gar nicht dran denken. Im Hof am nächsten Tag gibt's ein Hallo, wir sind wieder da. Dürfen aber nicht viel erzählen, das hat uns der Frieder eindringlich verboten. Die Ermittlungen sind noch nicht abgeschlossen und bekanntlich funktioniert der Knastfunk ja ganz hervorragend. Also müssen wir wohl oder übel auf den ganz großen Auftritt verzichten. Dafür haben die anderen Neuigkeiten für uns. »Stellt euch vor, die Barbie – ausgerechnet die süße Barbie – und der Eberhard, der immer mit in der evangelischen Bibelstunde war, die hat man verhaftet.« Na, in Sachen Eberhard verwundert mich das nicht – bei der Barbie schon eher. Und dann auch noch eine der Leiterinnen – die Riesenegger. Was, da bin ich aber total platt. »Obwohl, irgendwie war sie schon eine ziemlich linke Bazille«, meint Senta. »Und schrecklich launisch. Sie hat angeblich schon jahrelang Tabletten genommen, und als die dann nicht mehr ausgereicht haben, ist sie auf härtere Sachen umgestiegen, und das kostet halt und erpressbar wird man dann auch«, erklärt Schoko, die – wie immer – halt alles weiß, und nicht nur das – dann werde ich zu Gloria beordert. »Ja, Rotkäppchen, von dir hört man ja schöne Sachen!« »Und die wären?«, frage ich nach. »Ja, du scheinst ja eine ganz intime Freundin der Kripo zu sein.« »Moment«, jetzt werde ich hellhörig, »also falls du meinst, dass ich jemanden hinhänge, das verbitte ich mir.« Sie wiegelt ab: »Jetzt brauchst nicht gleich aufgehen wie eine Dampfnudel.« »Doch, geh ich schon in dem Fall, weil, Gloria, da bin ich ganz empfindlich. Ich habe die ganzen sechs Monate, die ich schon hier rumhänge, noch nie jemanden angeschwärzt oder gar verraten.« »Ja, ja, das hab ich doch nicht gemeint.« »Hat sich aber so angehört. Was genau hast du denn gemeint?« So schnell lass ich nicht locker. Sie zwinkert mir vertraulich zu, »ich habe halt gehört, der Kommissar hätte ein Auge auf dich geworfen und du wärst nicht abgeneigt.« »So ein Quatsch – Gloria, ich bin glücklich verheiratet und basta. Den Markstaller kenne ich von früher und seine Frau.« »Aha, na, dann war das eine Fehlinformation – hätte doch sein können, oder?«, legt Gloria nach, denn Unrecht haben mag sie halt gar nicht. »Und was gibt's hier Neues?«, will ich jetzt wissen. »Nicht so viel, Rotkäppchen. Die Ella ist in eine Therapie gegangen – die Rita hat am Mittwoch Verhandlung, und bei Sugar haben sie die Zweidrittel-Strafverkürzung abgelehnt – die Riesenegger hat eine saumäßig schlechte Beurteilung geschrieben. War wohl noch ihr letzter Racheakt, bevor sie sie kassiert haben.« Na toll! Finde ich jetzt gar nicht spaßig. »Und was gibt's bei dir Neues, haftmäßig?«, fragt sie mich. »Weiß nicht, hab am Montag 'ne Anhörung, aber du weißt ja selber, kann man nichts im Voraus sagen.« So bin ich aus der Nummer raus und kann mit Karat ein bisserl ratschen. Sie soll nach Würzburg gehen – findet sie nicht gut, aber offensichtlich ist das für ihr Strafmaß die passende JVA.

Und schon öffnet sich wieder die Türe und das ist das Zeichen, dass der Hofgang für heute beendet ist. Auch gut, denn es hat zu nieseln begonnen, und kalt ist's auch. Samstagabend im Knast ist eigentlich wie alle Abende langweilig und ich beschließe, noch ein wenig fernzusehen. Aber irgendwie finde ich keine Ruhe. Zu viele »Vielleicht«- und »Sicher nicht«-Prognosen schwirren in meinem Kopf herum. Die letzten Monate waren in mancher Hinsicht auch recht aufschlussreich – zum Beispiel, wie sehr sich meine jüngste Tochter und ihr Vater, mein Exmann, um mich gesorgt haben. Was haben sie doch alles auf sich genommen: alle zwei Wochen Besuch mit Wäschetausch erledigen – mit Hin- und Rückfahrt ist das jedes Mal eigentlich ein ganzer Tag gewesen. Kein Wort des Vorwurfs, keine bohrenden Fragen, nur Zuneigung und Herzlichkeit. Dabei war ich weder eine tolle Mama noch eine vorbildliche Ehefrau. Um ehrlich zu sein, ich habe damals seine Liebe mit Füßen getreten. Und er ist ein toller Mann, da gab's auf keinem Gebiet etwas auszusetzen. Ich war halt einfach die falsche Frau am falschen Ort. Zu meiner Ehrenrettung kann ich nur anführen, dass ich ihn – im Gegensatz zu anderen Männern in meinem Leben – nicht ins Auge gefasst und dann erobert habe. Nein, er wollte mich – er schien mir zu jung, zu gut aussehend, und überhaupt. Alle meine Freundinnen hielten mich wieder einmal für total bescheuert, denn er sah aus wie aus dem Bilderbuch. Er sieht heute noch gut aus. Und er kämpfte toll um mich. Na, das Allerschärfste war ja, dass wir uns auf der Bühne kennengelernt haben und das Stück hieß »Flitterwochen«, wie passend. Ich war damals geschieden und lebte mit meiner älteren Tochter allein. Sie war gerade mal sechs Jahre alt. Als wir dann Premiere unseres Laienschauspiels hatten, gab es eine Szene, in der ich ihn wegschickte. Und da kam aus der ersten Reihe ein zartes Stimmchen: »Nicht, Mami, der ist doch so süß!«, und der ganze Saal lachte schallend. Na, was tat die Mami nach so einem Zeichen des Himmels: Sie heiratete den Süßen. Und es ging auch ein paar Jahre gut, wir hatten tolle Zeiten, dann sollte halt unbedingt noch ein Enkelkind für die wartenden Großeltern her und meine zweite Tochter kam zur Welt, aber da – wenn ich ehrlich bin – war die Liebe, so sie denn da war, weggeflogen. Im Nachhinein gesehen, war's ein guter und durchaus wichtiger Lebensabschnitt, schon allein wegen dieses Kindes. Nach mir fand er dann noch eine wirkliche Klassefrau, die auch toll zu ihm passte. Leider war auch dieses Glück nicht von Dauer – Diagnose Krebs, und das hatten die beiden nun wirklich nicht verdient. Da ich ja kurz darauf meinen tollen Konrad kennenlernte, blieb unsere Tochter beim Papa und er hat eine ganz wunderbare Frau aus ihr gemacht. Mir kommt da kein großer Anteil zu. Wie froh bin ich, dass sie, gerade sie, jetzt in dieser doofen Situation für mich sorgt, und der Papa an ihrer Seite. Manchmal schenkt einem das Universum auch etwas – oder der liebe Gott. Dankbar bin ich beiden.

Einen Vorteil haben die einsamen und langweiligen Abende und Nächte im Knast: Man denkt über vieles nach und reflektiert. Ob mir das alles draußen in meinem schnellen Leben so bewusst geworden wäre? Wohl kaum. Sonntagmorgen, und wir dürfen zur Kirche. Die beiden Seelsorger, katholisch und evangelisch, machen wieder einmal zusammen den ökumenischen Gottesdienst und Pfarrer Entenbach ist ehrlich erfreut, als er mich entdeckt. Natürlich darf ich wieder die Lesung vortragen, und nach der Messe winkt er mich zu sich. »Frau König, wo waren Sie denn und warum sind Sie jetzt wieder hier eingelaufen?« Ich gebe eine abgespeckte Kurzversion zum Besten und frage meinerseits nach Eberhard. »Ja«, er ist sichtlich verlegen. »Frau König, der hat für eine kriminelle Bande gearbeitet und mein Vertrauen missbraucht. Ich habe einen Riesenärger mit der Leitung der JVA bekommen.« »Na, das kann ich mir gut vorstellen. Aber Sie, Herr Pfarrer, können doch gar nichts dafür.« »Doch, doch, ich habe mich doch für ihn verbürgt, und beinahe hätte man mir meine Arbeit hier streitig gemacht. Und Sie wissen doch am besten, wie wichtig mir alle Gefangenen hier sind.« »Ja, das weiß ich – Sie waren ja auch der Einzige, der mich besucht hat, als man mich zwei Wochen in Isolierhaft steckte. Und Sie haben alles Menschenmögliche unternommen, damit das wieder aufgehoben wurde.« Weiter können wir nicht sprechen, denn der Zerberus in Beamtenuniform treibt mich zur Eile an. »Keine Extrawurst, Frau König.« »Ja, ja«, ich eile in Richtung der anderen und winke Herrn Entenbach noch zu. Vielleicht sehe ich ihn gar nicht so schnell wieder. Das wäre wunderbar, aber leider unwahrscheinlich. Wie heißt's so schön: »Aber die Hoffnung stirbt zuletzt.« An das leidige Thema Isolierhaft darf ich gar nicht denken. Da hat mir die JVA ein Bein gestellt, und beinahe wäre es ihr gelungen. Sie hat meinem Richter geschrieben, es bestünde der Verdacht gegen mich, Briefe am Staatsanwalt vorbeigeschmuggelt zu haben. Hatte ich nicht, aber zunächst verhängte der Richter – besser gesagt, eine Richterin – sämtliche denkbaren Strafaktionen gegen mich. Privatkleidung weg, Strafzelle, strenge Isolierung von allen anderen, keine Erlaubnis in die Kirche zu gehen oder sonst irgendeine Aktivität wahrzunehmen. Die Zelle war schrecklich – jede Nacht kamen Kakerlaken unter der Türe durch, vom Müllraum daneben. Ich war am Ende. Und keine Chance, die Sache aufzuklären. Bis heute wurden mir keine Beweise vorgelegt für meine Untaten. Aber das ist halt auch eine Tatsache: Rechte hat man keine als Häftling. Auch nicht als Untersuchungshäftling. Die können machen, was sie gerade mal so denken. Ein Lob auf den Dr. Stoppe – meinen sonst eher ungeliebten Staatsanwalt: Er hat sich mit eingesetzt, dass die Sanktionen allesamt wiederaufgehoben wurden. Aber zwei Wochen hat der Zauber gedauert und die möchte ich nicht noch einmal erleben. Auch der Sonntag tröpfelt so Stunde um Stunde dahin. Wieder eine Stunde Hofgang und meine beiden Mädels sind auch total aufgeregt, was den morgigen Montag betrifft. Olga fragt zum hundertsten Mal, was sie genau sagen soll und was nicht, aber wir wissen ja nicht einmal, was man uns fragen wird. Ich bete halt zum hundertsten Mal herunter, dass sie Reue zeigen soll und ja nicht ausrasten. Und lieber nix sagen, wenn sie nicht genau verstanden hat, um was es geht. Und überhaupt wird doch auch der Karl da sein. Bei Senta und mir wird keiner zur Unterstützung da sein. Na, vielleicht unsere Anwälte. Wir werden auch heute wieder neugierig umringt und sollen erzählen, wie und was wir erlebt haben und wo wir überhaupt so lange gesteckt haben. Das ist jetzt ein ganz dünnes Eis, auf dem wir uns bewegen, und – Gott sei Dank – es beginnt abscheulich zu regnen, schon mehr zu schütten. Eigentlich müssen wir dann trotzdem draußen ausharren und eher bis auf die Knochen nass werden, bevor wir wieder reindürfen. Aber heute ist eine der menschlichen Damen am Ruder und der Hofgang wird frühzeitig abgebrochen. Somit kommen wir um die Beantwortung der Fragen elegant rum. Nach dem Verteilen des Abendessens ist Einschluss und eine lange Nacht liegt vor mir. Ich schaue mir erst mal so konzentriert wie möglich den »Tatort« an. Er spielt diese Woche in Münster, und das ist immer sehr kurzweilig. Gut so. Dann aber kommt unweigerlich der Moment, wo ich schlafen sollte. Natürlich nicht dran zu denken. Umfangreiches Kopfkino macht sich breit und ich weiß nicht, ob ich nun voller Hoffnung auf morgen schauen soll oder es besser ist, gleich mit dem Schlimmsten zu rechnen: also Verbleib im Gruselknast Nürnberg. Nach Hin- und Herwälzen – heiß und kalt – versuche ich meine Gedanken auf anderes zu lenken. Ich stelle mir schließlich vor, wie ich morgen nach meinem Termin draußen an der U-Bahn stehe und meine Fahrkarte abstemple – so ich sie finde, denn das gehört zu meinen erklärten und allseits bekannten Schwächen: Ich stehe vor irgend so einem Automaten oder an einer Kontrollstelle und – was suche ich verzweifelt? Meine Karte. Die Karte, die ich vor wenigen Minuten noch griffbereit in der Hand hatte. Ob nun am Skilift, im Theater oder auf der Messe – genau, auf der Messe. Vor einigen Jahren reisten wir mit einigen Mitarbeitern nach Paris auf die Internationale Möbelmesse. Mein Konrad hatte für alle in Kunststoff eingeschweißte Eintritts-Dauerkarten gebastelt und am ersten Morgen rückten wir gemeinsam aus. Schon beim Frühstück wurde explizit darauf hingewiesen, die Messekarten nicht zu vergessen. »Habt ihr eure alle dabei?« »Ja, ja, ja«, tönte es vielstimmig. Auch ich tönte mit. An der Messegarderobe hatte ich sie noch in der Hand, ganz, ganz sicher. Dann näherten wir uns der Einlasskontrolle. Ich suchte bereits – unauffällig, aber zunehmend nervöser – nach dem Teil. Wo, verflixt noch mal, war sie, sie war doch gerade noch dagewesen? Alle waren schon durch und an der ersten Rolltreppe angekommen, da begann sich hinter mir ein internationaler Stau zu formieren. In einigen Sprachen hörte ich massive Unmutsäußerungen. Klar, ich hielt die Gruppe auf. Konrad entdeckte mich relativ schnell und kehrte um. Sein Gesichtsausdruck sprach Bände. Ich konnte es kaum glauben, er hatte eine Reserve-Eintrittskarte. »Wie immer«, zischte er und reichte mir die Karte. War gar nicht übel so, denn jetzt dachten alle hinter mir, er wäre der Übeltäter und hätte meine Karte dummerweise mit hineingenommen. Ich beteuerte wortreich meine Unschuld: »Herzi, ich hatte die Karte an der Garderobe doch noch in der Hand. Muss mir einer gemopst haben.« Ich bekam verständlicherweise keine Antwort. Und an den folgenden Tagen trottete ich brav hinter Konrad an die Kontrollstelle, denn ich durfte meine Messekarte, die eine, die er für mich jetzt noch hatte, natürlich nicht mehr selbst vorzeigen. Konnte ich verschmerzen. Aber diese Schwäche hat zu mancher Verwirrung und auch oft zur Erheiterung beigetragen. Als meine älteste Tochter, der ich bekanntlich als Oma nicht tauge und – wie ich auch schon zu hören bekam – auch als Mutter nicht unbedingt zu Begeisterungsstürmen Anlass gab, mit mir noch allein verreiste, hatten wir auch ein ähnliches Erlebnis. Damals, als sie kein Schulkind mehr war und auch noch nicht die tolle Übermutter, die sie zweifelsohne ist, gab es – ich erinnere mich – eine sehr schöne Zeit. Mag durchaus sein, dass nur ich diese Erinnerung habe, aber so ist's nun einmal. Wir verbrachten eine Zeit in Barcelona, wo sie damals studierte, und einmal reisten wir mit dem Auto nach Meran. Wie bekannt, passierte man auf dem Weg dorthin eine große unübersichtliche Menge von Mautstellen und anderen nebulösen Kontrollhäuschen. Ich saß am Steuer und hatte mich genau darauf umfassend vorbereitet. In der Schale auf der Mittelkonsole lagen sauber geordnet alle Kärtchen, die wir schon erhalten hatten, und in der Schale dahinter eine gute Auswahl von Münzgeld und Scheinen. So konnte, nein, musste, das Unterfangen doch reibungslos gelingen. Es ging auch zu Anfang wirklich prima. Dann kam eine weitere Kontrollstelle in Sicht. Abbremsen, Scheibe runter und die Karte in den dafür vorgesehenen Schlitz der einer kleinen Litfaßsäule ähnlichen Konstruktion schieben. So ging ich sehr professionell die Sache an. Oh, die Karte wollte nicht reinrutschen. Ich drehte sie wieselflink um und versuchte es so. Auch nicht, da war ein Widerstand. Meine Tochter machte Vorschläge, wie ich das Problem lösen könnte. »Du, führ sie mal nur außen an dem Schlitz vorbei – ist ein elektronisches Auge.« Okay, machte ich. Nix. Hinter uns, oh, wie ich das hasste, begannen Stimmen laut zu werden. Auch gehupt wurde vereinzelt. Ich nahm jetzt die nächstuntere Karte aus der Schale, vielleicht hatte ich sie doch nicht ganz chronologisch einsortiert. Und dann geschah etwas Unglaubliches. Ich ging immer fest davon aus, dass in diesen kleinen Litfaßsäulen nur Apparate untergebracht sind. Hat ja auch kein Fenster, das Ding. Nun aber flog die Türe auf – sie war für mich unsichtbar in den grauen Lack eingelassen – und ein Wortschwall in bestem Österreichisch ergoss sich über uns. Alles haben wir nicht verstanden, aber die

Fragmente reichten durchaus. Es wurde unserer Intelligenz kein wirklich gutes Zeugnis ausgestellt und es hatte auch etwas mit unserem Geschlecht zu tun. Und dann drückte das »Kasperle«, das hier auf der imaginären Bühne erschienen war, auf einen Knopf, den ich bisher nicht wahrgenommen hatte. »Nix reinstecken – ihr Deutschen …«, wieder ein schlimmes Wort, »draufdrücken, dann kommt was raus.« Wir nahmen die Karte in Empfang, gaben Gas und an der nächsten Ausfahrmöglichkeit fuhr ich raus. Da standen wir dann und haben Tränen gelacht und immer wieder neu angefangen zu kichern, kaum dass wir uns beruhigt hatten. Mutter hatte es wieder einmal geschafft und auch die akademisch hoch gebildete Beifahrerin war nicht viel besser weggekommen. Als wir dann an unserem Ziel angekommen waren, ging es munter weiter. Wir durften unser Hotel mittels eines Lifts erklimmen, denn es lag hoch über Meran. Also Koffer und die tausend Einzelteile der lieben Tochter ausladen. Sie scheint Reisetaschen grundsätzlich zu misstrauen. Warum sonst reist sie mit einzelnen Schuhen, Jacken, Mänteln, Schals und, und, und? Nur ein kleines Täschchen verbirgt ihre intimsten Reiseutensilien. Ich hingegen habe alles in Koffern, zugegeben, sie haben ein ganz erstaunliches Gewicht. Einzeln waren nur mein großer Wanderschirm und meine Handtasche. Wir begannen auf Anordnung alles in einer Liftkabine zu verstauen. Ich übernahm das, denn so etwas kann ich gut. Und dann war alles drin und wir sollten in der nächsten Kabine Platz nehmen. Der Lift wurde in Bewegung gesetzt – auch hier warteten schon eine Reihe anderer Gäste sehnlichst darauf. Es begann zu schnurren, wir setzten uns in Bewegung. Aber nur ganz kurz, dann gab es einen heftigen Ruck und ein doofes Geräusch. Ich unkte innerlich. »Klar, Lift kaputt, können wir wieder Stunden warten.« Denn Geduld ist nicht meine Stärke und wir waren ja schon Stunden unterwegs. Ich musste Pipi und hatte Hunger. Der Lift fuhr nun wieder rückwärts in die Station ein und unsere Türe wurde aufgerissen. »Wer hot des so damisch eingräumt?« »Was eingräumt???« Ich stieg aus und dann sah ich es, mein schöner teurer Wanderschirm hatte einen gewaltigen Knick. Ich hatte ihn – ähnlich den Schildbürgern vor langer Zeit – quer verstaut, und am ersten Mast blieb somit die ganz Fracht elend hängen. Und wieder trafen mich der Spott und die Kritik der betroffenen Mitfahrer. Ja, man muss halt auch schauen, was man macht … Den Schirm konnte ich dann gleich in der Liftstation entsorgen – der war hin. Auch nach diesem Malheur konnten wir zwei uns nur mühsam das Lachen verbeißen. »Irgendwie ist das heute nicht dein Tag, Mama.« Und damit hatte sie so was von recht. Aber wir haben noch lange darüber gelacht und die Story noch ein wenig ausgeschmückt und für die Erheiterung der ganzen Familie gesorgt. Denn solche Geschichten wurden bei Familienfesten genüsslich erzählt. Jaa, damals waren mein Kind und ich ein Team – aber dann wurde aus der lustigen, aufregenden jungen Frau eben eine verantwortungsvolle Mama von inzwischen drei Kindern und meine Defizite als Mutter und Oma traten in Erscheinung. Schade, aber es hat eben alles seine Zeit im Leben. Und ich zolle ihr meine volle Bewunderung für dieses Leben als berufstätige erfolgreiche Frau und vorbildliche Mama. Wo sie das nur herhat? Von mir nur einen kleinen Teil ihres Humors und ein paar andere, sicher unwesentliche Eigenschaften. Den Rest dieser wunderbaren Gene muss das Universum beigesteuert haben. Und dann muss ich eingeschlummert sein, denn als ich wieder auf meine Armbanduhr schaue, ist es 5:30 Uhr und ich stehe auf. Der Entscheidungstag ist angebrochen und ich bin plötzlich nicht mehr nervös, sondern ganz ruhig, und habe sogar etwas Hoffnung in mir. Der Gesprächstermin ist für 10 Uhr angesetzt, dann folgt die offizielle Haftprüfung. Ich lege meine Unterlagen zurecht – hoffentlich find ich sie dann auch rechtzeitig. Aber nachdem die Zelle ja mit ihren 5 Metern Länge und 3,50 Metern Breite übersichtlich ist, sollte es gelingen.

Um 8 Uhr wird uns gestattet zu duschen und wir machen uns schon einmal für die Prozedur des Umkleidens bereit. Vor jedem Gerichtsgang muss alles ausgezogen werden, alles kontrolliert – in die Hocke gehen und husten, denn es könnten ja an ganz intimen Stellen irgendwelche Dinge versteckt sein. Dann bekommen wir den Kleidersack mit unserer Kleidung – Gerichtskleidung –, und dürfen uns wieder anziehen. Olga und Senta werden getrennt von mir und auch voneinander in kleinen Wartezellen untergebracht. Dann kommen gleich zwei Beamtinnen, die uns durch die unterirdischen

Gänge zum Gericht bringen. Diese herrlichen Katakomben sind aus der grauen Vorzeit übriggeblieben und ich mag gar nicht dran denken, wie viel Leid hier schon durchgeschleppt wurde. Da geht es uns dreien noch verhältnismäßig gut. Nein, sehr gut. Und dann sitze ich drüben im Gericht wieder in einer gemütlichen Wartezelle ohne Fenster und Frischluft, dafür habe ich direkt neben mir eine Toilette, nur durch eine halbhohe Mauer getrennt. Denn häufig schlagen solche Aufregungen ja auf den Verdauungstrakt. So gesehen sehr praktisch, aber auch sehr unappetitlich und trist. Dann endlich nähert sich wieder einmal Geschepper und ich werde tatsächlich auch dieses Mal mit Handschellen gefesselt und vorgeführt. Toll!! Und dann sitze ich Dr. Stoppe gegenüber. Die Handschellen werden mir abgenommen, und wie immer befällt mich ein mulmiges Gefühl – eigentlich ist es pure Angst. So jämmerlich das auch klingen mag, es ist die Wahrheit. Wo sind meine Zuversicht und mein unerschütterlicher Humor geblieben? Wahrscheinlich sitzen beide einträchtig oben im Warteraum und lassen mich hier schändlich allein. Also, Eva, atmen und warten. Dr. Stoppe liest in meinen Akten. Nach so langer Zeit sollte man meinen, er kennt den Inhalt. Dann hebt er den Blick und fixiert mich hinter seinen funkelnden Brillengläsern. »Frau König, da sind Sie ja wieder.« Ich nicke brav und warte. Heute geht es gut mit dem Sprechen, das Lispeln ist deutlich weniger und die Tischplatte zwischen uns noch relativ trocken. Ich hoffe jetzt einfach einmal, dass dies ein gutes Zeichen ist. Herr Staatsanwalt fährt fort. »Wie Sie ja wissen, hat Ihr Verteidiger um eine Haftunterbrechung ersucht.« »Ja, Herr Doktor, wie schon vor einigen Monaten. Ich wäre sehr froh, wenn ich bis zur Verhandlung noch einmal Kraft schöpfen könnte. Die Haft und besonders die Isolierhaft, die grundlose Isolierhaft, haben mich sehr strapaziert. Ich sollte dringend einige ärztliche Untersuchungen machen lassen.« »Ja, Frau König, das habe ich hier alles gelesen, aber die Gründe für die Untersuchungshaft sind Ihnen ja bekannt. Fluchtgefahr, Verdunkelungsgefahr zum Beispiel.« Ich warte, was soll ich da entgegnen? Das hatten wir alles schon. Dr. Stoppe nimmt seine Brille ab und putzt sie. Er schaut mich unverwandt an. Ich schaue zurück und schicke ein Stoßgebet gen Himmel. »Ja, meine liebe Frau König, so ist das. Allerdings muss ich schon anerkennen, dass Sie in den letzten Tagen in Freiheit durchaus Verantwortungsgefühl und auch eine gewisse Zuverlässigkeit gezeigt haben.« Jetzt sage ich halt doch etwas: »Herr Doktor, ich bin zuverlässig.« Er lässt sich zu einem Lächeln, also zu einem Anflug von Lächeln hinreißen. Dann klopft es, mein Verteidiger kommt herein und entschuldigt sich wortreich fürs Zuspätkommen. »Wir haben gerade begonnen«, meint Dr. Stoppe. Langsam mehren sich die Speicheltröpfchen auf der Tischplatte, aber fürs Lispeln kann er ja nichts und es ist mir auch alles recht, wenn er nur seine milde Laune beibehält. Es ist doch erheblich besser als bei den vorangegangenen Terminen. Markus Hagen, mein Pflichtverteidiger, kommt jetzt in Fahrt. »Herr Doktor Stoppe, meine Mandantin hat in den letzten Tagen ein Verbrechen aufgeklärt. Sie war nicht nur in der JVA in Isolierhaft – grundlos, wie wir ja wissen –, sie war auch noch in Geiselhaft, wenn man das so nennen will. Jedenfalls hat sie sich für die Justiz in Lebensgefahr begeben.« Der Staatsanwalt hüstelt etwas, entgegnet aber nichts. »Das sollten Sie berücksichtigen. Sie hätte während dieser Aktion ständig Gelegenheit gehabt, sich abzusetzen. Nein, hat sie nicht, sie hat alles Menschenmögliche getan, um zwei Verbrecher dingfest zu machen. Jetzt sollte sich das aber auch in Ihrer Entscheidung niederschlagen.« »Nun, Herr Hagen, ich entscheide nicht. Das Gericht, also Frau Emler, entscheidet über die Aussetzung des Haftbefehls – wenn überhaupt, dann unter Auflagen.« »Ja«, lenkt mein Anwalt ein. »Das hatten wir ja auch angeboten und bieten es immer noch an. Frau König hat einen festen Wohnsitz und kann sich regelmäßig bei der örtlichen Polizei melden – ihren Pass abgeben oder was Sie eben vorschlagen.« Dr. Stoppe richtet seinen Blick wieder auf mich. »Wie sieht's denn mit einer Kaution aus?« Mir fällt das Herz in die Hose. »Herr Staatsanwalt, wie sollen wir eine Kaution stellen? Unser gesamtes Vermögen steckt in meinen Geschäften. Ich müsste mir Geld leihen, und wer sollte mir welches leihen, und dann würde ich ja schon wieder Schulden machen ...« Er reibt sich nachdenklich die Nase – lieber Gott, bloß keine Kaution, das ist aussichtslos und ich kann gleich wieder drüben einchecken. Da zeigt sich ein Silberstreif am Horizont. »Na, Sie haben ja einen mächtigen Fürsprecher, Herr von Markstaller hat sich persönlich für Sie verbürgt – das sollte einer Kaution gleichkommen.« Frieder, ich könnte dich küssen – denke ich, denn sagen kann ich das nicht. »Also, ich könnte mir Folgendes vorstellen: Sie kommen bis zur Verhandlung, die voraussichtlich im Frühjahr nächsten Jahres stattfindet, auf freien Fuß. Sie melden sich einmal wöchentlich bei der Polizei. Jeglichen Ortswechsel, und sei es nur für einen kurzen Ausflug, der über Nacht stattfindet, melden Sie vorher und lassen ihn genehmigen. Wir machen Stichproben, ob Sie vor Ort sind. Der geringste Verstoß und Sie gehen sofort wieder in Haft.« Ich nicke und nicke und nicke und kann gar nicht mehr aufhören mit Nicken. Und dann hebt Dr. Stoppe aber schon die Hand. »Langsam, langsam, wir können hier nichts entscheiden. Entscheiden muss es die Richterin. Und ich hoffe, wir bekommen jetzt einen kurzen Termin. Noch vor Mittag, denn am Nachmittag haben wir eine lange Verhandlung, da wird es nichts mehr. Sonst müssen wir das auf morgen verschieben.« Mir wird vor lauter Aufregung und Angst schlecht und anscheinend bin ich leichenblass geworden und irgendwie ist mir auch ganz arg schwindelig, und dann wird's mir schwarz vor Augen. Mein Verteidiger scheint mich aufgefangen zu haben, denn ich sitze – als ich wieder etwas besser durchblicke – immer noch auf meinem Stuhl. Es wird eilends ein Glas Wasser gebracht und Dr. Stoppe meint: »Sie werden uns doch jetzt nicht umfallen, Frau König, dann müsste ich den Notarzt rufen.« Ich trinke sofort mein Wasser – denn das will ich keinesfalls. Ich will sofort und auf der Stelle den Termin bei Richterin Emler. Also atme ich ganz konzentriert und nach bester Yogamanier in den Bau und stelle mit fester Stimme mein eigenes ärztliches Gutachten aus: »Ich bin wieder fit, war nur ein kurzer Moment. Wahrscheinlich habe ich zu wenig gegessen.« Stimmt ja auch. Und Dr. Stoppe geht – Gott sei Dank – in Richtung Richterin hinaus. Markus klopft mir beruhigend auf den Arm. »Geht's wieder? Sicher?« Ich bestätige vehement meine Gesundheit und erkläre ihm leise, dass es einfach meine Nerven sind und die Aufregung. Er gibt leise zurück: »Vielleicht gar nicht so schlecht, dann sieht man einmal, was diese U-Haft mit Ihnen macht.« Ich trinke noch ein wenig Wasser und dann warten wir wieder einmal – nach einer gefühlten Ewigkeit kommt

Dr. Stoppe zurück. Jetzt gleich, sonst haben wir keine Möglichkeit. Auch er ist offensichtlich besorgt. »Frau König, bitte erzwingen Sie nichts. Wenn Sie sich nicht gut fühlen, dann finden wir bestimmt eine andere Möglichkeit.« »Nein, nein, Herr Doktor, bitte, nehmen wir diesen Termin wahr.« Ich stehe auf und bin auch in der Tat wieder ganz okay. So gehen wir in den Gerichtsaal. Es ist mehr ein Zimmer, und da erwarten uns Frau Emler und eine Protokollführerin. Und schon beginnt mein Verteidiger seine Bitte um Haftunterbrechung vorzulesen. Hat er perfekt formuliert, und ich höre begeistert von meinen Taten bei der Verbrecherjagd und meiner Geiselnahme und all dem. In bestem Juristendeutsch, und dann warten wir. Dr. Stoppe beginnt nun ausführlich darzulegen, warum der Haftbefehl und die Fortdauer der U-Haft erlassen wurde – lenkt aber dann ein. Auch er sei nach den letzten Tagen zu dem Schluss gekommen, dass die Fluchtgefahr wohl nicht ganz so groß wäre, hätte ich doch die sich bietenden Gelegenheiten zu einer solchen nicht wahrgenommen. Die Ermittlungen seien so weit fortgeschritten, dass auch eine Verdunkelungsgefahr nicht mehr so groß wäre. Dann folgen einige Auflagen, unter anderem eine Liste von Leuten, die ich nicht kontaktieren darf. Bei Zuwiderhandlung erfolgt sofortige Verhaftung. Und er könne sich vorstellen, dass auch von einer Kaution abgesehen werden kann, da ja Herr von Marstaller für mich bürgt. Frau Emler zieht sich nach all den Vorträgen kurz zurück und wir dürfen im Zimmer bleiben. Auch Dr. Stoppe verlässt den Raum. Ich schaue meinen Verteidiger an und er signalisiert mir Zuversicht. Leise sagt er: »Sollte jetzt eigentlich klappen, wenn nicht die JVA noch einen Einwand geschrieben hat, aber das würde ich denen nicht raten, nach dem, was da in der Isolierhaft abgelaufen ist.« Und dann rauschen die Richterin und der Staatsanwalt wieder herein. Wir stehen auf, und jetzt kommt die Verkündung des Urteils über die Haftbeschwerde. So heißt das öffentlich. Und dann höre ich die Worte: »Der Haftbefehl vom 24. April wird ausgesetzt«, und die Aufzählung der Auflagen kriege ich nicht mehr mit, denn – welch eine Schande – ich beginne haltlos zu weinen. Und wie alle in unserer Familie beherrsche ich das lautlose Weinen nicht, ganz im Gegenteil, ich weine so laut und so unentwegt, dass Frau Emler ihren

Vortrag unterbrechen muss. Herr Hagen nimmt mich fest in den Arm, und dann werde ich leiser und bekomme ein großes Taschentuch und da schluchze ich halt noch ein bisschen hinein, und so kann Frau Emler den Rest noch vorlesen und mich ermahnen, pünktlich zur Verhandlung wieder in der Stadt zu sein. Und ich nicke und stammle – gar nicht die taffe Lady, die ich immer sein will – dankbar »ja, ja« und »danke« und »danke«. Ich bin so froh. Und ich stürme raus zur Türe. Ohne Handschellen und ohne Bewachung. Markus kann mich gerade noch einfangen, denn ich muss ja sofort in die JVA zurück und meine Sachen aus der Zelle holen – unter Aufsicht – , und meine Klamotten, eine Prozedur, die Wertsachen quittieren – alles rauscht an mir vorbei. Wahrscheinlich hätte ich auch mein Todesurteil unterschrieben, wenn ich nur hinausdarf. Die Beamtinnen, die heute Dienst haben, sind zwei Nette und werden auch beide von mir beim Abschied umarmt. Sie sind nicht einmal überrascht, auch nicht, was mein verheultes Gesicht angeht. Ich nehme an, dass ich kein Einzelfall bin. Und dann taucht die »Schreckliche« noch auf – von mir Deutsch Drahthaar getauft, was mit ihrer Frisur zu tun hat. Aber man sollte so nette und freundliche Tiere nicht beleidigen. Ich werfe ihr noch einen langen, unheilschwangeren Blick zu, den sie geflissentlich ignoriert. Und dann stehe ich draußen – draußen in der Freiheit. Irgendwie bin ich total benommen und deshalb höre und sehe ich im ersten Augenblick gar nichts, denn ich bin nicht allein und zu hören gibt's auch etwas. Es knallen Champagnerkorken und es wird begeistert geklatscht. Und da stehen sie: Frieder, Karl, Josef, Tanja, Olga. Senta und mein Anwalt. Und dann fährt ein Münchner Auto vor und meine Süße und ihr Papa sind da, und alle umarmen mich und man drückt mir ein Glas in die Hand. Ich werfe dann doch schnell einen Blick auf die Flasche und lese »Prosecco alkoholfrei«. Gott sei Dank, denn Alkohol am späten Vormittag hätte mich wohl vollends umgeworfen. Und ich weine gleich wieder los, vor Freude, vor Erleichterung – ja – pures Glück. Denn ich hatte nicht so recht daran geglaubt. Wir sprechen alle durcheinander. Aber so viel ist klar, Olga und Senta sind auch frei. Und da fährt ein schicker BMW vor und der Andy ist auch da. Nur mein Konrad fehlt. Aber der nächste IC nach Hamburg ist meiner!!! Wie immer hat meine umsichtige Tochter bereits einen passenden Zug im Internet recherchiert und es bleiben mir noch fast zwei Stunden bis zur Abfahrt. Dann werde ich am frühen Abend in Hamburg sein. Allein der Gedanke führt zu einem neuen Tränenstrom, und jetzt habe ich gleich selber die Nase voll von der Flennerei. Und ich kann jetzt auch aufhören. Die Anspannung löst sich und als erstes knuddel ich mein Kind und ihren Vater. Was haben die beiden mir geholfen in den letzten Monaten. »Und warum seid ihr überhaupt schon da?« Da zwinkert mir der Frieder zu. »Ich habe die Familie – auch deinen Konrad – schon gestern Abend informiert. Es hätte mit dem Teufel zugehen müssen, wenn sie die Haftbeschwerde wieder abgeschmettert hätten. Und dann – weißt ja – habe ich mich für dich verbürgt, meine schöne unerreichbare Traumfrau.« Hat er das wirklich gesagt? Ich bin ganz, ganz fest geschmeichelt und er bekommt ein dickes Bussi und ich danke ihm von ganzem Herzen. »Ja, aber schön zur Verhandlung kommen und nicht ausbüxen und auch alle Auflagen beachten.« »Jawohl, Herr Kommissar«, und wir haben alle so verdammt gute Laune und Olga hängt an ihrem Karl und Andy hält mit Senta Händchen. Ach, lieber Gott, danke, was kann das Leben wunderbar sein. Wir beschließen, alle zusammen noch einen Kaffee am Bahnhof zu trinken, denn ich habe schon wieder einmal Bedenken, dass ich den Zug versäumen könnte, und eine Fahrkarte brauche ich auch noch und mit meinem Herzi muss ich noch telefonieren, denn Handy habe ich ja keines – also muss ich das jetzt von dem Handy meiner Tochter machen. Und ich sprudel alles so begeistert in das Teil, dass mein Konrad erst einmal nur die Hälfte versteht. Aber dann sind wir gemeinsam glücklich und ich gebe meine Ankunftszeit durch. »Ich stehe am Bahnsteig, mein Schnackilein, und erwarte dich.« Er sagt das so wunderbar ernsthaft und seine Stimme ist so besonders – ach, wenn ich nur schon da wäre. Dann stehen alle mit mir am Bahnsteig und winken, und tausend Rufe: »Pass auf dich auf«, und »bis bald«, und »ruf mich an«, und »lass uns Freunde bleiben« und, und, und … dann ist's ganz ruhig und ich setze mich auf meinen Platz und hinaus geht's aus dieser blöden Stadt – ich mag sie gar nicht mehr leiden – , und meinem Konrad entgegen und der Alster. Und meinen zwei Stubentigern – es waren ganz schreckliche Monate, auch wenn ich einige tolle Mädels getroffen habe, im Grunde war's gruselig. Jetzt will ich gar nicht an die Verhandlung denken, sondern nur durchatmen und Weihnachten und Silvester feiern. Eines weiß ich, mein ganz persönlicher Schutzengel, der war immer dabei und der lässt mich auch nicht im Stich. Er kann ja auch megaschnell fliegen und wir sind gemeinsam auf dem Weg ins Glück.

ENDE

Danksagung

Mein erstes Buch widme ich meinem wundervollen Mann. Er liebt mich trotz meiner „Schieflage", unterstützt mich und hat mich immer ermutigt zu schreiben. Unter außerordentlich schwierigen Bedingungen hat er die Veröffentlichung meines Buches vorbereitet und ermöglicht. Ich liebe dich.

Ein dickes Danke an meine Stieftochter und ihren Mann – ohne euch wär's nichts geworden.

Merci an meine jüngste Tochter und ihren Papa: Ohne euch hätte ich die U-Haft nicht durchgestanden.